제25회 대산청소년문학상 수상 작품집

오후 주름치마의 딜라이트

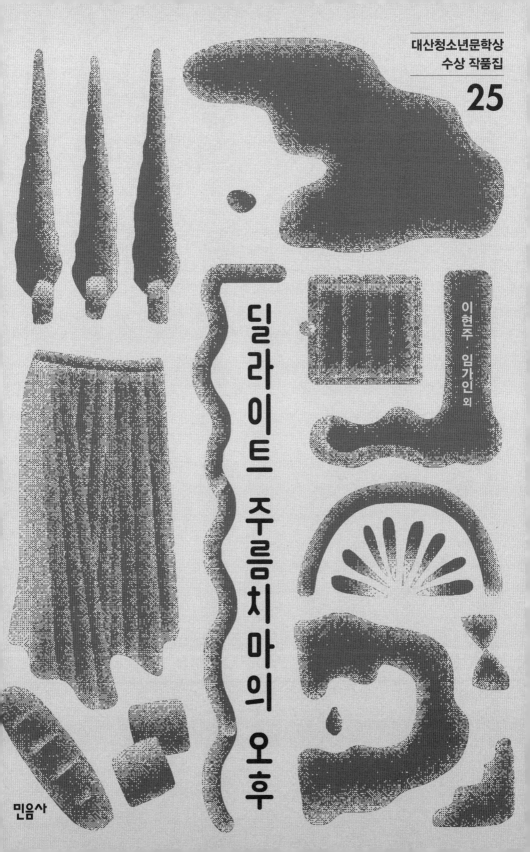

작품집을 펴내며

대산청소년문학상의 스물다섯 번째 작품집을 펴내게 되었습니다. 올해는 대산문화재단 창립 25주년이기도 합니다. 사반세기라는 시간을 대산문화재단과 함께 성장해 온 대산청소년문학상에 대한 감회가 남다르게 다가옵니다. 무엇보다 대산청소년문학상이 문학을 사랑하고 문학을 통해 자신과 세상을 표현하며 성장해 가는 청소년들의 소통과 축제의 장으로서 중심 역할을 변함없이 해 왔다는 점과 그 결실을 빠짐없이 작품집으로 발간해 온 사실이 자랑스럽습니다.

올해에도 어김없이 뜨거운 여름을 함께 나눴고, 그 결실을 작품집 『딜라이트 주름치마의 오후』에 담았습니다. 제목에서 느낄 수 있듯이 이번 작품집에는 다양한 상상력으로 자신을 둘러싼 세계와 끊임없이 대화를 시도하고, 섬세한 감정의 결을 여린 손끝으로 꼼꼼히 그려 낸 청소년들의 모습이 담겨 있습니다.

올해 심사위원 선생님들은 여러분의 글이 무척 다양한 내용과 형식을 가지고 있다고 평했습니다. 다문화 가정, 장애인, 조선족 등 우리 사회에 존재하는 소수자들에 대한 관심과 애정을 드러내는 일은 아주 소중한 일입니다. 조금 거칠더라도 자신이 이 세계에 품고 있는 의문이나 시선을 솔직하고 가감 없이 풀어내는 글쓰기를 하고 있다는 점도 무척 인상적이었습니다. 자신의 시선으로 세상과 소통하려는 청소년들이 많다는 사실이 흐뭇할 따름입니다. 향후 다양한 모습으로 성장해 나갈 청소년 문사들의 미래가 기대됩니다.

대산문화재단은 핵심 사업의 한 축을 "청소년 육성 및 문화 교육"으로 세우고 청소년들의 성장 단계마다 도움이 될 수 있는 다양한 사업을 펼치고 있습니다. 청소년문학상 외에도 학교 현장에서 부족하기 쉬운 인문적 경험을 제공하는 '교보인문학석강', '길 위의 인문학' 등의 프로그램을 펼치고 있습니다. 나아가 청소년 여러분이 대학생이 된 후에는 신진 문인의 등용문인 '대산대학문학상'과 동북아 시대를 이끌어 나갈 리더를 육성하는 '대학생동북아대장정' 사업에 함께할 수 있습니다. 또한 서울시립청소년문화교류센터를 통해 '진로 여행의 밤', '한중일 청소년 교류', '특성화고 창의 인력 양성 프로그램' 등의 사업을 운영하여 '인문적 소양과 상생의 지혜를 갖춘 세계시민'으로 우리 청소년들이 성장해 나갈 수 있도록 힘쓰고 있습니다. 재단은 우리 청소년들이 보다 깊게 생각하고 넓게 바라보는 데 길잡이가 되어 줄 사업들을 지속적으로 시행해 나갈 계획입니다. 계속해서 많은 관심을 가지고 참여해 주기 바랍니다.

이 작품집이 나오기까지 많은 작품들을 심사하시느라 고생하신 일곱 분의 심사위원 선생님들이 계셨습니다. 깊이 감사드립니다. 더불어 이 책의 출판을 위해 수고를 아끼지 않으신 민음사와 관계자 여러분들께도 사의를 표합니다. 지난여름, 2박 3일간의 즐거운 추억을 함께한 문예캠프 참가자들의 가슴속에 우리의 만남이 어떠한 형태로 자리 잡았을지 궁금해집니다. 이 책을 받아 보았을 때, 그날의 감동이 다시금 전해질 수 있길 희망합니다. 아울러 문예캠프를 함께하지는 못했지만 대산청소년문학상에 응모하고 관심을 가져 준 청소년 여러분들도 이 책을 통해 많은 것을 소통하고 공감할 수 있게 되기를 바랍니다.

대산문화재단 이사장

신창재

차례

작품집을 펴내며 5

시

시 부문 심사평   이영광·장옥관·정한아   13

고등부

금상   피 팔지 않고 받은 초코파이·**이현주** 16   어쩌면 무한·**이현주**(백일장) 18
반복 연주 플로리겐·**차도하** 20   어쩌면 시인·**차도하**(백일장) 22
은상   고백·**박서린** 24   너의 이름은 나의 모국어·**신원경** 26
딜라이트 주름치마의 오후·**이하영** 29
동상   오래된 춤·**김선우** 33   파이프이거나 파이프가 아닌·**김채영** 35
쌍둥이·**박지영** 37   발자국들이 벽의 방향으로·**이다은** 39
가출·**허은정** 42

중등부

금상   원고지에 쓰는 시·**홍바다** 44   어쩌면(백일장)·**홍바다** 46
은상   꿈·**박한결** 48
동상   휴지 한쪽·**나은이** 49

소설

소설 부문 심사평   김인숙·김종광·손보미·박덕규   53

고등부

금상   소리·**임가인**   57   진화된 모습으로(백일장)·**임가인**   72

        잃어버린 바다·**정종은**   76   국수 만들기(백일장)·**정종은**   91

은상   안녕 치사량·**장현지**   95   쿵푸 팬더의 마지막 만두·**윤정은**   119

        대각선으로 걷는다·**조아현**   139

동상   피라냐는 울었다·**도지현**   153   달려라 바바리맨·**김선아**   167

        "지민아,·**장주옥**   187   소설가 다귀 씨의 일일·**정수라**   203

        트라웃 씨의 마지막 타석·**홍예슬**   219

중등부

금상   우리는 ( )를 죽였다·**김서은**   237   투 비 컨티뉴(백일장)·**김서은**   255

은상   힘, 정의, 신념·**이준호**   259

동상   검은 눈·**최다은**   273

시

피 팔지 않고 받은 초코파이 · **이현주**   어쩌면 무한(백일장) · **이현주**

반복 연주 플로리겐 · **차도하**   어쩌면 시인(백일장) · **차도하**

고백 · **박서린**   너의 이름은 나의 모국어 · **신원경**

딜라이트 주름치마의 오후 · **이하영**

오래된 춤 · **김선우**   파이프이거나 파이프가 아닌 · **김채영**

쌍둥이 · **박지영**   발자국들이 벽의 방향으로 · **이다은**   가출 · **허은정**

원고지에 쓰는 시 · **홍바다**   어쩌면(백일장) · **홍바다**

꿈 · **박한결**   휴지 한쪽 · **나은이**

시 부문 심사평

'대산청소년문학상 문예캠프'의 백일장에 즐거운 마음으로 참여했다. 중고등학생들을 대상으로 한 백일장의 시 작품은 생활 서정을 본령으로 한다. 일상의 여러 체험들을 소재로 하여 사물과 사건과 사람들에 대한 마음의 반응을 적절한 시어로 제시할 것을 원한다는 뜻이다. 많지 않은 시간은 제약일 수도 있으나 수련을 통해 배양한 실력을 측정하기에 적합한 면도 있다. 심사는 백일장 작품과 공모 작품들에 같은 비중을 두어 진행했다.

시제인 '어쩌면'과 '그런데'는 학생들의 상상력을 자극하고 유도하기 위한 방편으로 고안되었다. 단호한 '그러나'와 분명한 '그러므로' 같은 접속 부사들과는 달리 이 부사어들은 헐겁다. 전환과 가정의 가능성이 열려 있어 시상을 펼치는 데도 도움이 되리라 보았다. 이 말들이 어휘나 표현 차원만이 아니라 작품 전체의 내용을 입체적으로 만드는 데 활용되기를 바랐으나, 결과를 보니 개인차가 작지 않았다. 그럼에도 재미있고 진지한 작품들을 여럿 만

날 수 있어 반가웠다.

　중등부 동상 수상작인 「어쩌면 가로등도」는 사물을 잘 관찰하여 독특한 감각으로 변환시킨 상큼한 작품이다. 가로등 불빛을 의미 있는 대상으로 처리하는 과정에 시적 상상력의 적실한 발휘가 느껴지지만, 공모 작품들의 수준을 크게 신뢰하기 어려웠다. 은상 수상작인 「그런데」는 시제인 '그런데'의 말뜻을 파고든 재미있는 작품이다. 이 말에 깃든 어떤 머뭇거림을 다양한 은유로써 이어 나갔다. "작은 반항심"은 감탄을 자아냈지만, 마지막 연의 교과서적 사고는 진부하다. 금상 수상작인 「어쩌면」은 시 쓰기에 대한 시인데 관념화의 위험을 잘 피했고, 사물을 새롭게 보아야 한다는 인식과 통념에서 벗어나려는 의지를 자기만의 문장으로 드러냈다. 결말의 반전에도 설득력이 있다.

　고등부 은상 수상작은 모두 세 편이다. 먼저, 「그런데, 어쩌면」은 힘 있는 작품이다. 연정이라는 문제 앞에 선 사람의 심리와 행위를 긴 분량에 의욕적으로 녹여 냈으나, 문면이 다소 어지럽고 정도 이상으로 모호한 문장들이 더러 있었다. 그다음, 「건축의 밤」은 연상의 속도가 빠르고 경쾌하여 수련의 흔적이 엿보였다. 1연과 다른 연들의 관계가 불분명하고 "복숭아"와 "태몽"의 연결이 다소 진부해 보인다. 마지막으로, 「어쩌면 고백」은 차분한 어조와 서정적 분위기가 인상적인 작품이지만, "덫"이라는 상징의 의미가 모호했고 작품 후반부의 가정적 진술들에 일부 상투성이 느껴졌다.

　고등부 금상 수상작인 「어쩌면 시인」은 허구적 설정의 느낌이 묻어나지만 그것에 깃든 어떤 솔직함이 인상적이었다. 문장 표현이나 시상 전개에도 능숙했지만, 무엇보다도 자기 삶에 대한 진지한 대면의 자세에 믿음이 갔다. 시 쓰기에 대한 시에는 습작기의 괴로움이 담기게 마련인데, 그것까지도 안고 나아가는 데 시작(詩作)의 힘과 기쁨이 있다는 점을 유념했으면 한다. 시인은 시를 믿는 사람이다. 또 다른 금상 수상작인 「어쩌면 무한」은 짧은 시간에 쓴 작품이라 보기 어려울 만큼 빼어나다. "별자리"와 "별이 있던 자리(별의 죽음)"의 대비 속에 여성의 그늘진 삶에 대한 성찰과 생사의 고뇌를 새겨 놓았다. "어쩌면"이 시상의 매력적인 연결 고리가 되어 작품의 완성도를 높이고 있다는 점도 눈여겨보았다. 지나친 비관적 정서는 좀 눌렀으면 한다.

대체로 백일장 작품들보다는 공모 작품들이 더 우수했다. 하지만 공모 작품들에는 주변의 도움이 있을지도 몰라 백일장을 가미해 평가의 객관성을 확보하려는 것이 이 문예 공모의 전통이다. 이 점을 이해해 주었으면 한다. 성공과 실패는 인생사의 비근한 양상이다. 그것은 되풀이되기도 뒤바뀌기도 한다. 오늘의 성취는 내일을 위한 디딤돌이지만 10대의 앞날은 아무도 모르는 것이다. 저마다 힘을 내어 미지의 앞날에 자기를 던졌으면 한다. 수상자들에게는 축하를, 참여자들에게는 격려를 드린다.

심사위원 이영광·장옥관·정한아

피 팔지 않고 받은 초코파이

청주중앙여자고등학교 3
이현주

가슴이 파인 티셔츠를 입고 교회 예배를 갔는데
최 목사가 한마디 김 전도사 박 전도사가 한마디
동네 아줌마들도 고등학생들도 청년부도 한마디씩 꿈틀대는데
내가 인사 건네면 아무 일 없다는 듯 웃으며 말을 걸고

할머니 손 따라온 믿음 없는
초코파이 받으러 왕꿈틀이 받으러 온 아이들만이
아무 말 없다
기도할 줄 모르는 헌금 내지 않는 아이들만이
가슴골이나 립스틱 색깔에 꿈틀대지 않는다

예수는 어째서 서른 살에 누군가를 구원했을까
가슴골과 립스틱 색깔에 꿈틀거리는 서른에 감히
성인이 누굴 구할 수 있지?
미취학의 상태, 신앙심으로 가득 차서는

내 눈을 똑바로 볼 수 없는 어른들이 혀를 쯧쯧 차고
십일조 하지 않는 내게 초코파이도 주질 않네

어린아이들만이 기도하지 않는 아이들만이
예배 시간에 지루하다며 우는 아이만이 잠들어 버리는 아이
만이
내가 인사하면 부끄러워서 대답도 안 해 주는 아이만이
나에게 초코파이를 주네

초코파이는 피를 건네야만 돌려주는 것 아니었나
내 가슴 파인 셔츠에 아무 관심도 없이
예수도 받지 못한 초코파이를 주네
내 눈동자 색깔을 제 할머니에게 가서 속삭이네

어쩌면 무한

청주중앙여자고등학교 3
이현주

삶＝죽음 ∞

양치기들이 만들었다는 별자리는 분명 졸면서 필기한 흔적
우리가 보고 있는 것은 별들의 과거 이미 그 별은 사라져 있다지
내가 보는 거울 안엔 엄마의 과거
나는 엄마와 같은 표정을 지을 것이다 어쩌면

세상의 모든 딸들이 그렇듯 실수로 태어난 나와
관람차를 타고 주마등을 천천히 구경 중인 우리는
얼마나 닮은 죽음 앞에 놓여 있을까
어쩌면 이렇게 재미없는 죽음을 살았냐고 엄마
나는 투덜댔지 죽어도 아빠 같은 사람과는 결혼 안 해
라고 우리 엄마가 말했다
라고 우리 외할머니가
라고 내가 말할 것이다 어쩌면

무한히 반복되는 별의 죽음 무한히 둥글게 회전하는 관람차
여기는 끝없는 세계 별자리를 보며 훌쩍이던 소녀
나는 죽어도 엄마처럼 안 살 거야
양치기 소년은 또 거짓말을 했다고
별자리가 아니라 별이 있던 자리를 나한테 삶이라고 속였다고

거울을 보며 나는 세상의 모든 죽음의 현재 진행형
이라는 말을 세상의 모든 딸들이 반복 재생하네
어쩌면 무한

반복 연주 플로리겐*

영천성남여자고등학교 3
차도하

델핀, 재스민, 뮬란, 포피, 바이올렛, 릴리, 달리아, 사이프러스
……, 네 이름은 뭐지? 얘야, 꽃을 꺾으면 안 돼, 그게 우리의 유일
한 반항이란다 약탈혼으로 태어난 아이는 약탈혼을 당하는 게 우
리의 약속 나는 더 이상 땅을 밟지 못했다 긴 머리를 빗는 게 나
의 유일한 일과

땅에 남겨진 뿌리들이 우는 소리를 밟고 걷는 사람들이 묻는다
네 이름은 뭐지? 꽃을 이름으로 가졌다면 당신은 축복받은 거죠
사랑스럽게 웃는 얼굴 잎사귀에 스치는 손들 손가락과 줄기 활짝
핀 꽃 그래요 꽃이 활짝 핀다면 꽃이 활짝 필 때면

손가락과 줄기, 매년 개화기가 찾아오면 선명해지는, 나는 길가
에서 데이지를 꺾어 왔던 날을 기억한다 엄마의 이름과 같은 꽃이
에요, 얘야, 꽃을 꺾으면 안 돼, 다정하고 슬픈 얼굴 햇빛보다 선

---

*개화 호르몬. 꽃을 피우고 씨방을 부풀리고 꽃을 지게 한다. 본체를 밝히기
위해 식물체에서 추출하려는 시도가 있었으나 오랫동안 발견하지 못했다.

명해지는 줄기들 줄기를 찾아내는 손가락 나는 개화의 의미를 비로소 이해한다

　가장 긴 머리카락을 흰 베개 안에 넣고 바로 눕는다 무사히 잠이 든다면 깨끗한 천장에 거미가 기어 다니는 걸 보지 못한다면 꿈속에서 나를 3인칭으로 보는 일 없이 까만 잠을 잘 수 있다면 분명

　아침이 온다 버터컵이 내게 얘기해 줬지 버터컵, 버터컵, …… 델핀, 재스민, 뮬란, 포피, 바이올렛, 릴리, 달리아, 사이프러스 ……, 네 이름은 뭐지? 땅에 남겨진 뿌리들이 우는 소리를 밟고 사람들이 묻는다 하나의 노래 가사처럼 조금 유쾌하게 박자를 맞춰서 네 이름은 뭐지? 네 이름은 뭐지?

어쩌면 시인

영천성남여자고등학교 3
차도하

아픈 과외생 대신에 백일장에 나왔다
시제는 '그런데, 어쩌면'
그런데 어쩌나, 나는 고등학생도 대학생도 아닌데

고시텔, 눅눅한 장판 위에 앉아
겨우 들어온 해를 망치로 부수는 가위눌림과 아빠,
잃어버린 만 원을 찾기 위해
새벽까지 좁은 방을 뒤지던 마른 손이 싫어서
거짓말 쳤던 건데

시를 얼마나 잘 쓰냐는 거짓말을 얼마나 잘 치냐에 따라 달렸
다고

30만 원 선불로 받고 잠적한 과외 사기꾼의 말이 생각나서
그놈이 그걸로 시인보다 돈을 더 많이 벌었을 거다
아빠가 내 머리를 때리며 했던 말이 생각나서

좋아하는 시에 붙여 놓았던 포스트잇을 다 떼고
중고 서점에 시집을 팔면서 나는 다짐했다
다시는 시를 쓰지 않겠다고, 그런데 나는 다만,

나는 무얼 바라 홀로 침전하는 것일까*

내게도 과외생처럼 뗄 수 있는 종양이 있다면
이 끝나지 않는 요의를 멈출 수 있다면
내가 오줌 싼 흰 이불을 부드럽게 치워 주는 간호사가 있다면
박꽃처럼 병실에 누워 있을 수 있다면······

나는 문득,
강당 의자에 앉아 열심히 시를 쓰고 있는 아이들을 바라보았다

* 윤동주, 「쉽게 쓰여진 시」.

고백

고양예술고등학교 3
박서린

그해 여름
엄마는 겨드랑이를 찢고 돌아왔다
언제나 내 발밑으로 흐르던 장마는 사라지고
나는 그 여름이 끝나지 않을까 봐 두려웠다
더 이상 매달릴 가슴이 없었다

가장 먼저 일어나
가장 먼저 우는 엄마가 준비한
아름다운 접시에 담긴 아침들
나는 그걸 우울이라 불렀고

저녁마다 안방에서 흘러나오는
기도를 방관하는 건 나의 부끄러운 습관
기내식을 먹으며
기도를 듣고 있을지도 모르는
신의 습관이기도 했다

심장을 문에 대고 납작하게 잠들고
아침이면 또다시 걸어가야만 했던 그해
햇빛 아래 손을 비추면
어떤 죄라도 들킬 것만 같았고

마음대로 칠하지 못하는 방에서
내가 할 말은 아직도
부끄러운 말만 가득 적힌 사전처럼
그해 여름에 누워 있다

너의 이름은 나의 모국어

고양예술고등학교 3
신원경

사람들이 너의 눈동자 속에 몰려 있다 너는 그럴 때마다 모르는 곳에 도착했다고 연락해 온다

너는 내가 사는 곳의 방식대로 지어지지 않은 이름을 가지고 있다 너의 이름은 나의 모국어로 쓰면 불완전해진다 그것이 부러울 때도 미울 때도 있다

사람들이 네 이름을 발음할 때마다 스펠링 하나씩을 빠뜨린다 너는 네 이름이 외국인의 입속에서 불구가 되어 가는 걸 보며 이런 현상은 뭐라고 불러야 하나 고민한다

감색 눈동자를 가진 사람들이 새파란 너의 눈 속을 처다볼 때 우리가 예전에 말했던 조합의 세계에 대해 생각하고

사람의 눈 속에는 모두 파랑이 들어 있어 그걸 알고 있는 사람들은 다 취해 있는 사람들이야

나의 언어로 네가 서툴게 얘기해 주던 때가 있었다 너는 취해 있다는 말 대신 착하다고 말하고 싶었겠지 지구를 창백한 푸른 점이라고 부르는 무리가 있어 색의 출발지는 어디일까 우리는 푸른 점 안에서 태어나 궤도를 벗어나지 않으며 살고 있다

파도를 파랑으로 부르고 바람을 보라라고 부르는 이 국가에서 너는 혼자 다른 이름을 가지고 있다 그렇게 푸른 눈을 가지고 있으면서

우리들의 이름이 지어진 곳 모두 푸른 점 안에 담겨 있다 지구 사람들을 손가락으로 모두 셀 수 없듯이 네 눈동자 안에 들어갔다 빠져나온 사람들도 셀 수 없는데

너는 앞으로 나와 네가 같이 해내야 할 것들의 목록을 적었다 너의 푸른 동공을 보고도 다른 색을 상상하기, 출생지에 한 번도 가 보지 않은 장소 쓰기, 태어나지 않은 곳의 언어는 배우지 않기,

새벽에 나가서 밤에 돌아오기

　네 눈동자가 그 안에 들어 있는 사람들에 의해 깨지고 짓이겨
지고 있다
　우리는 여전히 푸른 점 안에 태어나 살고 있다

딜라이트* 주름치마의 오후

저동고등학교 3
이하영

교회 뒤뜰에 모인 성가대에게는
작약 색 치밀어 오르던 오후,

나는 믿음이 있었고, 내 짝꿍 엉덩이 밑에서 끄집어낸 성경으
로 모기를 때려잡기도 했다

슬픈 날이었다, 금이 간 앞니로 울타리를 넘다가 겁쟁이가 되
던 우리들에게는,

그래도 치마를 입었고 삶은 계란을 먹었다
순두부를 끓이며 잠시 숨을 참았던 엄마는
기도를 하고 싶어 했다

---

*터키식 사탕, 가루가 묻어나는 사탕, 단단하지 못한 사탕, 나보다는 나를
아끼는 사람에게 더욱 어울리는 사탕, 하나도 맛보지 못했으므로 여전히 나
에게는 커다란 기쁨이었던, 사탕.

내 딸에게서 물러난 검은 물로 대야를 채우고 있습니다, 숲지
기처럼 띄엄띄엄 나타나던 미열을 이마에서 긁어내며 딸의 성장
을 축하해 주고 싶었습니다, 응달에서 끄집어 올린 버섯처럼 멍
울이 져도, 딸을 붙잡고 무슨 일이 벌어지고 있는지 물어보고 싶
을 뿐,

성가대를 때리고 나서
목사님은 막대기를 다시 울타리 옆에 세워 두었다

너희를 사랑하지 않는 것은 어렵구나, 너희를 물리치지 못하는
것이 더욱 어렵구나,

다들 붙잡고 있었던 서로의 팔목을 놓아주었다
멍을 보다가 멀미가 나면 사탕을 먹기도 했다

어쩌면 예배를 한 것이고

어쩌면 치마를 올려서 허벅지 튼 살 걸어 다니는 친구들을 만
난 것

엄마는 옷이 찢어진 채 돌아온 나를 병원으로 끌어당겼다 복수
하겠다, 더 이상 사랑하지 않겠다, 헌금 봉투를 도깨비풀로 채우
고 내 빈자리를 가루가 떨어지는 사탕으로 채운 채 떠들었다 놀
라지 않을까요, 목사님은 뒤늦게 나타나 성경 구절을 읽어 주었다
'너는 새벽이 오기 전까지 세 번이나 아니라고 할 것이다' 활자가
새겨진 티셔츠 사이에서 엄마와 목사님이 완전히 찢어지는 동안,
나는 그러한 말을 곱씹었다

만약 내 치마가 더 주름져 있었다면,
잘라서 말려 두었던 오렌지처럼
손톱마다 얼룩이 남았다면,

성가대는 다시 모이지 않았고

나는 그 치마가 담긴 서랍장을
지난 장마 때 통째로 잊어버렸다

다행이구나,

엄마는 기도가 사라진 사람처럼 야윈 채 웃었다.

오래된 춤

경안고등학교 1
김선우

가방 속 다섯 권의 책
버스에서 내리는 순간 버스가 뻥 하고 터져 버리면 어쩌지
나보다도 걱정되는 것은 다섯 권의 책
내가 죽고 나면 빌린 다섯 권의 책들은 어쩌지

우리 엄마는 딸이 죽었다는 문자와 책이 연체되었다는 문자를
받고
도서관에 달려가 또 어떤 말로 사과할지

죄송해요 제 딸이 죽을 때 책도 함께 불탔어요 믿지 않으실 거
라면
연체된 날들만큼 제가 밤새 울어 드릴게요

하지만 버스는 터지지 않았고 책도 무사하다
그런데 이 허전한 마음은 어쩌지

모든 게 연체되어
버스 속에 두고 내린 듯하다

파이프*이거나 파이프가 아닌

금호중앙여자고등학교 2
김채영

나는,

너를 위로하는 것 중에서
네가 기댈 수 없는 유일한 것

너를 잠들지 않게 하는 것 너를 앞으로 달리게 하는 것 도저히
멈출 수 없게 하는 것
너를 달래거나 해치는 것
네 세상이지만 네 마음 같지 않은 것
네가 가장 바라거나 너는 결코 될 수 없는 것

네가 만들어 낸 것 중에 가장 크고 대단한 것
한계가 없고 막막하고 그래도 반짝이는 것

나는 너의 자긍심으로 불빛을 내고

---

* "pipe dream(허황된 꿈)"에서 따옴.

크리스마스 전구처럼 또 불꽃놀이의 폭죽처럼 보이지만

너를 위로하는 것 중에서
네가 기댈 수 없는 유일한 것

그러니 아마 너를 일으켜 세우거나 영원히 주저앉게 하는 것
달릴 수 없는 너의 등을 다시 떠밀거나 엉엉 울게 하는 것

그렇지만 울음은 터뜨리지 않는 편이 좋지

네가 원망하더라도

그때의 너에게 내가 해 줄 수 있는 것은 몇 번의 토닥임뿐이거든

쌍둥이

고양예술고등학교 3
박지영

　우리 집은 너무 가난해서 양손을 모두 잡아 줄 수가 없단
다. 고등학생이 된 나와 동생을 앉혀 두고 엄마가 말씀하셨어.
그날부터 우리는 더 이상 손을 잡고 잠들지 않았지. 3초가 빨
랐다는 이유로 나는 학교에 갔어. 실 풀린 양말을 신고, 동생
은 고물상에서 문제집을 훔쳐 와 단어들을 옮겨 적었지. 우리
들은 이따금씩 서로 옷을 바꿔 입었어. 동생은 학교에 가고 나
는 집에 홀로 남아 학교에서 배운 단어를 천천히 중얼거렸지.
아무도 알아차리지 못했어. 그날부터 그건 우리들 사이의 놀
이가 되었지. 어느 날 동생은 내게 이건 불공평하다고 소리 질
렀어. 그때부터였을까? 교복 넥타이가 조금씩 목을 조이고 있
는 것 같은 거 있지. 그날 잠에서 깬 나는 내 얼굴 위 네 얼굴
을 가만히 바라보았어. 내 목을 움켜쥐고 있는 네 손바닥은 축
축했고, 곧 내 얼굴도 축축해졌지. 언니, 미안해. 나도 끈을 잡
고 싶었어. 아무 대답도 하지 못했어. 위로를 하기에 3초는 너
무 빠른 시간이니까. 우린 다시 손을 잡고 잠들기 시작했지. 나
는 수업을 제대로 따라갈 수가 없었어. 반쪽만으론 감당할 수

37

없는 일들이 많았지. 슬픔도 반으로 나눌 수 있다면 좋을 텐데, 각자의 슬픔을 들고 동생이 중얼거렸어. 실이 풀리기 시작한 양말 속에서 우리는 날마다 조금 더 드러났고, 나는 그날 동생의 흰 복숭아뼈에서 우리를 엿보고 말았지.

발자국들이 벽의 방향으로

금옥여자고등학교 3
이다은

문이 열리고 오른발부터,
욕실입니다

비가 내리고 있습니다
잠든 욕조에 물을 채워 봅니다
고무 오리처럼 밀려오는 꿈결
젖어 있는 양말 개수대 엉켜 있는 머리카락
욕조의 잠꼬대가 물과 함께 빠져나갑니다
수증기 찬 거울을 닦으면
나는 나와 조금 다른 사람

우리는 쌍둥이처럼
왼쪽으로 오른쪽으로 머리칼을 묶은,
우리의 양 갈래는 비밀입니다
잘 접어 둔 우산처럼

겉은 검고 안은 하늘입니다
빗방울이 미끄러지고
안에서 올려다본 하늘은 욕실입니다
비를 맞으면 거품이 우산을 두드립니다
누구입니까?
우산을 접어도 모르겠습니다

티셔츠에 머리를 밀어 넣고 난 뒤 반대로 입은 것을 알아차릴
때 하루가 조금 긴 것 같다 생각하고 노을이 지면 하늘의 경계가
드러나고 우리는 멀어지고 있습니다

문장이 조금 긴 것 같습니다 나는 긴 문장을 좋아하고
해가 져야 해가 뜨고 있을 나의 하루
모래시계양면테이프색종이액자그러므로그리고

수증기 위로 손바닥을 찍어 냅니다

우리, 악수는 잘 합니다
밀려난 물결이 발뒤꿈치를 어루만집니다
미지근한 물들이 식어 가고
천천히 녹슬어 가는 기분
푸르스름한 발바닥

축축한 발자국들이 벽의 방향으로 사라지고 있습니다
뒤를 돌면 노크 소리
문이 열립니다 왼발부터,

가출

안양예술고등학교 3
허은정

집을 나가려고 했는데 비가 내렸다 비가 내리자 집이 멀어지기
시작했다 집을 나가야 했는데
집을 기다리기로 했다 나가기 위해서

뒤꿈치가 닳은 양말 일곱 개를 위대한 예언처럼 가방에 집어넣
었다 심장을 데우기 위해 어떤 치욕들은 기억해야 했으므로

방문을 닫으면 창문이 출구가 되고 창문을 닫으면 벽이 소리의
입구가 되는, 컵라면 뚜껑을 누르는 사전처럼 무게만 있고 의미는
없던 집

주머니 깊숙이 찔러 넣은 방 열쇠로 혼자였던 밤들을 모두 닫
아걸 수 있을까 강해질 수 없다면 두려움을 참을 것 젤리로 만든
개미집 속에서 죽은 개미의 자세로

집을 나가야 하는데, 돌아오기 위해서, 돌아오는 사람이 있어야

집이 되니까
　누군가를 기다리기 좋을 만큼만 굽은 골목에 앉아 집을 기다리
다가

　돌아와 보니 어느새 비가 그치고
　언제나 잡아 뜯고 싶던, 환한 누추를 백기처럼 내걸어 두던 빨
랫줄에 누가 벗어 두었는지 해진 양말 일곱 켤레가

원고지에 쓰는 시

횡성대동여자중학교 3
홍바다

정교함으로 내는 느슨함의 멋,
그것이 시라고 했다.

삐침 없는 글씨로 내는,
마음의 쉴 틈이랬다.

마음으로부터 글자를 꺼내
빽빽이 적어 내림이

원고지를 채울수록
마음엔 여유를 주니,

나는 곧 고립시킴으로
해방을 얻는다.

그렇게 작은 네모 속에 나를 가두어

큰 세상을 엿보는 창문을 만들다,

아아. 알아챘다
이것이 나에게는
유일한 해방이라고.

어쩌면

횡성대동여자중학교 3
홍바다

어쩌면 오늘도 나는 시 쓰기가 싫어

많은 것의 모습이 한마디로 정의되는 건 싫어
바다가 모래 끝으로 뱉어 내는 기묘한 울음소리를 철썩철썩이
라고만 말할 거라면
저마다 높고 낮은 사연이 있는 여자의 발끝이 모두 또각또각
하는 소리만 내야 한다면
어쩌면 정말로 나는 시 쓰기가 싫어

사람들은 모두 시 세 연도 채 읽지 않고선 모든 것을 판단하기
마련이거든
내 손끝이 진짜 마음을 가리는 도구가 된다면
내가 쓴 일부가 전부가 되어 버릴 거라면
어쩌면 더더욱 나는 시 쓰기가 싫어

그래, 나는 욕심이 많은 사람이야

욕심이 많은 시를 쓰고 싶어
하나의 시에 각자 다른 소리를 적고 싶어
나라는 사람의 이중성을 말이야

맞아,
어쩌면 절실하게 나는 시를 쓰고 싶어

꿈

남대문중학교 1
박한결

잠 속에 숨어 있는 다락방이네
잠꼬대 희미하게 깃들어 있네

도토리나무 숲 걸어 다니다
나무뿌리에 걸리자 새털구름 위로 올라가네

구름에 앉아
갈까마귀 떼에 쪼여도 아픔 느끼지 못하네

비록 다락방 속에 살지만
아무도 알아차리지 못하네

열쇠는 아버지의 코골이네

휴지 한쪽

상경중학교 3
나은이

하굣길
민들레 꽃밭을 만났다

잘 보니
수많은 씨앗을 머금고 있던
민들레 중에
저도 피어 있다며
입안 가득 햇빛 머금고 있던
휴지 한쪽

예쁜 꽃 보듯
꺾으려다가
저 꽃이라는 당당한 표정에
찔려 버렸다

소설

소리·**임가인**　　진화된 모습으로(백일장)·**임가인**

잃어버린 바다·**정종은**　　국수 만들기(백일장)·**정종은**

안녕 치사량·**장현지**　　쿵푸 팬더의 마지막 만두·**윤정은**

대각선으로 걷는다·**조아현**

피라냐는 울었다·**도지현**　　달려라 바바리맨·**김선아**　　"지민아,·**장주옥**

소설가 다귀 씨의 일일·**정수라**　　트라웃 씨의 마지막 타석·**홍예슬**

우리는 (　)를 죽였다·**김서은**　　투 비 컨티뉴(백일장)·**김서은**

힘, 정의, 신념·**이준호**　　검은 눈·**최다은**

소설 부문 심사평

　예심 때 가장 많이 한 생각은 '너무 잘 쓴다'였다. 문예창작학과 대학생이 썼다고 해도 믿을 만큼 출중한 이야기와 자기 생각을 견지한 담뿍 담아낸 소설이 하 많았다. 강조하건대 예심에서 읽었던 여러분의 퇴고는 매우 훌륭한 것이었다. 여러분이 참신하게 자라난다면 우리나라는 머지않아 괄목할 만한 작가를 수두룩이 만나게 될 것이다. 부디 여러분의 괜찮은(명작이 기대되는) 예심 투고 소설을 쉬이 버리지 말고 계속 퇴고해 주기를 당부드린다.

　'너무 잘 쓰는' 이를 소수 정예로 모아 놓고 그중에서도 '더 잘 쓴' 이를 가리겠다는 자리가 본심이었다. '더 잘 쓴'의 기준이 무엇일까? 이야기의 재미와 문장과 구성의 기술적인 면에서 엇비슷하다면, 결국 '뭔가'일 테다. 설명하기 어렵지만(그래도 굳이 설명하라면 이야기로든 문체로든 이미지로든 완연한 기척과 인상적인 감각과 어떤 긴장으로 우리를 좀 더 사로잡은) 어떤 에너지가 더 느껴질수록 더 잘 쓴 글이 아닐는지. 과연 본심 산문은 '뭔가'의 향연이었다.

올해 시제는 '갑자기 국수를 먹고 싶었다'라는 문장으로 시작하라, 였다. 문제를 주었다기보다는 운을 떠워 준 것이었다. 상상력의 나래를 무한히 펼치기에는 좀 난감했던 듯싶다. 충분히 예상할 수 있는 범주의 글들이었다. 국수 먹었던 추억을 차분히 회상하는 신변잡기, 갑자기 국수가 먹고 싶어진 사람들이 등장하는 소박하거나 괴기한 소설, 국수를 화두로 펼치는 에세이……

이야기가 소박한 대신 학생들은 자기 생각과 감각을 다채로운 빛깔의 문장으로 보여 주었다. 예심에서 심사위원들을 자극했던 어떤 에너지를, 본심에서 주어진 시간, 주어진 분량에도 불구하고 훌륭히 증명해 주었다.

물론 대다수 학생에게 불리했을 테다. 초고는 단박에 쓰더라도 오랜 시간 퇴고하여 이루어지는 결실이 소설이다. 장거리 전문 선수들이 순발력 테스트 같은 백미터 달리기를 하듯 어찌할 바를 모르고 당황한 기색들이 역력했다. 그래도 타고난 작가들처럼 최선을 다해 주었다. 다행히 본심에서 수상작으로 거론된 학생들의 예심 단편 소설도 볼만했다. 마라톤도 따지고 보면 최선을 다해 달려 낸 짧은 거리의 총합이다. 올해의 당선자들은 '괄목한 단편 소설의 창작자'는 '순발력과 재치가 인상적이며 내면에 울림을 주는 글도 짧은 시간 안에 써낼 수 있는 산문가'이기도 하다는 것을 증명한 셈이다.

단순히 '국수 먹었다'는 얘기로 그친 글보다는 '국수 먹은 얘기'에 더하여 뭔가 더 있는(이야기든 생각이든 이미지든 인상이든) 글에 이끌릴 수밖에 없었다. 좋은 글은 창작자의 의도를 넘어 독자에게 풍부하게 읽힌다. 수상의 영예를 얻은 글들은 어떤 강렬한 에너지로 심사위원에게 다가온 것이었다. 긴 글이든 짧은 글이든 그 에

너지는 여일하게 작동함을 확인할 수 있었다.

고등부 두 금상 수상자의 수상 소감을 들은바, 두 분은 글쓰기에 끈질기게 도전해 왔지만 보란 듯한 결과를 얻지 못했었던 모양이다. 드디어 결실을 얻기에 충분한 수상작이었다.

「국수 만들기」는 소박하고 의뭉스러운 '글 만들기' 지침서 같다. 좋은 글쓰기 교본처럼 국수를 만드는 과정에 빗대어 창작의 이모저모를 은근히 밝혔다. 괴로움마저 유희하는 것으로 느껴질 정도로 글쓰기의 즐거움을 느낄 수 있다.

「진화된 모습으로」는 진중하고 어둡다. 짧은 알레고리 이야기에 담아낸 은유의 문장은 결국 창작의 지난함을 토로하는 듯하다. 글을 쓴다는 것은 '무언가에 쫓기'는 것처럼 고통스러운 것임을 절박하게 보여 준다.

중등부 금상 「투 비 컨티뉴」는 과학고 진학에 실패한 여중생과 위로하려던 삼촌을 우스꽝스럽게 그렸는데 역시 일종의 글쓰기에 대한 알레고리로 읽을 수 있다. '내가 살아 있음'을 느낀다는 것.

우연하게도 올해 수상작들은 '글쓰기는 내가 살아 있음을 느끼는 고통스러우면서도 즐겁고 즐거우면서도 고통스러운 행위'임을 합창하는 듯하다.

짧은 시간에 치러진 본심은 다만 찰나의 초고였다. 이번은 그저 한 번에 불과하다. 소설은 장거리 달리기다. 기회는 얼마든지 있다. 수상하지 못한 작품들은 그저 운이 좋지 않았을 뿐이다. 그 이야기를 문체를 이미지를 누군가는 꼭 발견해 줄 테다. 포기하지 않고 도전하는 자를 누가 막으랴.

작가의 길은 멀고멀다. 가슴으로 쓰고 머리로 고치는 끝없는 길이다. 문학을 사랑하는 대산재단 분들과 절정문학회원들과 심사위원 작가들과 또래 문우들과 함께했던 계성원의 2박 3일이, (수상 여부 따위는 아무 상관없이) 여러분이 작가가 되어 가는 데 소중한 경험 자산으로 오래도록 자리 잡을 테다. 건강! 건독! 건공! 그리고 건필!

심사위원 김인숙 · 김종광 · 손보미 · 박덕규

소리

예산여자고등학교 3
임가인

　노인의 아침은 조용했다. 아들의 아파트로 옮기기 전에는 새들이 같은 음을 반복해서 내는 소리라든가 고양이가 멈추지 않고 울어 대는 소리, 그것도 아니면 앞집 김 씨가 철문을 거세게 두드리는 소리에 잠을 깨곤 했는데 이제는 신기할 정도로 조용할 뿐이었다. 1년 전부터 귓가에서 소리들이 점차 작아지다 결국 죽어 버렸으니까. 귀가 나빠지지 않았더라면 아침마다 각각 아들과 며느리, 손자의 핸드폰에서 울리는 시끄러운 알람들을 5분마다 들어야 했을지도 몰랐다. 언젠가 미처 보청기를 빼지 못하고 잠에 들었던 날에 무서울 정도로 빠르고 시끄러운 음악을 어쩔 수 없이 들어야 했던 것을 생각하면 차라리 귀가 나빠진 것이 다행이라는 생각이 들 정도였다. 노인은 뻐근한 몸을 뒤척이다가 침대 옆으로 손만 슬쩍 뻗어 탁자에 놓인 보청기를 귀에 쑤셔 넣었다. 순식간에 귀를 타고 흘러 넘어온 소음들에 노인이 인상을 찌푸렸다. 문 밖으로 아들과 며느리가 집안을 빠르게 돌아다니는 것이 느껴졌다. 손자에게 가방에 필통 빠뜨리지 않고 넣었느냐고 묻는 며느리의 목소리가 들렸다. 손자에게서 아무런 대답이 없는 것을 보니 뒤늦게 방으로 들어가 필통을 찾고 있는 것이 분명했다. 아들은 거의 집안을 뛰어다니다시피 하며 자동차 열쇠를 찾고 있었다. 며느리는 그러게 잘 챙겨 놓으라니까, 하며 아들을 나무랐다. 어느새 필통을 챙긴 모양인지 손자도 아빠 때문에 늦겠다며 아들을 재촉하기 시작했다. 어느 구석에 떨어져 있는 것이라도 발견했는지 아들이 나가자며 걸음을 서둘렀다. 현관에서 신발을 신는지 여러 사람의 발소리가 겹쳐서 들리다가 현관문이 닫히는 소리와 함께 집안에 정적이 찾아왔다. 노인은 그제야 자신이 내뱉고 있는 숨소리가 지나치게 크다는 것을 눈치챘다. 입을 다물고 코로 몇 번 숨을 내쉬던 노인이 침대에서 일어나 거실로 나왔다. 부엌 탁자에 차려져 있는 음식들 앞에 자리를 잡고 앉아 숟가락을 들었다. 음식을 씹을 때마다 이가 딱딱 부딪히는 소리와 목구멍을 넘어가는 소리들만 뇌에 강하게 들려왔다.

누군가가 자신을 흔드는 느낌에 노인이 깜짝 놀라 눈을 떴다. 어젯밤에 잠을 못 잤느냐고 웃으며 물어 오는 듯한 앞집 김 씨의 입 모양에 몸을 일으켰다. 벽에 기대 있던 몸이 언제 옆으로 뉘었으며 언제 몸 위로 이불이 덮였는지도 모를 정도로 깊게 잠에 들었더랬나 싶어 머쓱해졌다. 노인은 주변을 손으로 더듬거리며 보청기를 찾았다. 잠들기 직전에 시끄러운 사람들의 말소리에 방해받지 않으려 보청기를 빼 두었던 것이 생각났다. 자신의 오른쪽 허벅지 옆에 내려 두었던 것 같은데 보이지 않았다. 몸이 움직이며 어디론가 모습을 감췄겠지 싶어 노인은 자리에서 일어나 이불을 들어 올렸다. 무거운 이불을 두 손으로 들고 아무리 털어도 찾을 수 없었다. 계속해서 주변을 살피는 노인을 보던 김 씨가 노인의 등을 두드리는 것에 뒤를 돌아보았다. 큰 목소리로 왜 그러느냐고 묻는 김 씨에 노인은 계속해서 이불을 털며 말했다.

보청기가 없어진 것 같은데.

김 씨가 놀랐는지 다가와 함께 이불을 털었다. 노인은 자신이 누워 있던 주변을 계속해서 돌아보았다. 혹시나 안경을 닦지 않아서 보이지 않는 것이 아닐까 싶어 옷자락으로 안경알을 몇 번 문질러서 닦고는 다시 썼다. 아예 몸까지 숙여서 바닥을 바라보았지만 금세 무릎이 아파져 다시 몸을 일으켰다. 뻐근한 허리를 두드리며 등을 뒤로 젖혔다. 김 씨는 봉사 활동을 온 사람들이 있다며 가서 물어보는 것이 어떻겠냐고 물었다. 노인을 배려한 것인지 목소리와 입 모양을 크게 해 주는 김 씨에게 굳이 그렇게까지 할 필요는 없다고 대꾸한 노인이 봉사자에게 다가갔다.

아까 나 자고 있을 때 이불 덮어 준 사람이 누군지 알아요? 노인의 말에 빗자루로 바닥을 쓸던 여자가 고개를 들었다. 잘 모르겠는데요. 말을 마치자마자 다시 바닥을 쓸려는 여자를 붙잡은 노인이 물었다. 내가 보청기를 바닥에 내려놨는데, 아니면 혹시 청소하다가 치운 건가? 저는 아닌데요, 하던 여자가 주위를 몇 번 둘러보더니 말했다. 바닥에서 뭘 주웠으면 눈에 띄는 곳에 두었겠죠. 옆에 서 있던 김 씨가 그래, 설마 버리진 않았겠지, 하고 대꾸하며 다시 노인이 잠들었던 곳으로 노인을 이끌었다. 커다란 책상과 선반 위까지 훑어보던 노인의 다리가 떨리기 시작했다. 아들이 큰맘 먹고 샀다며 잃어버리지 않게 조심하라고 이야기한 보청기였다. 가격도 제법 비싼 것이라며 조심할 것을 몇 번이고 당부하던 아들의 말이 떠올랐다. 보청기를 잃어버린 것을 아들이 알면 무어라 이야기할지 벌써부터 걱정스러웠다. 노인이 중얼거리는 것을 용케도 들었는지 김 씨는 아들에게 이야기해야 하는 것이 아니냐고 물었다. 노인은 고개를 끄덕이며 주머니에서 전화기를 꺼내 들었다. 노인은 아들의 이름을 찾아 통화 버튼을 누른 뒤 신호음을 들으면서도 아들이 전화를 받지 않기를 바랐다. 평소에는 바쁘다고 전화해도 못 받을 때가 많았는데 오늘은 무슨 일인지 세 번을 넘어가기 전에 잔잔한 신호음이 끊겼다.

여보세요?

전화기 너머는 조용했다. 노인은 다시 한번 마른 입술을 떼어 냈다.

여보세요?

안 들리나, 중얼거리던 노인이 아무런 소리도 듣지 못하고 있는 사람이 자신이라는 사실을 깨닫고는 입을 다물었다. 옆에서 왜 그러느냐는 듯이 바라보는 김 씨의 시선을 느낀 노인이 작게 헛기침을 했다. 아들은 항상 바빴다. 이른 시간에 일어나 출근을 준비하고, 퇴근한 후에도 제 아버지에게 다녀왔습니다, 혹은 아직 안 주무셨어요? 같은 말만 남기고 금세 잠들어 버렸다. 그만큼이나 아들은 틈이 생긴 통화를 기다려 줄 시간과 여유가 충분한 사람이 아니었다. 조바심이 난 노인이 몇 번 잔기침을 내뱉고는 입을 열었다. 지금 노인정인데, 아무래도 보청기를 잃어버린 것 같아서. 아니, 일부러 그런 건 아니고, 그냥 자기 전에 잠깐, 아주 잠깐만 빼 놨을 뿐인데 일어나 보니까 감쪽같이 사라져 있는 거야. 나도 놀라서 노인정 곳곳을 뒤져 보고는 있는데……. 노인이 스스로도 정리가 되지 않은 말들을 내뱉다가 멈추었다. 미안하다. 노인은 아무런 소리도 들리지 않는 전화기 너머가 무표정으로 자신을 바라보는 아들의 얼굴처럼 느껴져 저도 모르게 고개를 숙였다.

노인은 자신의 하루를 돌아보았다. 노인이 일어나기 전에 차려 놓은 밥을 먹고, 빈 그릇을 싱크대로 가져가 그 위에 물을 조금 부어 놓고서 거실 소파에 앉아 따분한 아침 드라마를 시청했다. 드라마가 끝나고 이어지는 세 개의 광고까지 보던 노인이 자리에서 일어나 방으로 들어가 깔끔하게 개어 놓은 옷 사이에서 몇 가지를 골라 천천히 옷을 갈아입었다. 겉옷까지 챙겨 입은 노인은 베란다 너머로 바깥을 살펴보았다. 빗방울이 창을 타고 천천히 흘러내리고 있었으며 지나가는 몇몇의 사람들은 우산까지 들고 있었다. 노인은 신발장 옆에서 우산까지 꺼내 들고서 집 밖을 나섰다. 노인이 하루 종일 시간을 보내는 노인정은 버스를 타고 정거장 7개를 지나면 되었다. 버스에서 내린 노인은 눈에 익은 풍경을 지나 노인정 문을 열고 들어섰다. 자신에게 새로운 생활은 할 만하느냐는 따위의 물음에 대충 대답을 하고 한곳에 자리를 잡고 앉았다. 어쩌다가 판에 끼어들어 고스톱도 몇 판 쳤다. 오늘따라 운이 좋아 요깃거리를 할 만한 돈도 조금 얻었다. 비 오는 날에는 부침개라며 두 손 가득 싸 들고 온 서 씨 덕분에 어느새 꺼진 배를 가득히 채웠고……, 그다음에는, 아마 그다음에는 배가 부르자 쏟아지는 졸음을 참지 못하고 그나마 조용한 방으로 들어가 벽에 기대앉았던 것 같았다. 아직도 밖에서 왁자지껄 떠들어 대는 소리에 잠을 이루지 못하다가 신경질적으로 보청기를 빼내 바닥에 내려놓고는, 조용해진 세상에 만족하며 눈을 감았지. 그게 끝이었다. 눈을 떠 보니 김 씨가 자신을 흔들어 깨우고 있었고, 보청기는 발이 달렸는지 어디론가 도망가 버렸다.

　노인은 여전히 아무런 소리도 들리지 않는 전화기를 손끝으로 몇 번 두드렸다. 아들이 처음 보청기 사 왔을 때 내가 무슨 보청기를 쓰느냐며 얼마 남지도 않은 자존심을 세웠던 일이 떠올랐다. 아직도 보청기 쓰기 쪽팔려서 일부러 없애거나 그런 건 절대 아니니까 오해 말고. 노인이 조용한 아들에게 작게 덧붙였다. 그때는 그냥 인정하기 싫었을 뿐이었으니까. 너도 알잖아, 나 젊었을 때 귀가 워낙 좋았던 거. 노인은 항상 어린 아들에게 자신의 청력을 자랑했던 것을 기억하고 있었다. 아버지 어릴 적 별명이 천리청이었어, 천리안 말고 천리청. 어찌나 귀가 좋았는지 나한테 비밀을 만들려면 옆 마을까지 넘어가야 했었다니까. 어린 아들은 제 아버지의 말에 비웃듯 크게 웃음을 터뜨렸다. 아들만큼이나 젊던 노인은 아들이 왜 웃는지 모르겠다는 듯이 오히려 자신이 큰 소리를 냈다. 진짜라니까. 시장터에만 나가도 어디에 있는 누가 배가 고픈지, 누가 배를 아파하는지까지 몽땅 다 알았어. 동네의 온갖 소문들이 제자리를 찾는 것마냥 아버지 귀에 쏙쏙 박혀 들었지. 힘겹게 웃음을 참던 아들이 숨을 토해 내듯 다시금 크게 웃음을 내뱉었다. 우리 동네에서 아버지 귀를 한 번도 거치지 않고 흘러가는 말이 없었다고 봐야지. 노인이 아들의 통통한 볼을 세게 꼬집으며 자리에서 일어났다. 그러니까 네가 학교에서 공부 안 하고 친구들하고 떠드는 소리도 아버지가 다 듣고 있으니까 조용히 하고 공부해야 한다. 알겠냐? 입을 삐죽거리며 억지로 고개를 끄덕이는 아들을 떠올리며 노인이 작게 웃었다. 너도 기억할지는 모르겠네. 침을 몇 번 삼켜 말라 가는 입안을 달랜 노인이 덧붙였다.

너는 어렸을 때부터 참 내 말을 잘 들었어. 잘 따르기도 했고.

언젠가 네가 한 번 가출했을 때였나. 그때까지만 해도 반항 한 번 하지를 않던 아들이라서 놀랐지. 아마 그때의 노인은 집에 돌아온 아들의 등을 두꺼운 손으로 몇 번이고 내리쳤던 것 같다. 아들이 무슨 이유 때문에 집을 나갔는지는 잊어버렸지만 양쪽 눈이 새빨개져서는 성인이 되고 나면 엄마는 봐도 아버지는 보지 않을 것이라고 이야기하는 아들은 아직도 어제마냥 생생했다. 아들을 바라보다가 그래, 나중에 나이 먹어서도 내가 너한테 손 벌릴 일은 없을 테니까 안심해라, 하던 자신의 모습 또한. 돌아서는 자신을 향해 절대 챙길 일 없을 것이라고 악을 쓰는 아들의 모습도 아직 노인의 뇌리에 강하게 박혀 있었다. 결국 홧김에 한 약속을 지킨 사람은 아무도 없었다. 노인은 손을 벌렸고 아들은 그 손을 잡아끌었다. 너는 어쩌면 조금은 지키고 있는 것인지도 모르겠다. 노인은 속으로 생각했다. 조금은 무심하게, 조금은 과하게 신경 쓰며. 노인이 가만히 부푼 배 너머로 보이는 짧은 발가락을 내려다보다 말을 이었다. 이만 끊자. 바쁜 시간 쓰게 해서 미안하다. 노인이 들고 있던 전화기를 내려놓았다. 슬쩍 바라본 화면에는 이미 끊어진 지 오래인 아들과의 통화 기록만 남아 있었다. 3분 28초. 노인은 벽 한가운데에 걸린 시계를 바라보았다. 이미 기다란 시곗바늘은 여러 칸을 넘어간 채였다. 노인은 들고 있던 전화기를 주머니 속으로 쑤셔 넣었다.

노인은 조용한 거리를 걸었다. 어두컴컴한 하늘에서는 가는 빗줄기가 내렸다. 노인은 자신의 어깨를 슬쩍 적시는 비를 무시한 채 작은 웅덩이 속으로 들어갔다 나오는 우산의 머리꼭지만 바라보며 걸음을 옮겼다. 노인의 신경은 모두 주머니 속에 가만히 누워 있는 전화기에만 쏠려 있었다. 아들은 자신이 했던 말의 어디까지를 들었던 것일까 생각했다. 아니, 애초에 아들에게 전화를 걸었던 것은 맞을까. 혹시 아들의 직장 동료라든가 누군가가 전화를 받고 지금 아드님이 잠시 자리를 비우셨는데요, 따위의 말을 했던 것은 아닐까. 자리에 돌아온 아들이 소식을 듣고 뒤늦게 전화를 걸었어도 여전히 통화 중이라 착각하던 자신이 전화를 받지 못했던 것은 아닐까. 정말 아들이 전화를 끊었던 게 맞는다면 아마 급한 회의에 들어가기 직전이었거나 직장 상사와 식사라도 하고 있었을지도 몰랐다. 이 이야기를 다시 시작한다고 하더라도 아들이 들어줄 수 있을까, 노인이 생각했다. 아까처럼 조금 듣다가 지금 바쁜데 나중에 다시 이야기해요, 하며 자리에서 벗어날 아들이 눈에 선했다. 아들은 내일 아침에도 일찍 출근해야 한다며 피곤하다는 말로 자리를 피할 것이 분명했다. 노인이 짧은 한숨을 내쉬었다.

집 안은 불이 모두 켜져 있었다. 노인은 식탁에 앉아 있는 세 사람을 바라보다 천천히 신발을 벗었다. 자신을 바라보며 웃는 얼굴로 말하는 며느리에 노인이 응, 하고 대충 대꾸하며 겉옷을 벗어 소파에 걸쳐 두었다. 어서 와서 식사하세요, 같은 아들의 손짓에 노인은 식탁으로 다가가며 아들을 바라보았다. 평소와 다를 것 없는 행동과 표정에 역시 아들이 전화를 받았던 것이 아닌가, 생각하며 자리에 앉았다. 며느리가 자신의 앞에 국을 내려놓으며 하는 말도 듣는 둥 마는 둥하며, 밥을 한 숟가락 크게 퍼 입으로 욱여넣는 아들을 바라보았다. 어차피 아버님이 좋아하시는 콩나물국 끓였어요, 같은 말일 터였다. 아들이 밥알을 씹으며 자신을 바라볼 때까지 멍하게 쳐다보던 노인이 다급히 고개를 저으며 밥그릇으로 고개를 처박았다. 웅얼거리는 소리를 가만히 듣고 있던 노인이 김치를 가져오기 위해 고개를 들자 자신을 바라보고 있던 아들과 눈이 마주쳤다.

보청기는, 찾으셨어요?

유난히 또렷하게 보이는 입 모양에 노인이 식탁 아래로 손을 내리고 가만히 고개를 저었다. 노인의 귀에서 웅성거리던 소음이 점차 잦아들었다. 노인이 고개를 들어 아들을 바라보았다. 어느새 아들도 숟가락을 내려놓은 채 머리를 거칠게 긁으며 한숨을 내쉬고 있었다. 한참 만에 노인이 아무리 뒤져도 안 보여서, 하며 중얼거렸다. 핸드폰에만 시선을 둔 채 밥을 떠먹던 손자도, 옆에서 문서를 확인하며 다 먹은 그릇을 들고 일어나려던 며느리도, 화난 표정의 아들도 모두 자신을 바라보고 있었다. 아들이 무어라 이야기하는 것이 보였으나 노인의 귀까지 들리지 않았다. 노인이 작게 중얼거렸다. 안 들려. 자리에서 일어난 아들이 싱크대에 밥그릇을 던지듯이 내려놓고는 노인에게 다가왔다. 보란 듯이 입을 크게 벌려 이야기하는 아들에 노인이 인상을 찌푸렸다.

제가 말씀드렸잖아요. 잃어버리지 않게 신경 좀 쓰시라고.

평소에는 아들의 말을 떠올리며 항상 조심하고 있었는데 하필이면 오늘일까, 싶어 노인은 조금 억울해졌다. 잠깐 빼 놓을 때에도 손에 꼭 쥐고 있거나 주머니에 넣어 놓았고, 집에서도 항상 같은 자리에만 빼 놓았던 것이 모두 헛것이 되어 버린 듯했다. 오늘은 갑작스레 몰아치는 잠을 이겨 내지 못하고 잠깐 바닥에 내려놓았던 것인데, 이렇게 사라지리라고는 상상도 못한 일이었다. 노인의 표정을 신경 쓰지도 않는 모양인지 아들은 다시금 입을 크게 벌려 또박또박 노인에게 물었다.

아버지 혹시 치매기 있으신 건 아니에요?

노인은 아들의 입 밖으로 나온 '치매'라는 글자가 그렇게 커다란 말일 수가 있구나 싶었다. 아들을 똑바로 바라보지 못하던 노인이 무슨 소리를 하는 것이냐며 크게 소리를 질렀다. 큰 소리에 며느리와 손자가 놀라 자신을 쳐다보는 것이 노인에게도 느껴졌다. 아들이 아버지, 진정하세요, 하는 것이 희미하게 보였다. 자신에게 치매 이야기를 꺼내다니. 자신이 치매라니, 말도 안 되는 일이었다. 노인은 자신을 늙은이 취급하는 아들에게 화가 났다. 아들이 자신의 아파트에서 살도록 만들었을 때부터 느꼈던 일이었다.

내가 찾아낼 테니까 걱정하지 말어! 말 같지도 않은 소리 하지도 말고!

자리에서 일어난 노인이 빠르게 걸어 방으로 들어와 문을 닫았다. 소리가 들리지 않아 자신이 얼마의 세기로 문을 닫았는지도 가늠이 잡히지 않았다. 화를 주체하지 못해서 너무 컸을지도 모르지만, 다 늙은 노인의 힘이 그렇게 세지는 않을 것이라 위안하며 침대에 몸을 뉘었다. 보청기 하나 잃어버렸다고 치매가 온 것 아니냐고 묻는 아들이 괘씸했다. 그러면서도 보청기를 잃어버린 자신이 한심해 노인은 고개를 푹 숙였다. 보청기에 발이 달린 것도 아니고, 자신이 자다가 실수로 친 것도 아니라면 누군가가 가져간 것이 분명했다. 이 좁은 노인정 안에서 자신의 보청기를 훔쳐 갈 사람이 누가 있을까. 노인의 머릿속에 몇몇 인물들이 떠올랐다.

문을 열 때마다 덜컹거리는 소리가 크게 나던 파란색 대문 집의 박 씨. 어찌나 인상을 찌푸리고 다니는지 특히나 미간에 주름이 여러 겹 쌓여 있는 사람이었다. 불만도 많고 투정도 많고 화도 많은 사람이라서 노인 또한 박 씨가 짜증을 참지 못하고 걷어찬 돌멩이에 맞은 적이 한두 번이 아니었다. 박 씨는 항상 두 손으로 허리 뒤를 받치고 하릴없이 동네를 거닐곤 했다. 그러다 아는 사람이라도 만나면 다가와 붙잡고는 이런저런 이야기를 토해 냈다. 어디서 주워듣고 다니는 것인지 동네의 소문이란 소문은 모두 꿰고 있었다. 박 씨는 노인의 아들이 보청기를 사 주었던 것도 알고 있었다. 노인정에 가려고 조금 늦은 아침에 집을 나섰던 날, 박 씨는 근처 평상에 앉아 있다가 크지도 작지도 않은 목소리로 노인을 불렀다. 노인이 뒤를 돌아보자 누런 앞니를 드러내며 한 쪽 입술만 당겨 웃었다. 노인이 의아하다는 듯 바라보자 박 씨는 귀를 후비던 새끼손가락을 입으로 대충 불며 노인에게 천천히 다가왔다.

아들이 보청기 해 줬다는 게 진짠가 보네? 평소에는 내가 부르는 소리 잘 듣지도 못했는데 돌아보는 걸 보면.

노인이 가만히 고개를 끄덕이고는 대충 눈인사를 하고 돌아섰다. 몇 걸음 걷지 않았는데 박 씨가 노인의 몸을 돌려세우고는 노인의 귀 쪽을 빤히 바라보았다. 박 씨는 귀를 후비던 손가락으로 보청기를 몇 번 두드리더니 노인에게서 보청기를 빼냈다. 노인이 뒤늦게 손을 귀에 가져다 대고는 막아 내려 했지만 박 씨가 조금 더 빨랐다. 보청기를 둘러보던 박 씨가 방금 전 자신의 손가락에게 그랬던 것처럼 보청기를 입으로 세게 불었다. 노인이 손을 내밀며 내놓으라고 말하자 박 씨는 대답 대신 조금은 힘이 들어간 손길로 노인의 귀에 보청기를 꽂아 주었다. 그러고는 한 걸음 뒤로 물러나 노인의 몸을 위아래로 훑어보며 아들이 돈이 많은가 보네, 하고 중얼거렸다. 노인이 건성으로 대꾸하는 것을 들으며 박 씨는 다시금 한쪽 입술을 당겨 웃었다. 가던 길이나 가라는 손짓을 하고 돌아섰던 박 씨가 아, 하는 소리와 함께 노인의 앞으로 다가왔다.

혼자 사니까 귓밥 파 줄 사람도 없나 보네. 혼자라도 파 봐. 익숙해지면 할만 해.

대답은 듣지도 않고 발걸음을 옮기는 박 씨의 아슬아슬한 뒷모습을 보며 노인은 괜스레 자신의 귀를 한번 만져 보았다. 박 씨는 노인이 아들의 아파트로 옮겨 갔을 때에도 심기를 불편하게 만들었다. 아들이 돈이 많다더라, 그러니까 비싼 보청기도 해 줬지, 아들의 아파트도 엄청나게 좋을 것이 분명하다, 같은 말로 온 동네 사람들에게 소문을 냈다. 덕분에 노인은 한동안 집 밖을 나설 때마다 이웃 사람들에게 아들네랑 같이 살게 됐다며, 좋겠네, 이제 노인정도 안 오겠네, 따위의 말을 들어야 했다. 조금은 섭섭한 티를 내는 사람들에게 집이 얼마 멀지 않아서 노인정에 계속 올 것이라고 이야기하며 달래야 했다. 그래, 오늘도 박 씨는 노인정에 들어서는 노인을 보자마자 아들네 집으로 이사하니까 점점 오는 시간이 늦어진다며 빈정거렸다. 못 들은 척하며 신발을 벗는 데에만 집중하는 노인을 보며 보청기를 꼈는데도 안 들리느냐며 아들에게 새로 하나 맞춰 달라고 이야기하라며 킬킬거렸다. 노인은 그런 박 씨를 바라보다가 박 씨가 누런 앞니 하나 정도를 뽑히고 나면 입을 다물지 않을까 생각했다.

박 씨가 아니라면 혹시 전에 살던 집에서 가까운 슈퍼를 하던 홍 씨일까. 슈퍼에서 담배를 한 갑씩 살 때마다 홍 씨는 노인에게 보청기에 대해 묻곤 했다. 홍 씨는 요즘 남편의 귀가 나빠지는 것 같다며 걱정스러운 말들을 쏟아 냈다. 그때마다 노인은 만날 쏘

다니기만 하고 자기밖에 모르는 남편이 어딘가 예뻐서 오만 걱정을 다 하나, 하고 생각했다. 하루 종일 좁은 계산대 앞에 앉아 얼마 없는 손님을 받는 동안 가게 뒤편의 집에서 잠이나 처자고 있는 남편이 뭐가 걱정스러워서. 한량도 그런 한량이 없었다. 가끔은 집과 가게가 연결된 문 너머로 코 고는 소리가 크게 들리기도 했다. 길게 뽑아내는 소리가 아주 깊게 잠든 사람의 코골이였다. 홍 씨는 민망한 웃음을 지으며 이미 굳게 닫힌 문을 몇 번이고 쿵쿵 쳐서 작은 틈조차 보이지 않게 만들었다. 그러면서도 거스름돈을 건네며 뭐, 많이 비싼가? 하며 또 물었다.

아니, 밥 먹으라는 소리를 해도 듣는 둥 마는 둥하고. 무슨 말이든 적어도 세 번은 해야 알아듣는 것 같고. 아무래도 문제가 있는 거겠지?

노인은 정말로 귀에 문제가 있는 것일까, 아니면 귀찮아서 아내의 말을 무시하는 것일까, 몇 번이고 생각해 보았지만 여전히 답은 후자에 가까운 듯했다. 노인은 거스름돈을 확인하며 그냥 병원에 가 보는 것이 어떻겠느냐고 물었지만, 홍 씨는 병원 가면 당연하게 안 좋다는 말을 듣게 될까 봐 무서워서 그렇다며 한숨을 내쉬었다. 최근 손녀딸이 가게 일을 봐주고 있다며 노인정에 엉덩이를 붙이고 앉아 있는 홍 씨는 오늘도 노인에게 물었다. 보청기를 쓰면 확실히 잘 들리긴 하지? 홍 씨의 물음에 고개를 끄덕이니 곁눈질로 자신의 귀를 바라보는 것을 모른 척하며 돌아선 노인이었다. 홍 씨는 걱정이 많은 사람이니까 노인이 잠깐 빼 놓은 보청기를 보고 혹해서 손을 댄 것일지도 몰랐다.

노인은 당장이라도 전화를 걸어 물어볼 사람처럼 침대에 뉘었던 몸을 일으켰다. 침대에 올려 두었었나, 뒤척이다 이불 안으로 들어갔나, 아니면 바닥에 떨어졌나, 하며 방을 살피던 노인이 다시 침대에 걸터앉았다. 집으로 들어오자마자 겉옷을 거실 소파에 벗어 두었던 것이 떠올랐다. 노인이 한숨을 내쉬었다. 제 한숨의 크기가 얼마만한지도 알지 못하는 자신이 한심했다. 노인은 겉옷의 오른쪽 주머니에 들어 있을 전화기를 생각하다 관두었다. 노인은 오는 길에 젖었던 부분이 찝찝해 바지를 벗어 던졌다. 통이 넓은 바지를 벗으니 눈에 띄게 볼품없이 마른 다리가 드러났다. 노인은 그 다리가 흉해 이불 속으로 빠르게 숨겼다. 헐렁한 셔츠까지 벗자 다리만큼이나 마른 팔이 드러났다. 노인은 팔까지 이불 속으로 숨긴 채 딱딱한 베개 위로 목을 기댔다.

노인은 노인정에서 보청기를 찾아 조용하던 귀에 꽂아 넣으면 어떻게 될지 생각했다. 갑작스레 시끄러운 소음이 귓가를 파고들지는 않을까, 듣고 싶지 않은 말들까지 듣게 되는 것은 아닐까, 아들과 대화다운 대화를 이어 갈 수는 있을까. 대화? 노인이 작게 중얼거렸다. 아들과 대화다운 대화를 나눴던 것이 언제인지도 까마득했다. 아들의 아파트로 옮기고 난 뒤, 노인이 자신의 집에서 5분만 걸어가면 되었던 노인정이 멀어진 것을 투정했을 때에도 그랬다. 아들은 매일 버스를 타는 노인에게 아파트에 있는 노인정에 가시면 되잖아요, 라고 말했다. 원래 알던 곳이 아니면 다니기 불편하다는 노인을 보며 아들은 웃음을 터뜨렸다. 나이가 몇인데 새로운 환경을 두려워하세요. 초등학교 1학년인 승주도 안 그래요. 그때 노인은 아들을 바라보다 아무런 대꾸 없이 귀에서 보청기를 빼내고 침대에 누웠다. 아들의 반대쪽으로 몸을 돌려 마른 등을 드러냈다. 그런 자신을 보며 아들은 무슨 말을 했더라. 어차피 듣지도 못했겠지만 아들의 입 밖으로 무슨 말이 튀어나왔을지 궁

70

금해졌다. 아마 아들은 아무런 말도 없이 가만히 한숨을 내뱉었을 것이었다. 종종 제 앞에서 내쉬곤 하던 아들의 한숨이 생각나 노인은 귓구멍을 잘게 쑤셨다. 어쩌면 보청기를 낀다고 하더라도 아들의 말을 들을 수 없을지도 몰랐다.

여전히 세상은 조용했다. 노인이 손을 뻗어 쓰고 있던 안경을 벗어 침대 옆 서랍 위에 올려 두었다. 평소에는 보청기와 짝꿍처럼 새벽 내내 밤을 지새웠는데 오늘은 외롭다고 느끼게 될지도 모르겠다는 생각이 들었다. 안경까지 벗으니 세상이 온통 깜깜했다. 어두운 창밖으로 거리에서 반짝이는 불빛만 보였다. 어둡고 조용한 밤이었다.

진화된 모습으로

예산여자고등학교 3
임가인

갑자기 국수가 먹고 싶었다. 입안으로 후루룩 빨려 들어가는 면발의 속도를 느끼고 싶었다. 면발의 끝이 입 주변을 철썩 내리치고 도망가는 감각을 느끼고 싶었다. 나는 한 번도 겪어 보지 못한 그 일을 왠지 할 수 있을 것 같다고 생각했다. 이상하게 과잉된 자신감인지, 단순한 착각인지, 아니면 나도 모르게 남아 있던 스스로에 대한 믿음인지 알 수 없었다. 어쩌면 평소에 쓸데없다고 생각해 왔던 도전 의식 같은 것일지도.

나는 물속을 헤엄치는 피카이아다. 무언가에 쫓기고 있지만 그 상대가 누구인지도 알지 못한 채였다. 다급한 탓에 자꾸만 해초에 걸리고 몸뚱이는 날카로운 바위를 아슬아슬하게 스쳐 지나갔다. 어느새 나를 쫓는 상대의 몸이 등 뒤로 바짝 다가왔다. 내 옷깃을 잡아채려는 손이 뒷덜미에 닿아 오자 온몸에 소름이 돋아났다. 나는 재빠르게 손으로부터 달아나며 생각했다. 나를 무섭게 쫓는 저 상대는 누구지? 몸에 꼭 들어맞다 못해 작아 보이는 교복을 입고 한 손에는 담배를 쥐고 있는 일진? 무섭도록 깜깜한 정장을 입고 험악한 얼굴을 하고 있는 깡패? 혹시 내가 친 사기에 속아 넘어간 피해자인가? 뒤를 돌아 확인해 볼 정신도 없이 나는 몸을 흔들어 대며 달아나려고 애썼다. 다시금 뒤에서 느껴지는 인기척에 나는 주위를 둘러보다가 물 밖으로 펄쩍 뛰어올랐다. 주위를 살펴보며 나를 찾는 듯한 상대의 몸이 물 아래로 번져 보였다. 나는 아가미 만 뻐끔거리며 헐떡거리다가 나를 쫓던 상대가 사라지는 것을 확인하고는 힘겹게 움직여 물속으로 몸을 빠뜨렸다. 나는 잔뜩 굳어 있던 꼬리를 금세 흔들면서 깊은 곳으로 들어갔다.

누군가에게 쫓기는데 배는 고플 때에는 국수를 먹어야 해. 아빠는 젓가락을 쥐고 면발을 크게 잡아 올렸다. 가뜩이나 커다란 입을 더욱 크게 벌리고 아빠는 망설임 없이 면발을 집어넣었다. 입술을 움직여 아직 다 들어가지 못한 면발을 물고 있는 아빠는 물고기를 잡아먹는 바다표범 같았다. 면발이 입안으로 빠르게 빨려 들어가며 아빠의 얼굴을 내리쳤다. 나는 얼굴에 튀긴 국물을 손으로 대충 닦아 내며 물었다. 왜요? 아빠는 면을 우걱우걱 삼켜 내며 제대로 되지 않는 발음으로 답했다. 국수는 빠르게 마실 수 가 있거든. 시범을 보이듯 접시를 들고 국물과 면발을 동시에 삼켜 내던 아빠가 웃으며 말을 이었다. 잘못하면 도로 나와 버릴 수 도 있지만. 아빠는 코에서 줄을 뽑아내는 마술사처럼 행동하며 바보같이 웃었다.

나는 뒤늦게 젓가락을 집어 들었다. 손가락 사이에 젓가락을 이상하게 끼워 놓고 면발을 잡아챘다. 한 움큼 집어 든 면발은 초라하게 젓가락에서 떨어져 나갔다. 나는 다시 한번 면발을 집어 들었다. 얇은 면발은 가까스로 젓가락에 엉켜들었다가 자꾸만 매가리 없이 끊어졌다. 나는 나 혼자서만 면발을 끊어 먹고 있는 것은 아니겠지, 생각하며 주위를 둘러보았다. 바람과는 달리 모든 사람들이 아무렇지 않게 국수를 먹고 있었다. 아빠는 어느새 건더기까지 모두 해치운 그릇을 들고 나를 황당한 눈으로 쳐다보았다. 너는 젓가락질도 제대로 못하냐? 나는 고개를 숙여 단 한 입도 대지 못한 국수를 바라보았다. 애처롭게 끊겨 있는 면발들은 저마다 다른 길이를 하고 있었다.

여전히 나는 무언가에 쫓기고 있었다. 나는 내 몸을 낚아채려고 팔을 버둥거리는 상대에게서 벗어나며 빠르게 헤엄을 쳤다. 머릿속에 누군가의 목소리가 울렸다. 빨리 멸종해 버려. 너는 멸종이 되어야 해. 나는 애써 머릿속을 유영하는 목소리를 떨쳐 버리며 물 밖으로 빠져나왔다. 헐떡거리지 않으면서 천천히 숨을 고르던 나는 나를 쫓는 상대가 사라지는 것을 확인하고 다시 물 근처로 다가갔다. 물 안을 빤히 살피다가 깊은 물속으로 몸을 뉘었다. 아가미는 다시 뻐금거렸으며 꼬리는 날쌔게 움직였다.

나의 멸종은 언제일까. 아직도 그 목소리는 내 안에서 헤엄치고 있는 듯했다. 사람의 끝은 생각하는 것처럼 아름답지도, 비극적이지도 않다. 항상 건강해 보이시던 앞집 할머니도 어느 날 갑자기 병에 걸려서는 병원에 내내 누워 있다가 돌아가셨다. 동네 친구였던 진수는 또 어떻고. 축구공 찾으러 뛰어갔다가 차에 치여 버렸다. 나는 고작 열두 살에 사람들이 흔히 꿈꾸는 '편안하게 잠드는 죽음이 얼마나 어려운 일인지 깨달았다. 오늘 당장 재수 없게도 커다란 트럭에 치이거나, 집 앞에서 살인마를 만나거나, 하다못해 접시 물에 코 박고 죽을지도 모른다. 나는 멸종을 생각했다. 생각하는 것만큼 단단하지 않은 생명력, 허무하게 사라져 버릴 주위의 모든 것, 자신을 잘 알지도 못하면서 확언하고 자부하는 사람들, 스스로 바보라는 꼴을 증명해 버리는 우리의 행동들, 나는 멸종을 이겨 낼 수 있을까. 물속을 자유롭게 유영하다가도 물 밖에서 자유롭게 움직일 수 있는 피카이아처럼.

나는 물속을 헤엄치는 피카이아다. 더 이상 나를 쫓는 무언가는 없었다. 그래도 나는 무언가에 쫓기는 것마냥 물속을 달린다. 어딘가에 걸리거나 부딪힐 뻔하는 일도 일어나지 않는다. 어느덧 물이 얕아지고 물 위로 모래 따위가 보이면 나는 펄쩍 뛰어오른다. 물 밖으로 나온 몸을 몇 차례 튕기다가 천천히 숨을 고른다. 나는 아가미 대신 폐로 숨을 쉬고 꼬리로 헤엄치는 대신 다리로 걷는다. 나는 물 밖을 걸어 다니는 사람이다.

나는 멍하게 주위를 둘러보았다. 나에게도 어떤 여유 같은 것이 느껴졌다. 나는 천천히 걸음을 내디뎠다, 갑자기 국수가 먹고 싶었다.

잃어버린 바다

이대부속고등학교 3
정종은

해안가 근처에는 임시 회의를 하기 위한 컨테이너 박스가 설치되어 있었다. 나를 포함해서 이번 작업에 참가하는 잠수사들은 컨테이너 박스 안에 마련된 작은 임시 회의실 안에 자리를 잡고 앉았다. 이번 일을 맡기로 한 사람들끼리 모여서 작업 절차에 관한 설명을 듣는 자리였다. 테이블에서 제자리를 찾아 앉은 팀원들끼리 서로 간단하게 자기소개를 주고받은 후, 잠수 팀 팀장님의 주도 아래 회의가 진행되었다. 그래프에 나와 있듯이 제주의 전력 공급은 수요를 따라가지 못합니다. 팀장님은 담담한 목소리로 화면을 가리키며 작업 개요를 설명하기 시작했다. 우리가 주도하는 해저 케이블 설치 작업의 최종 목표는 전기 공급 문제를 해결하기 위한 것입니다. 한동안 제주의 전기 공급 실태, 해저 케이블 설치 경로 등을 텔레비전 화면에 띄우고, 화면에 뜬 것들에 관한 추가 설명을 하던 팀장님은 그 말을 끝으로 설명을 마쳤다.

그의 설명에 따르면 우리가 할 일은 진도 변환소에서 서제주 변환소 사이에 위치한 105킬로미터 해저 공사 구간에 해저 케이블을 설치하는 것이다. 무엇보다 안전사고가 일어나지 않게 주의합시다. 회의를 마친 후 팀장이 마지막으로 강조했다. 그의 목소리는 작은 회의실 안을 꽉 채우던 침묵 속을 맴돌았다. 그의 말에는 묘한 힘이 실려 있는 것 같았다. 그 때문일까, 그의 말을 듣고 있던 나와 다른 사람들 모두 진지한 얼굴로 한곳을 바라보았다.

얼마나 지났을까, 왠지 착 가라앉은 분위기 속에서 미미한 진동 소리가 울려 퍼졌다. 나는 살짝 고개를 떨구곤 휴대폰을 넣어둔 주머니 부분에 살짝 손을 갖다 대어 본다. 내 주머니는 미동도 없다. 나는 고개를 도로 들어서 사람들을 바라보았다. 같은 장소에 있던 사람들 대부분이 제 휴대폰인지 아닌지 확인하는 듯 옷자락 스치는 소리가 들려왔다. 제 거예요. 잠깐의 침묵 끝에 팀장이 진동이 울리는 자신의 주머니를 힐끔거리며 말했다. 아까 오면서 보셨던 숙소로 가서 휴식을 취하고 계시면 됩니다. 저 먼저 가보겠습니다. 팀장은 당부를 남기곤 진동이 울리는 주머니를 한 손으로 누르며 자리에서 일어섰다. 그러곤 살짝 고개를 숙여 인사한 뒤, 문을 나섰다. 나를 포함한 팀원들도 팀장을 따라 문을 나섰다.

나는 숙소 안으로 들어가서 옷가지 등이 들어 있는 스포츠 백을 구석에 내려놓았다. 그런대로 말끔하게 정리되어 있는 방을 향해 시선을 돌린다. 그리고 천천히 방 안을 둘러보았다. 임시 숙소지만 꽤 좋은 방이었다. 내가 방 안을 둘러보고 있는 동안, 다른 팀원들이 차례차례 방 안으로 들어섰다. 그리고 방 안을 살피더니 내가 짐을 놓아둔 곳에 모아 놓듯 짐을 놓았다. 그렇게 놓으니

짐들이 옹기종기 모여 있는 것처럼 보였다. 그러나 아직 잠수사들끼리는 서로 어색한 사이이기에 대화를 나눌 만한 사람은 딱히 없어 보였다. 모여 있는 짐들과는 반대로 사람들은 방 안에 뿔뿔이 흩어져 있었다. 나는 짐 무더기를 잠깐 쳐다보다가 벽에 기대어 앉았다. 그리고 간혹 휴대폰 화면을 들여다보다가 다른 사람들이 무엇을 하고 있는지를 바라보았다.

그들은 각자 다른 행동을 하고 있었다. 한 사람은 개인 가방에서 칫솔을 꺼내 들고는 화장실로 들어갔고, 또 다른 사람은 한구석에 있는 미니 텔레비전 앞에 비스듬히 누워 낡은 리모컨 버튼을 콱콱 누르고 있었다. 뭔가 문제가 있는지 텔레비전 화면에는 방송이 아니라 치직거리는 회색 화면만이 들어차 있었다. 그는 버튼을 몇 번 더 눌러 보다가 이내 포기했는지 리모컨 전원 버튼을 누른다. 그때 화장실에 들어갔던 동료가 문을 열고 나왔다. 화면이 번쩍, 하더니 하나의 직선이 되어 스러졌다. 멎어 버린 치직거리는 소리 위로 그가 돌아눕는 소리가 겹쳐졌다. 그는 천장을 보고 누워 눈을 몇 번 깜빡였다. 그리고 이내 눈을 감았다.

햇살이 창문 틈새로 내리쬐며 방바닥에 네모난 햇빛의 흔적을 남겼다. 동료 잠수사가 그렇게 누운 이후로 방 안은 정적에 휩싸였다. 나를 제외한 모두가 잠을 청하고 있거나, 잠에 빠져들어 있었다. 작업 시작하기 전에 자 두는 편이 좋을 텐데. 마지막으로 깨어 있던 사람까지 눈을 감고 잠에 빠져들자, 방 안은 숨소리와 간혹 들려오는 코 고는 소리로 가득 찬다. 나는 도무지 잠이 오지 않을 것 같은 기분이었다. 색색거리는 편안한 소리가 혹시 나 때문에 깨지지 않을까 싶어서, 나는 발소리를 죽여 살살 걸음을 옮겼다. 미니 텔레비전의 반대편 구석에 설치된 미니 냉장고를 열었다. 예전에 뭐가 담겨 있었는지 알 수는 없는 노릇이었으나, 냉장고 안에서는 옅은 묵은내가 맴돌았다. 나는 냄새에 살짝 인상을 찌푸리곤 냉장고 안을 슬슬 둘러보았다. 캔 맥주 몇 개가 들어 있었다. 잠도 안 오는데 한 캔 정도는 마셔도 괜찮을 것 같았다. 나는 맥주 캔을 손에 쥐고는 가까운 베란다로 걸음을 옮겼다.

여름이 가까워졌다 하더라도 날이 저물어 가는 터라 베란다 타일은 차갑게 식어 있었다. 나는 차가운 타일에 맨발을 대고 걸음을 옮겨 난간 가까이 다가갔다. 난간 너머로 몇 시간 후 내가 일하게 될 바다가 보였다. 해가 떨어지고 있어서인지 바다는 해의 색깔로 물들고 있었다. 반짝거리며 부서지는 빛이 바다 위로 흔적처럼 남아 있었다. 놀라울 정도로 아름다운 모습이었다. 지금 맡게 된 이 일도 나쁘지는 않았으나, 저렇게 아름다운 바다에서 내가 정말로 원하던 것은 할 수 없게 됨이 아쉽게만 느껴졌다. 맥주 캔의 손잡이를 따자 시원한 파열음과 함께 작은 맥주 방울이 캔 입구로 튀어 올랐다.

나는 지금 내려다보고 있는 바다와 닮은, 그리고 그 물속에서 느껴지는 알 수 없는 평화로움을 좋아했다. 특히 해외여행을 떠나 얼떨결에 체험하게 된 잠수는 내 인생을 바꾸어 놓았다. 나는 어머니의 양수 속을 떠다니는 아이처럼 물속을 자유롭게 유영할 수 있게 되었다. 그렇게 되려면 물과 몸 사이의 중성 부력을 맞춰야 했다. 물 위로 뜨지도 가라앉지도 않게 기구와 호흡을 조정하면 어느 지점에서 나 자신이 마치 한 마리 물고기가 된 듯한 기분이 든다. 그렇게 되면 그 시간부로 물속에서 어느 정도 부력의 영향을 받지 않고 자유로워질 수 있다.

팔을 휘젓고 물을 박찰 때마다 체력 수치가 줄어드는 것 같은 수영과는 느낌이 확연히 달랐다. 마치 몸에 지느러미라도 생겨난 것 같은 기분이다. 그 감각을 처음으로 느낀 것은 고등학교를 졸업하고 가족끼리 떠난 해외 패키지 여행이었다. 여행 코스에 포함된 스킨스쿠버 코스에서 나는 수영할 때 물을 박차는 느낌과 확연히 다른 잠수해서 물속을 유영하는 느낌에 매료되어 버렸다. 패키지 여행이기는 했으나 애초에 휴양 여행이었고, 정해진 날에 렌터카로 관광지를 방문하는 것 외에는 별다른 일정이 없었다. 그렇기에 나는 비는 시간 동안 호텔 수영장이나 바닷가에서 시간을 보낼 수 있었다. 나는 하루가 멀다 하고 호텔 바닷가로 나갔다. 그러곤 스쿠버 장비를 끼고 바다를 유영했다. 나는 산호 사이를 헤엄치는 색색의 물고기보다도 몸이 물에 적응하는 그 감각을 즐겼다. 그 느낌은 내가 미래에 잠수하는 일을 하고 싶다는 생각을 하게 된 이유 중 하나가 되었다. 별다른 목표 없이 하루하루를 보내던 내가 하고 싶다고 생각한 것은 잠수가 처음이었다.

나는 귀국 후 잠수사가 되기 위해 해야 할 것들을 조사하기 시작했다. 방에 마련된 노트북을 사용해 인터넷을 서핑하기도 했고, 해안 지역에 거주하는 사촌을 방문해서 잠수 일을 하는 사람을 소개해 달라고 요청하기도 했다. 조사 결과 스킨스쿠버가 되려면 사설 기관에서 관리하는 국제 공인 인증 자격증을 따야 했는데, 해외로 나가서 스쿠버 강사를 하려면 최소한 레스큐 자격증 정도는 필요하다고 했다.

나는 나름 노력해 가며 꿈을 향한 준비를 차근차근 해 가고 있었다. 그러던 어느 날이었다. 강행 돌파하는 경향이 있는 나는 어느 정도 꿈을 이루는 데 필요한 자격증을 취득한 상태였다. 수영 실력이 특출 난 건 아니지만 어느 정도 수영을 할 수 있는지라 나는 바로 시험에 응시했다. 수중 18미터까지만 잠수가 가능한 1단계 오픈워터 자격증과 제한 수역 40미터까지 잠수가 가능한 2단계 어드밴스드 오픈워터 자격증을 취득하고 나서 레스큐, 다이버 마스터, 인스트럭터 등의 자격증을 취득하면 법적으로 자유롭게 스킨 스쿠버를 하는 것이 가능해진다고 했다. 그런 자격증을 땄으니 어찌 기쁘지 않았을까. 나는 제일 먼저 부모님께 이 소식을 알렸다.

자격을 얻었으니 이제 할 수 있는 것을 찾아야 했다. 나는 잠수사 모집 공고 같은 것을 찾아서 웹서핑과 자료 모으기에 시간을 아끼지 않았다. 부모님은 가끔 내 방 문간에 기대어 서서 내 모습을 지켜보고 계셨다. 나는 그런 부모님의 모습을 내가 꿈을 이루기 위해서 노력하는 모습을 지켜보시는 거라고 생각했다. 그러던 어느 날, 나는 거실에 널브러진 통장을 발견한다. 통장 정리가 깔끔하게 되어 있는 통장을 본 나는 그제야 부모님의 시선이 뿌듯함이 아닌 우려라는 것을 알아차리게 되었다. 그 이후 나는 내가 하고 싶은 일을 시작할 때 부모님의 손을 빌리려 했던 생각을 단번에 접을 수밖에 없었다.

하지만 제아무리 부모님께 미안함을 느낀다고 해도 남아 있는 꿈에 대한 미련을 곧바로 단절할 수는 없었다. 그래서 나는 포기하는 대신 조금 돌아가는 길을 택했다. 비슷하되 같지 않은 일을 수소문했다. 그러던 와중 그나마 행운이 찾아왔다. 일전에 연락을 드렸던 분에게서 연락이 온 것이다. 해안 지역에 거주하는 친척분이었다. 며느리가 제주 사람인데 그녀의 아버지가, 제주에서 이번에 대규모로 이루어지는 해저 케이블 설치 작업의 책임자라고 했다. 그곳에서 잠수사를 모집하고 있을 거란 연락이었다. 나에게 망설일 이유는 없었다.

제주의 짙푸른 바다가 햇빛 아래에서 반짝거렸다. 시야 속 바다가 수면 위로 이어진 흰 선과 함께 넘실거린다. 햇볕이 따갑게 내리쮠다. 나는 바다 위에 작은 섬처럼 떠 있는 암석 위에 섰다. 나는 동료의 조언대로 머리 위로 내리쮜는 햇빛을 막기 위해 밀짚모자를 썼다. 밀짚모자 아래로 진땀이 흘러내린다. 짠 바닷물 냄새가 코를 찌른다. 나는 살짝 코를 찡그리며 소금 냄새를 맡는다. 그러고는 손에 쥐고 있던 와이어를 힘주어 잡았다. 이 부근은 수심이 낮아 배가 들어올 수 없으므로 잠수사의 손이 꼭 필요한 일이었다. 단순 체크 작업일 경우 한 사람을 지정해서 일을 수행한다고 하는데, 첫 번째로 내가 이 일을 담당하게 되었다.

와이어 연결 작업은 해저 케이블 설치 작업의 시작이었다. 해저 케이블을 연결하는 본선이 크기 때문에 해변 근처까지 들어올 수 없으므로 해저 케이블을 설치하려면 윈치*에 둘둘 말려 있는 와이어를 케이블이 올 수 있는 바다까지 연결해야 한다. 케이블을 육상으로 끌어올리는 데 필요한 과정이었다. 연결한 와이어를 바지선**까지 끌고 가면, 다음 차례에서 본선에 있는 케이블을 바지선까지 끌어온다. 그리고 바지선에서 체결시킨 후 와이어로 케이블을 당겨 올리는 것이다.

내가 발을 디디고 있는 작은 암석은 신발 밑창 아래에 있는데도 울퉁불퉁하다는 것을 충분히 느낄 수 있을 정도였다. 나는 한

---

* 원통형의 드럼에 와이어로프를 감아, 도르래를 이용해서 중량물(重量物)을 높은 곳으로 들어 올리거나 끌어당기는 기계.
** 항내(港內), 내해(內海), 호수, 하천, 운하 등에서 화물을 운반하는 소형 선박.

숨을 내뱉고는 눈을 가늘게 떴다. 좁아진 시야 안으로 푸른빛이 끼어든다. 햇빛이 따가워 모자를 쓰지 않으면 눈을 제대로 뜨고 있기도 힘들지만, 바다의 색깔은 선연하게 눈에 들어온다. 해저 케이블을 설치하기 위한 첫 단계는 와이어 연결이었다. 길게 이어진 와이어를 당기다가 케이블이 설치되어야 할 경로를 이탈하면 안 되었기 때문에 집중이 필요한 작업이었다. 처음이라서 그런지 알 수 없는 긴장감이 몸에 배어 있던 나는 별 탈 없이 작업을 마칠 수 있었다. 나는 안도의 한숨을 내쉬며 파도치는 바다를 바라보았다. 하얗게 거품이 이는 파도 소리가 시원했다. 아까는 그렇게 내리쬐던 햇빛이 점점 잦아들고 있었다. 내 일이 끝나고, 팀장의 돌아오라는 신호를 본 나는 바닷물에 뛰어들었다. 물이 얕아서 잠수다운 잠수를 한 것도 아닌데 왠지 기분 좋은 감각이 몸을 감쌌다. 나는 물에 들어갔다 나와서 축축하게 젖은 손을 펼쳐 보았다. 손에는 울퉁불퉁한 돌에 짓눌린 자국이 남아 있었다. 육지에 닿기 전 손을 잘못 짚어 생긴 흔적이었다. 스펀지에 뻥뻥 뚫린 구멍처럼 손바닥에 박힌 자국에서 찌릿한 통증이 느껴졌다.

불볕더위 아래에서 잠수복을 껴입는 건 여간 힘든 일이 아니었다, 계속해서 볕이 뜨거웠다면 작업이 힘들어졌을 텐데 다행히 내가 와이어 경로를 점검할 때보다는 더운 것이 가라앉은 듯 잠수복 위로 닿아 오는 공기가 서늘했다. 그러나 햇빛이 들지 않아서 잠수복이 마르지 않아 물을 잔뜩 먹은 솜처럼 천근만근 무거운 것이 변하지 않았다. 걸음을 옮길 때마다 철벅철벅하는 축축한 물소리가 났다. 검은 잠수복 안쪽에 고인 물이 죽죽 빠져나와 바닥을 적셨다.

내가 작업을 하는 동안 나머지 잠수사들은 주변에서 와이어를 띄울 때 사용할 부력 장치를 밧줄로 묶고 있었던 듯 보였다. 나는 그들이 움직이는 것을 힐끔 쳐다보곤 간이 수도꼭지가 있는 곳으로 걸음을 옮겼다. 물에 한 번 빠진 후라 직사광선 밑에서 와이어를 당기던 순간과 지금을 비교하면 괜찮기는 했지만 홍조가 거의 얼굴 전체에 번져 있는 듯 얼굴이 화끈거렸다. 나는 소금기 전 손을 얼굴에 대 보았다. 손가락 밑에서 땀인지 물인지 모를 축축한 감촉과 함께 후끈한 열기가 느껴진다. 나는 수도꼭지를 돌렸다. 그런 대로 시원한 물이 수도꼭지 밑으로 흘러내렸다. 나는 그 밑에 얼굴을 가져다 댔다. 시원하고도 짧은 소리가 귓가를 스쳐 지나더니 얼굴이 그나마 시원해진다.

나는 한참 동안 그러고 있다가 얼굴의 물을 털어 내곤 고개를 들었다. 찬 공기가 얼굴에 닿아 왔다. 아까보다 온도가 확 떨어져 버린 것 같았다. 고개를 들어 하늘을 바라보았다. 무심코 올려다본 하늘은 아까와는 다르게 회색빛으로 물들어 흐려진 하늘 아래 바다도 우중충했다.

*

와이어에 부력을 더하기 위한 스티로폼이 바다 위에 둥둥 떠 있었다. 연결을 다 시켰는지 다음 작업에 들어가겠다는 외침이 들려온다. 바다 위에 둥둥 떠서 파도와 함께 움직이는 하얀 와이어 위에 못 보던 것이 달려 있다. 스티로폼은 부력을 더하기 위해 작은 원기둥 모양으로 만들어졌는데, 멀리서 보니 나뭇가지 끝자락에 매달린 열매 같아 보였다.

아직 물에 들어가지 않은 잠수사들은 혹시 모를 안전사고를 대비해 간단하게 몸을 풀었다. 나는 이미 한번 물에 들어갔다 와서 별다른 준비운동을 할 필요가 없었지만 그냥 그들의 옆에서 가벼운 체조를 했다. 체조가 끝나자마자 잠수팀은 바로 바지선으로 출발했다. 바닷길 외의 별다른 길은 마련되어 있지 않았다. 나는 바닷물에 뛰어들었다. 그나마 햇빛에 말라 가고 있었던 잠수복에 도로 바닷물이 스며든다. 나는 아까까지 내가 발을 딛고 서 있었던 울퉁불퉁한 암석을 지나쳐서 바지선으로 헤엄쳐 갔다. 헤엄칠 때마다 갈라지는 물살이 피부를 스쳐 지나가며 간질거렸다.

이제 바지선에서 로프를 당겨 육상에 와이어를 끌어오는 작업을 할 차례였다. 이 작업은 나 다음으로 경험이 적은 윤강열 잠수사가 맡았다. 돌이 많기로 유명한 제주다 보니 해저 암반이나 암벽에 와이어가 걸려 끊길 수도 있는 위험이 있었다. 그래서 천천히, 느슨하게 와이어를 당겨야 했다. 나는 바지선 귀퉁이에 올라선다. 지금은 그렇게 큰 힘이 필요한 것은 아니지만 날씨라든가 뭔가 변수가 생겼을 경우 힘을 보태야 하므로 근처에서 기다리는 것이다. 마침 하늘이 흐려지고 공기도 서늘한 게 금방이라도 소나기가 쏟아질 것 같다며 잠수 팀장이 나머지 팀원 전부를 이곳에서 대기하도록 지시를 내렸다.

나보다 몇 발자국 앞에 서 있는 윤강열 잠수사는 나름대로의 박자에 맞추어 로프를 당겼다. 그의 몸 너머로 줄지어 서 있는 타이어 머리가 눈에 들어온다. 그의 왼편에 서 있는 나무 기둥은 바닷물에 푹 절어 짙게 물들어 있었다. 바지선 아래에서 넘실거리는 바닷물에 와이어가 가라앉지 않도록 해 주는 스티로폼 공이 튜브처럼 떠 있었다. 천천히, 느슨하게, 살살. 윤강열 잠수사는 지시대로 착실히 로프를 당겼다. 짧게만 보이는 로프가 팽팽해진다. 로프의 표면은 척 보기에도 축축하고 꺼끌꺼끌해 보였다. 나는 그를 주시하며 그가 작업하는 동안은 비가 오지 않기를 바랐다. 하지만 나의 바람은 허사였다. 머지않아 먹구름을 뚫고 비가 쏟아지기 시작했다.

윤강열 잠수사는 쏟아져 내리는 비를 맞으면서도 나름 침착한 기세로 줄을 일정 길이만큼 조심스럽게 당기고, 잠시 멈추었다가 다시 당기는 것을 반복했다. 그러나 한 사람이 요동치는 바다를 감당하기는 어려웠는지 그는 금방이라도 로프를 흔드는 파도에 휩쓸려 내려갈 듯 위태위태해 보였다. 나를 포함한 나머지 팀원들이 급하게 달려 나가 그를 도왔다. 우리는 마치 뭔가가 로프를 당기기라도 하는 것처럼 파도 위에서 요동치는 로프를 붙잡고 끌어당겼다. 요동치던 로프는 성인 남자 세 사람분의 힘이 가해지고 나서야 겨우 진정한 듯 제자리를 찾았다.

*

마침 식사 시간도 다가오고 있어서 소나기도 피할 겸 잠시 점심을 하기로 했다. 팀원들은 모두 선박 위에 마련된 컨테이너 박스 위에 올라섰다. 식사로는 김밥 한 줄이 주어졌다. 그러나 팀원들은 편하게 자리에 앉아 있는 사람도 없거니와 감흥 없는 표정으로 김밥 조각을 하나 집어 입안에 욱여넣고 있을 뿐이었다. 그들의 시선은 바다에 고정되어 있었다. 비가 그치면 바로 일을 시작해야 하므로 윤강열 잠수사는 입었던 잠수복조차 벗지 못하고 빗속에서 로프를 계속 주시하며 김밥을 먹는 둥 마는 둥했다. 그의 손에 들린 은박지 속 김밥이 빗물에 축축이 젖어 들어갔다.

파도는 로프를 잡아먹을 기세로 몰아쳤다. 로프가 힘없이 일렁거리고 있었다. 나는 아까 와이어 경로를 체크할 때 보았던 바다의 모습을 떠올렸다. 기분 좋은 사람이 입가에 떠올리는 미소처럼 잔잔하게 일렁거리던 바다는 마치 화가 나기라도 한 것처럼 위에 올라선 로프를 거칠게 내몰고 있었다. 단순히 날이 궂어진 것뿐인데 저렇게까지 변하다니. 왠지 아름답게만 여기던 것의 이면을 본 것 같은 기분이 들었다. 나는 수면 위로 퍼지는 원형 파문을 가만히 내려다보았다.

비는 한동안 쏟아져 내렸다. 금방 그칠 줄 알았는데 의외로 오래가네. 문 앞을 서성이며 바다를 바라보던 나는 혼잣말을 내뱉었다. 그러게요. 옆에서 낮은 목소리가 끼어들었다. 나는 그가 대답할 거라고 예상하지 못했기에 흠칫 놀라 그를 돌아본다. 윤강열 잠수사는 자기가 작업할 차례였기 때문인지 유독 바다 근처를 떠나지 못하고 지붕 아래에 서서 비가 그치기만을 기다리고 있었다. 모두 잠수복을 입고 있는 것은 같았으나, 그는 일을 하던 도중 쏟아져 내리는 비를 가장 많이 맞은 사람이었다. 축축한 잠수복을 오래 입고 있던 그의 안색이 파리하게 질려 있었다.

나는 그에게 수건을 건네주었다. 그는 아까 스스럼없이 대답했던 것처럼 자연스럽게 수건을 받아 들며 나에게 꾸벅 고개를 숙여 보였다. 서로 나름의 대화를 튼 셈이라 왠지 대화를 이어 가지 않으면 안 될 것 같은 기분이 들었다. 마침 눈앞에 보이는 것도 바다뿐이라 그 이야기를 해야겠지, 나는 손가락끼리 서로 부딪히며 잠시 손장난을 하다가 말을 꺼낸다. 바다가 저렇게 급변한다는 사실을 알고 있기는 했는데……. 작업 현장에서 이렇게 보니까 왠지 무섭네요. 잔잔하던 게 저렇게 변해 버리니까. 내가 말하자 윤강열 잠수사는 비에 젖어 있던 머리를 수건으로 털어 내다가 나를 힐끔 쳐다보았다. 바다가 그렇죠 뭐, 아름다운 바다 같은 게 어딨어요. 그는 나에게 시선을 고정시키곤 그렇게 말했다. 그는 내가 여태껏 믿어 오던 것을 완전히 부정하는 것처럼 보였다. 나는 얼떨결에 얼빠진 소리로 그의 말에 의문을 표했다. 그는 잠시 말을 멈추었다. 음. 그가 짧은 소리를 내고는 입술을 달싹였다. 그러곤 얼마 지나지 않아 입을 열었다.

그는 이 일을 지원하기 전에 시체 인양하는 일을 했다고 한다. 사람들한테는 은어로 악어라고 불려요. 얼마 전에 영화도 개봉했으니까. 그는 나를 힐끔 쳐다보았다. 마치 내가 그것을 아는지 모르는지 확인하는 것 같은 눈빛이었다. 악어는 여름 한철 벌어 먹고살아요. 그때가 관광지 성수기인 동시에 악어들 지갑에 돈 들어오는 시기라고, 선임이 매번 그런 재미도 없는 농담을 할 정도였죠. 사람이 많아지는 만큼 다른 계절보다 해양 사고가 자주 일어나니까요. 그리고 그 익사체는 돈이었죠. 의뢰인의 애간장을 태워서 적당히 걸릴 때쯤 뭍으로 끌고 가야 괜찮은 금액을 받을 수 있었죠. 그는 그 내용을 입에 담으면서 살짝 몸을 부르르 떨었다.

그러니까 그 일을 할 때는 바다는 제게 관광지가 아니게 된 거예요. 어딘가에서 사람이 강으로 뛰어내리는 장면을 봤을 때도 그걸 피부로 느꼈습니다. 아, 저 사람이 뛰어내려서 만약에 죽으면 얼마나 버텨야 괜찮은 값을 받으려나. 웹툰이었는데, 전 턱을 괴고 화면을 바라보면서 그런 생각을 하고 있더군요. 그 생각이 지나간 후 저는 피가 얼어붙는 것 같은 알 수 없는 공포를 느꼈습니다. 그리고 혹시 다음에 일이 생기면 바로 불러 달라고, 언제든 달려가겠다고 문자를 보내 놓은 선임에게 저 이 일 그만두겠다고, 연락해도 더 이상 가지 않겠다는 문자를 해 놓았습니다.

그는 그 말을 끝으로 입을 다물었다. 별다른 말을 하지 않았지만 그가 바다를 아름답지 않다고 생각한 이유는 제대로 전해졌다. 나 역시 그와 마찬가지로 입을 열지 못했다. 그리고 파도치는 바다 위로 일렁이는 파문을 바라보았다. 확실해졌다. 아름다운 바다 풍경에도 파문이 일어나고 있었다. 흔들림은 점점 심해져만 갔다. 바다는 무엇일까, 그저 돈을 만들어 내는 장소일까.

*

케이블 랜딩은 해상에서 육상으로 케이블을 연결하는 작업이다. 케이블의 첫 출발이 잠수사들의 손에 의해 이루어진다고 해도 과언이 아니다. 이 작업이 완료될 때까지 잠수사들은 바지선을 떠나지 못한다. 그래서 바지선 위에는 잠수사들이 작업을 시작하기 전 머무를 수 있는 컨테이너 박스가 마련되어 있다. 드디어 회색 하늘에서 구름이 약간 걷힐 기색을 보였다. 팀장님의 지시대로 우리 팀은 컨테이너 박스로 이동했다.

컨테이너 박스 내부는 확실히 임시 숙소만 못했다. 벽 쪽에 서 있는 전선에 빈 이온 음료 페트병이 거꾸로 매달려 있었고 창문과 환풍구 사이에 걸어 놓은 빨랫줄에 수건이 걸려 있었다. 전체적으로 고등학교 시절 딱 한 번 가 봤던 수련회의 숙소 시설과 닮아 있었다. 그러나 숙소와 다른 점이 있다면 이불이나 잠잘 공간은 없고 대신 간이 의자와 책상이 방 한구석에 들어와 있다는 것이다. 그 위쪽의 벽과 문 바로 옆에는 화이트보드가 놓여 있다. 화이트보드 위에 검은 마카 자국이 뭉개져 있었다.

각자 살아남기를. 서로 분주하게 짐을 챙기는 잠수사들을 보고, 다른 사람보다 빠르게 채비를 마친 잠수 팀장님이 짧게 외쳤다.

사기를 북돋우고자 하는 형식적인 말이었다. 나는 그러나 그 멘트에 동조하며 동료들과 함께 짧은 함성으로 답했다. 정말 합류해서 일을 시작한다는 느낌이 강하게 전달되는 듯했다.

팀장이 로프 뭉치에 가까이 다가가며 당부했다. 그의 날카로운 눈은 케이블 끝단을 끌어올리는데 쓰이는 견인 로프에 고정되어 있다. 중간중간 장력을 봐서 로프를 느슨하게 조정해야 합니다. 케이블이 휘어지지 않도록 해야 해요. 그리고 바람을 받지 않도록 해야 합니다. 부이*가 많다 보니 케이블이 물 영향도 많이 받고 바람 영향도 많이 받는다고, 다 잘 알겠죠? 잠수 팀장이 당부했다.

본격적인 작업이 시작되었다. 포설선까지 쭉 이어져 있는 로프가 선명하게 보였다. 전기 공급의 신호탄이나 다름없는 케이블이 포설선에서 내려올 준비를 마쳤는지 잠수 팀장이 우리에게 신호를 보내는 모습이 보였다. 나는 그쪽으로 가까이 다가선다. 저 멀리 케이블이 내려올 좁은 통로가 보인다. 통로 위에 하얗고 둥근 부이가 파도 거품처럼 떠올라 눈에 확 들어온다. 이 작업은 사람의 힘만으로는 무리가 있었기 때문에 이번 작업에는 부이가 사용된다. 분명 이전이었다면 아름다운 모습이라고 생각했을 것이다. 그러나 나는 저 진주 목걸이같이 보이는 것도 거짓임을 알고 있다. 가까이서 보면 분명 달라질 모습일 것이다. 어째서 아름다움이라는 것은 영원할 수 없는 것일까. 나는 잔잔하게 요동치는 바다를 내려다보았다.

---

*해상의 기상 상황을 관측하는 장비를 말하며 고정 부이와 표류 부이가 있다. 부표와 동의어, 부표의 뜻은 수면에 띄운 부체(浮體)로 된 항로 표지.

국수 만들기

이대부속고등학교 3
정좋은

갑자기 국수가 먹고 싶었다. 오늘이라면 분명 좋은 것을 쓸 수 있을 거라는 생각 뒤에 딸려 나온 충동이었다. 당신은 멍하니 그 생각을 하다가 펜을 돌리고 있던 손을 멈춘다. 손가락 사이에서 어지러이 돌던 펜은 손과 같이 멈추더니 내가 앞에 놓아둔 빈 연습장 위로 떨어진다. 당신은 툭, 하고 떨어지는 소리에 퍼뜩 놀란다. 그리고 떨어진 펜에 시선을 준다.

펜은 비스듬히 누워 있었는데, 마치 뭔가를 가리키는 것처럼 보였다. 아니, 실제로 가리키고 있었다. 당신이 원고지에 옮겨 적기 전 연습장에 끼적인 문장이었다. 당신은 그 문장을 상당히 마음에 들어 했으나 이을 만한 다음 문장을 생각해 내지 못했다. 그래서 그 문장은 글이 되지 못하고 연습장 위에 남아 있었다. 다음에 써먹으면 되는 거지, 뭐. 라고 당신은 생각했다.

당신은 대수롭지 않게 문장을 바라보던 시선을 거둔다. 그러곤 문장을 가리키는 펜을 바라보았다. 매번 검정 펜만 쓰던 당신이 유일하게 쓰고 있는 하얀 만년필이다. 하얗고 매끄러운, 그리고 통통한 몸통을 멍하니 보던 당신은 국수 면을 떠올린다. 펜보다 더욱 길쭉하고 늘씬한 국수 면은 흐물거리며 그릇 속에 늘어진다. 그 위로 보얗게 우러난 사골 국물이 부어진다. 국물은 몇 번 흔들리다가 자리를 잡으며, 위로 비죽이 고개를 내민 젖은 국수 면을 감싸며 부드럽게 기름방울을 퍼뜨린다. 그 위로는 쪽파와 고춧가루 등을 버무려 고명을 올린다, 그러면 상상 속에서 당신이 그토록 먹고 싶던 국수가 완성된다.

물론 아내를 불러 국수를 삶아 달라고 할 수도 있겠지만, 당신은 그러지 않는다. 당신은 완벽하게 국수 맛을 떠올렸는데, 실제 먹는 것이 그것과 다르다면 아내와 당신 모두 불만족할 것을 알기 때문이다. 당신은 언젠가 맡아 본 따스하고 고소한 그 냄새를 떠올려 보려고 한다, 왜인지는 잊어버렸지만 그리운 냄새임에는 틀림없다. 당신은 눈을 감고 생각한다. 그리운 냄새를 따라 생각한다, 후루룩 소리를 내며 시원스레 입안으로 빨려들던 부드러운 면 무더기들, 그것을 먹으면서 하던 어릴 적의 목표도 어렴풋이 기억난다. 국수같이 시원스레 흘러드는 글을 쓰고 싶다고. 그렇게 말하자 옆자리에서 젓가락질을 하던 부모님이 웃음을 터트리셨었지, 국수 한 그릇 같은 작품을 쓰겠다는 어린 날의 향수가 밀려드는 듯했다. 당신은 그 따뜻하고 정겹던 시절을 떠올리다가 어느새 까무룩 잠이 든다.

당신은 주방에 서 있었다. 영화에서나 보던 고급 레스토랑의 주방과 비슷하게 생긴 곳이었다. 당신은 단박에 꿈이로구나 생각했지만 이토록 선명한 것은 처음이었기에 조금 혼란스럽다. 그 마음을 알아차리기라도 한 건지, 구두 소리가 들려오더니 누군가 당신 옆에 선다. 당신은 옆을 돌아다본다. 웨이터 옷을 깔끔하게 차려입은 남자였다. 남자는 당신을 보며 샐샐 웃다가 안내하듯이 당신 앞을 향해 손짓한다. 왠지 얄미운 느낌의 웃음을 뒤로하고 당신은 앞을 바라본다. 앞에는 조리대가 마련되어 있어서, 당신은 그 위에 있는 재료들을 보았다. 재료는 봉지에 담겨 있었는데, 봉지 위에는 전부 정갈한 이름표가 붙어 있었다.

재료는 다음과 같았다. 면: 105.6그램(쓰다 만 문장), 국물: 모자람(다 쓰지 않은 쪽글), 고명: 부족함(띄엄띄엄 생각한 단어들). 당신은 눈을 깜빡거리며 재료를 내려다본다. 아까 당신이 원했던 것처럼 국수를 만들라는 것 같았지만 재료는 이름표를 보던 눈대중으로 보던 턱없이 부족해 보였다. 이보세요. 지금 요리를 하라는 것 같은데…… 이딴 재료로 무슨 국수를 만듭니까? 당신은 눈앞에 보이는 웨이터를 보며 항의한다.

어라, 저희는 시설만 제공할 뿐이에요. 재료는 전부 당신이 준비하신 거잖아요. 웨이터는 과장되게 고개를 갸웃하며 당신을 바라본다. 그게 무슨 말 같지도 않은 소리람. 당신은 예상조차 하지 못한 말에 얼빠진 표정으로 웨이터를 본다. 웨이터는 당신 표정을 보며 푸흡, 하고 웃더니 말을 이었다. 그러니까, 당신이 국수 같은 걸 만들고 싶으셨다면 재료를 좀 잘 준비했어야죠. 그렇게 하다가 내버려두고 끊어 놓으면 의미가 없어요. 질이 낮더라도 양이 충분했으면 우리 쪽에서 재료의 질을 높이도록 도움을 주었을 텐데. 웨이터는 간신히 웃음을 그치더니 당신을 바라보았다. 못하시겠다면 돌아가세요. 다음에 오실 기회가 생긴다면 좀 제대로 된 걸 가져오시길. 그렇게 말하며 웨이터는 탁, 손가락을 튕겼다.

당신은 머지않아 잠에서 깬다. 책상에 엎드린 채였다. 당신은 몸을 일으켜 원고지를 한동안 내려다보다가 책상 위를 더듬어 연습장을 끌어온다. 그러곤 촤라락 넘겨 보며 불완전한 재료들을 살펴본다. 당신은 하얀 만년필을 똑바로 손에 쥐었다. 왠지 국수 냄새가 코끝을 떠도는 것 같다. 당신은 입가에 살포시 웃음을 머금는다.

안녕 치사랑

중앙대부속고등학교 2
장현지

열일곱 살이 되었을 때,

나는 가장 먼저 토하는 것이 나의 의무라고 느꼈다.

옥상 위에 한참을 토했다. 빨래를 널러 가서. 밤바람에 물기가
가득했다. 널어 놓은 수건들이 마르지 않을 것 같았다. 빨랫감이
늘었다.

토한 것을 보며 비참한 기분이 들었다. 옷을 갈아입고 걸레를
가져와 더러운 토를 손가락에 묻혀 가며 닦으면서, 나는 어쩔 수
없이 울었다. 안 그래도 저녁밥도 맛없었는데. 된장찌개엔 시래기
밖에 없었는데. 스무 살이나 처먹고 쉼터에서 안 나가는 년이 옆
자리에 앉지 말라고 눈치 줘서 얼마나 서러웠는데. 나는 왜 그것
까지 토하고 여기서 이러고 있어야 해? 누구는 새해 첫날이라고
상다리 부러지게 갈비찜 차려 놓고 먹었겠지. 새해가 왔지. 오늘

새벽엔 해가 뜨겠지. 너무 서러워서 나는 그냥 죽어 버려도 좋을 것 같았다. 나는 조심스럽게 난간에 다가갔다. 뭐에 홀린 것 같았다. 난간을 붙잡고 아래를 내려다보았다. 그래 봤자 주변에 고층 건물이 워낙 많아서 내려다보이는 것도 별로 없었지만. 간혹 지나가는 차들과 불 밝혀진 가로등들이 보였다. 불 켜진 편의점이 보였다. 새까만 가운데 그림자처럼 손을 흔드는 가로수들과 아파트 단지의 주차장이 보였다.

그 순간 시간이 거꾸로 흐른다. 17년 전으로 되돌아가 나는 엄마 뱃속으로 도로 들어갔다가 점점 분열되지도 않은 세포 상태로 작아져 마침내 사라진다. 우리 엄마의 배는 다시 홀쭉해진다. 엄마는 교복을 입고 학교 옥상에 누워 있는데 정말 예쁘다. 엄마는 웃고 있다. 나는 단 한 번도 보지 못한 미소다. 하긴 보았을 리가 없다.

그대로 17년이 흐른다. IMF 외환 위기가 막 신음과 박수 속에 막을 내리고 대통령이 세 번 바뀌고 외할머니가 시장에서 반찬 가게를 시작하시고 엄마는 대학교에 들어가고 대학교를 졸업하고 원하던 직장에 취직해서 가끔 스트레스도 받고 힘들어 친구들과 만나 술을 마시기도 하고 그러다 사랑하는 남자를 만나 알콩달콩 연애를 하며 경력이 쌓여 승진을 하고 월급이 올라가고 통장엔 적지만 꾸준히 돈이 쌓이기 시작하고 외할머니에게서 독립해 자취를 시작하고 연인과 무르익은 사랑을 나누고 준비가 되었을 때쯤 모두의 축복 속에서 결혼식을 올리고 한복을 입고 양가 부모님께 절을 올리고 친구들이 피로연에서 샴페인을 터뜨리고 진한 키스를 나누고 신혼여행지에서 예쁜 옷을 입고 세상에서 가장 아름다운 밤을 보내고 둘이 돈을 모아 서울에 괜찮은 전세방을 잡고 번

갈아 가며 요리도 해 주고 함께 잠이 들고 때론 싸우기도 하지만 삶의 반려로 선택한 사랑을 매일 확인하며 모든 걸 확신할 수 있게 되었을 때쯤, 엄마의 뱃속엔 작은 생명의 씨앗이 피어난다.

모두가 기뻐한다.

그리고 우리 엄마는 뱃속의 아기를 향해 자장가를 불러 줄 것이다. 배를 쓰다듬으며 사랑한다고 속삭여 줄 것이다. 엄마는 그렇게 해 줄 수도 있었을 것이다.

나는 난간을 붙들고 주저앉아 펑펑 울었다. 우리 엄마는 열일곱 살에 죽었다. 나를 가지지만 않았어도 우리 엄마는 그렇게 살았을 것이다. 엄마는 원할 때 아이를 가졌을 것이고 그 아이를 사랑했을 것이다. 엄마는 행복했을 것이다. 행복하지 않았더라도 어쨌거나 살았을 것이다. 어떤 새끼가 아빠인지 나는 모르겠지만 엄마는 그 새끼 대신 나를 죽이는 길을 택했다. 엄마와 나로부터 도망친 그 새끼처럼 엄마는 옥상에서 날 내던졌다. 그렇게 내 부모 둘은 도망가 버렸다. 옥상 밑에서 꾸물꾸물 피를 흘리던 엄마로부터 의사들은 다급하게 나를 끄집어냈다. 내 심장은 뛰었다. 의사들은 내게 기적이라는 이름을 붙였고 나는 신문에까지 나왔지만, 할머니는 피투성이인 날 받아 들었을 때 일어나서는 안 되는 일이 일어나고야 말았다고 생각했을 것이다. 외할머니의 딸이 죽었다. 외할머니가 받아 든 바로 그 조그마한 피투성이가 당신의 딸을 옥상에서 내던진 것이다. 나는 고리 속에 갇혔다. 내가 없는 세상과 내가 있는 세상을 묶어 놓은 고리 말이다. 엄마는 땀과 눈물로 범벅이 된 채로 부른 배를 움켜쥐고 옥상에서 몸을 던졌고, 그때 죽은 엄마가 떠나지 못하고 이 고리 안에 갇혀 있는 것을 열일곱 살의 나는 발견했다. 나는 영영 썩어 가는 엄마와 함께 이 고리 속에 살겠구나, 하는 생각이 들었다. 영원히 엄마와 동갑인 채로 말이다. 아, 우리는 이 속에 갇혔다. 그 무엇도 이제 우리를 여기서 끄집어 내 줄 수 없을 것이다. 나는 열일곱 살이 되기 전에 죽었어야 했다. 그 애가 날 낳기 두려워서 죽어 버린 여기까지 도달하기 전에.

내 인생은 늘 무음 상태 속에 있었다. 할머니는 죽기 전까지 죄책감 속에 살았고 나는 우울증 걸린 사람에게 첫 감정들을 배웠다. 내 삶은 내게서 도망친 것들로부터 시작된 것이다. 난 시체에서 태어났다. 시체가 부서진 뒤에 남겨진 조그만 온기를 질질 끌어 연약하게 기워 붙인 것이다. 나는 마침내 나의 본분인 시체로 돌아가야겠다는 생각을 했고, 어떻게 죽을지 진지하게 고민했다. 열일곱 살이 된 것을 깨닫고 옥상 위에서 토했던 그날로부터 며칠 지나지 않아, 나는 쉼터에서 같은 방을 쓰는 두 살 어린 애에게 말했다. 내가 오늘 밤에 옆 건물 옥상에서 뛰어내려 자살할 거니까 너는 내일 아침에 일어나거든 내 시체는 보지 말고 조용히 112에 전화해 사람이 죽었다는 것만 신고하라고. 하지만 그 애는 그 길로 쌤한테 가서 그걸 꼬질러 버렸다.

"선생님, 난 진짜 내 손으로 죽어야 해요."

나는 울면서 말했다.

"우리 엄만 지옥에 있겠죠? 자살했잖아요. 내가 이 삶을 자연사할 때까지 끝까지 버티고 살아 내면 하느님이 대견해서 천국에 있도록 상을 줘 버릴지도 몰라요. 그럼 엄만 억울할 거 아니에요. 걘 나 땜에 죽었는데……."

"아빠도 천국에 갈까요?"

"왜 우리 엄만 죽었죠? 왜 걔랑 난 지옥에 있을 수밖에 없는 거죠?"

"선생님, 연약함은 죄가 아니에요. 우리 엄마는 연약해서 죽은 거예요. 신은 이걸 병사로 인정해 줘야 해요. 아니면 사고사요. 그렇지 않으면 말도 안 되잖아요. 하지만 내가 자살하면 사고사도 병사도 안 되겠죠?"

"하느님, 아니 선생님. 어떻게 했어야 우리 엄마가 살았을까요? 그냥 날 지워 버렸다면 그 애는 살았을 게 아닌가요? 어차피 나까지 죽이려고 했으면서 그 애는 왜, 대체 뭣 땜에 나한테 이런 짐까지 지워 주고 지랄이었어야 했던 걸까요? 왜 그 애는 자기 엄마까지 우울증에 죽게 만들어야만 했던 걸까요? 왜 지가 죽고 지랄이죠? 외할머니가 나를 얼마나 끔찍하게 여기다 죽었는지 아세요?"

"그 생각을 멈춰, 이라야."

선생님은 차분하게 말했다. 선생님의 조금 더 큰 손이 내 손을 꽉 붙잡았다. 나는 붙들린 느낌이 들었다. 선생님은 내 눈을 단호하게 바라보았다.

"너는 영원히 그 문제에 답을 찾을 수 없어. 이라야, 계속 그걸 생각하는 한 너는 불행할 수밖에 없을 거야."

쿵. 내 심장이 떨어지는 느낌이 들었다.

"선생님, 선생님은 진짜 좋은 분이시지만, 방금은 정말 끔찍한 소리를 하셨어요."

"그렇지 않아, 이라야. 진정해. 너는 그 생각을 하지 않고도 충분히 살아갈 수 있단다. 네 엄마를 생각하지 않더라도 너에겐 살아갈 이유가 충분하기 때문이야."

"전 죽을 때까지 이 생각을 할 거예요. 그리고 전 조만간 죽을 거고요."

"이라야, 선생님도 너를 사랑해. 네가 그런 소릴 할 때마다 선생님 마음이 얼마나 찢어지는지 모르겠니?"

"선생님은 너무 많은 사람들을 사랑하시잖아요. 그걸로는 제가 살아갈 수 없어요."

"이라야, 이렇게 생각을 해 보자."

선생님은 침을 꿀꺽 삼키더니 말했다.

"이라야, 네 나이 때엔 누구나 부모와 갈등을 해. 너도 그런 갈등을 겪고 있을 뿐이라고 생각을 해 보렴. 그 나이 때엔 모두가 도저히 자기 부모를 이해할 수 없다고 느끼게 마련이거든. 하지만 너는 곁에 그 부모가 없기 때문에 더 크게 혼란을 느끼는 거야. 심지어 네 부모님은 너와 동갑이잖니. 그래서 너는 엄마 아빠를 이해할 수 없는 너 자신에게 죄책감마저 느끼는 거야."

나는 선생님의 눈을 빤히 들여다보았다.

"선생님, 그런 죄책감이 아니에요. 분명히 알아요."

"그렇지 않아, 이라야. 너는 네 죄책감을 너무 과대평가하고 있어. 네가 이겨 낼 수 있는 죄책감이란다. 실은 네 탓이 아니거든."

선생님은 헛소리를 해 대기 시작했다. 나는 더 이상 선생님과 말이 통하지 않겠다고 여겼다. 나는 알았다고 말하고 상담방에서 나왔다. 내가 생활하는 방으로 돌아가니 선생님께 일러바친 주인공이 내 눈치를 살피며 앉아 있었다.

"미안."

그 애는 배시시 웃으며 말했다.

"그치만 규칙이잖아. 누가 자살할 것 같으면 쌤들한테 말하는 거."

"어쩌라고. 니 때문에 오늘은 사감 쌤 방에서 같이 자야 돼."

나는 사물함에서 잠옷과 세면도구를 챙겨 들었다. 그 애는 내

뒤통수에 대고 말했다.

"언니, 죽지 마. 응? 언니 죽으면 나도 죽을 거야."

"니가 왜 죽어?"

"언니 죽으면 따라 죽을 거야."

나는 그 애를 돌아보았다. 이 애 이름은 이예린이다. 그 애는 쌍커풀이 두텁게 진 눈으로 나를 빤히 바라보았다.

"그럴래? 그러면 나중에 같이 죽자."

나랑 예린이가 동반 자살을 할지도 모른다. 이예린도 살 만큼 살았다. 나보다도 머리가 나쁜 애였다. 부모님이 때려서 가출을 했는데 가출해서도 매일 맞고 다녔다. 예린이는 충분히 힘들었다. 머리 나쁘고 눈치도 없는 애는 어딜 가도 힘들다. 멍청한데 나쁜 것만 배워서 무방비하게 놓여 있는 지갑만 보면 아직도 안달복달을 했다. 이예린은 기회만 된다면 내 물건을 돈 될 만한 것만 싹 털어서 쉼터에서 도망칠 수도 있을 것이다. 하지만 예린이랑 나는 같이 죽을 수도 있다. 우리 엄마처럼 술에 취하면 아주 쉬울 것이다. 하나보다 둘이 되면 더 쉬울 것이다. 우리는 멀리 떠나서 죽을 것이다. 그래야 우리가 죽어도 쉼터 선생님들이 욕을 먹지 않을 테니까. 아무도 우리가 죽은 것에 신경 쓰지 않을 것이다.

아무도 신경 쓰지 않을 것이다. 내가 이예린이랑 같이 죽을 리는 없다. 동반 자살보다 멍청한 짓이 어디 있는가. 세상에 누가 남이랑 같이 죽는단 거야. 엄마도 배우자도 아닌 사람이랑. 죽음만큼 사적인 일을.

그래. 그랬던 것이 언젠가의 일. 연초의 일. 불행히도 나는 아직까지 살아 있다. 계절이 변했다. 추웠고 따뜻했고 나는 고등학생이 되는 신비로운 경험을 했다. 나는 나라에서 학비를 대 줘서 어쩔 수 없이 학교를 다니는데 솔직히 하루에도 수십 번씩 자퇴하고 싶은 생각이 든다. 우리 학교는 진짜 구려서 애들은 물론이고 선생님들도 수업을 떵가먹는다. 좀 하다가 애들이 다 잔다 싶으면 선생님도 칠판에 기대서 핸드폰질을 했다. 내가 지금 학교를 자퇴하지 않고 있는 것은 순전히 검정고시를 통과할 자신이 없고 중졸로 남기는 싫어서다. 나는 학교에 와서 친구를 한 명 사귀었다. 이상한 애도 아니고 양아치도 아니고 진짜 생각이 없는 애도 아니고 생각할 거리가 너무 많아서 일부러 아무 생각도 하지 않고 눈 감은 채 사는, 나 같은 부류의 애였다. 우리 같은 사람들에겐 무언가 열심히 할 거리가 필요하다. 그렇지 못하다면 친구라도 있어야 한다. 그 애를 만난 것은 다행이었다.

박지훈은 어릴 땐 아버지 말이 다 옳은 줄 알았다고 했다. 아버지가 술만 마시면 개처럼 달려들어 어린 아들을 붙들고 세상이 어쩌고 거지발싸개가 어쩌고 지껄여 댔던 것도 다 세상이 거지고 거지발싸개라 그런 줄 알았다고 했다. 아버지한테 맞아도 자기가 나쁘고 아버지가 피해자인 줄 알았다고 했다. 그 애 엄마는 박지훈이 어렸을 때 집을 나갔다.

자식이 대가리가 크는 것은 비극이라고 박지훈은 말했다. 세상 모든 아이들은 태아일 때 죽어 버려야 한다고. 아니면 그 누구도 태어나서는 안 된다고 이야기했다. 왜 생명은 타인의 뱃속으로부터 시작되는 걸까. 영원히 한마음일 수 없다면, 애초에 부모가 세상의 전부인 것처럼 느끼지 않는 편이 좋았을 텐데. 지훈이는 울분에 차서 말했다. 그 애는 아직도 툭하면 아빠한테 맞았다. 지훈이가 하는 모든 말들이 진심은 아닐 것이다. 원래 언어란 것은 전하고 싶은 마음을 온전히 전하지 못하라고 있는 것이다. 나는 확신한다. 아담과 이브가 너무나 서로를 잘 이해하면 하느님을 잊어버릴까 봐 하느님이 만들어 둔 것이다. 그런 생각을 하면 나는 너무너무 슬퍼진다. 천국은 과연 존재할까? 물론 나는 지옥에 가겠지만, 천국 같은 것이 어딘가에 존재할까? 여기보다 좋은 세상이 존재할 수 있을까? 그런 곳에 사람이 살 수 있을까?

나는 우울해진다. 나는 어차피 못 갈 것을 알지만, 거기에 마지막 희망을 건 채 살아가는 사람들도 있지 않은가. 그러나 나는 사람 사는 세상이 이곳과 다를 수 있을 거라고는 도저히 생각할 수 없다.

나는 그런 얘기를 할 때 박지훈이 담배로 구름빵 같은 이상한 짓을 하지 않고 가만히 물고만 있는 게 좋았다. 그 녀석한테 그런 얘기를 듣는 게 좋았다. 나중에 내가 고아인 걸 알게 된 박지훈은 그런 이야기를 한 걸 좀 부끄러워했지만 난 개의 생각을 더 듣고 싶었다. 그 애는 부모님에 대해서 진정으로 생각하는 것 같았다. 자기 자신 말고 부모님에 대한 것 말이다.

"내가 존재해서 세상에 득이 되는 게 뭘까?"

한번은 박지훈이 물었다. 나는 그 질문이 너무 우울하니까 관두라고 했다. 그런 식으로 생각하면 세상에 아무도 살 수 없다고 말이다. 하지만 그 질문이 자꾸만 머릿속을 떠돌아서 결국 나는 쉼터 선생님에게 물어보았다.

"쌤, 제가 존재해서 세상에 득이 되는 게 뭘까요?"

"그건 신만이 아신단다. 분명한 건, 하느님이 너를 이 세상에 보내시고 살리시고 돌보셨다는 거야."

우리 쉼터 재단은 가톨릭이다.

"그렇대."

내가 박지훈에게 전하자 박지훈은 말했다.

"신이 존재해서 세상에 득이 되는 게 뭘까?"

"세상에."

나는 한숨을 쉬었다.

"가능성이라는 게 태어났을 때 100만큼 열려 있다고 하면, 열일곱 살 때쯤엔 얼마큼 열려 있을 것 같냐?"

"50?"

"엑, 왜? 왜 그거밖에 안 돼?"

"잠깐만, 한번 따져 보자. 인간이 보통 90살까지 산다고 하면, 열일곱 살이라면…… 계산기 있냐?"

"여기. 핸드폰."

"19퍼센트 정도 살았네. 그럼 81퍼센트 정도 남았나?"

"많이 남았네……."

"그렇지?"

"응."

"……."

"81밖에 안 남은 거야?"

"욕심쟁이야."

"89살에는 1프로밖에 안 남은 걸까."

"나도 몰라. 사실 그런 걸 계산하는 계산법은 없잖아."

"아인슈타인이라면 만들 수 있을까."

"아인슈타인이라면……."

"왜, 사랑 방정식도 멋지게 만들었잖아……."

"핵폭탄도 만들었고……."

찬바람이 불었다. 나랑 박지훈은 옥상 위에 있었다. 벌써 겨울이었다.

방학 직전의 단축 수업 기간이라 급식이 없었다. 그래서 우리는 옥상에서 김밥을 먹었다. 겨울 방학은 12월 31일이었고 내일이었다. 아주 많은 시간을 통째로 빼앗긴 기분이 들었다. 차가운 옥상 위에 올려진 김밥이 순식간에 식듯이. 바람은 부서진 하느님의 가슴처럼 불어왔다. 저주처럼 세상에서 사람들은 상처받고 가슴이 부서지고 서로 미워하고 있기 때문이리라. 내일이 12월 31일이라는 생각을 할 때마다 나는 견딜 수가 없어졌다. 그래서 나는 옥상 난간 앞까지 뛰어갔다. 옥상은 인류에게 너무 위험한 장소다.

머리가 깨지면 좋고. 다리라도 한쪽 부러져야 몸에 다시 피가 돌 것만 같다. 그런 충동이 들어서 나는 무서워져서, 등을 돌리고 갑작스레 박지훈을 향해 외쳤다.

"야, 니 여기서 떨어져 뒈질 수 있냐? 인생 좆같지? 떨어져 봐."

"씨발 년이 왜 또 헛소리야……. 뒈질 거면 니나 뒈져. 지랄을 하네, 진짜."

"니 여기서 떨어지면 내가 100만 원 준다."

"아, 웬 개소리야. 닥치고 김밥이나 먹어 그냥."

"못 떨어지겠냐? 무섭냐, 등신아?"

나는 괜시리 격앙되어 외쳤다. 갑자기 온몸에 피가 빠르게 돌았다. 바람이 상쾌한 탓이다. 아, 난 이 기쁨을 안다. 몇 번이고 근처에 다가갔던 기쁨이다.

나는 난간을 풀쩍 넘어서 아슬아슬하게 쇠봉을 붙잡고 반대쪽에 섰다. 별것 아니었다. 그냥 운동장이 보였다. 구리구리한 우리

학교 운동장. 나를 바라보던 박지훈이 당황했는지 먹던 김밥을 우적우적 삼키고 달려왔다.

"야, 씨발, 너 뭐해? 미쳤어?"

"아, 씨발 놈아, 봐 봐! 아오 씨발, 바람 존나게 부네, 존나 춥네 진짜! 뒈질 거야 쌍! 근데 이런 날씨에 어떻게 뒈지냐!"

"야, 일단 내려와. 진짜 장난하냐? 너 뭐하는 거야?"

"날씨도 안 도와! 날씨도 안 돕네, 걍 죽지 마!"

나는 쾅쾅 발을 구르며 운동장에 손가락질을 했다. 떨어질 듯 말 듯한 왼쪽 손으로 맞은편의 쇠봉을 꼭 잡고 있었다.

"이런 데서 누가 죽냐? 야, 여기서 누가 떨어지냐? 병신도 아니고 누가 이딴 데서 떨어져, 이딴 데서? 미친년놈 많네. 씨발 안 떨어져, 안 떨어져, 어떤 병신이 여기서 떨어지냐?"

"어? 여기서 누가 떨어져! 이런 데서 누가 떨어져! 누가 죽는다고그래! 누가 바닥에 대가리를 처박고 죽는다고그래! 우아하게 죽어야지! 우아하게 죽어야지, 씨발 세상 사람들아! 이 나라는 존나 씨발 쌍놈들밖에 없냐!"

"죽지 마! 죽지 마! 씨발 것들아, 죽지 마! 누가 자꾸 죽는대. 사는 게 뭔지도 모르면서……. 안 죽어! 안 죽는다고 이 븅신들아, 븅신들아……."

고래고래 고함을 쳤다. 하고 싶은 말이 많았다. 하지만 나는 늘 눌러 두고만 살았다. 뭐가 옳은 소리인지 몰라서. 그러나 마침 학교에 사람도 없고 바람도 나를 향해 불고 있었다. 내가 지금 소리치는 말들은 세상에 섞여서 나쁜 짓을 하지 않고 내게만 날아와 내 폐 안에서 썩어들 것 같았다.

한참을 소리치다 문득 내 뒤에서 나를 말리던 박지훈이 조용해진 것을 느꼈다. 나는 조금 불안한 기분으로 뒤를 돌아보았다. 한 대 맞을지도 모른다. 어쩌면 이 녀석이 진짜 날 밀어 버릴지도 몰랐다.

그러나 돌아보았을 때 나는 하려던 말을 뚝 멈췄다. 박지훈은 사색이 되어 눈물을 뚝뚝 떨구고 있었다. 나는 멍하니 녀석을 응시하다가, 당황해서 난간을 넘어 다시 옥상 안으로 기어 들어갔다.

"아, 진짜 왜 그러는데……."

박지훈이 울먹거렸다. 나는 너무 당황해서 이러지도 저러지도 못하고 어버버거렸다.

"너…… 우냐?"

내가 할 말을 찾지 못하고 묻자 녀석이 눈물을 슥 훔치며 말했다.

"존나 무섭다고 진짜……. 왜 죽으려고 하는데."

나는 우두커니 서서 녀석의 얼굴을 뚫어져라 쳐다보았다.

"야…… 안 죽어…… 미안…… 또라이야, 울지 마."

저녁에, 쉼터 침대에 엎어져서 나는 생각했다. 내 아빠도 우리 엄마가 죽었을 때 울었을까? 우리 엄마가 죽었다는 소식을 들었을까? 내가 살았다는 소식을 들었을까? 근데 왜 내 앞에 코빼기도 안 비쳤지? 어디로 갔을까? 어디로 사라져서 코빼기도 안 비치는 거지?

순간 정말 무서운 살인 충동이 일었다. 씨발. 니가 울었을 리가 없어. 그치? 그러니까 코빼기도 안 비쳤지. 그렇게 살다 뒈져라. 뒈져라. 뒈져라. 내 눈앞에 나타나기만 해 봐. 뻔뻔스럽게 나타나기만 해 봐. 콱 죽여 버릴라니까. 콱 죽여 버릴라니까……. 다시는 얼씬도 못하게 대가리를 깨 버릴 거야……. 그 새끼 거시기한테 복수할 거야. 그 개같은 거시기가 다 잘될 수 있었던 걸 전부 다 망쳤어.

그 거시기한테 복수할 거야. 도대체 그 자식은 울었을까? 누가 우리 엄마를 위해 울었을까?

박지훈은 나 때문에 울었는데. 박지훈이란 뭘까. 아, 사는 건 너무 어렵다. 나는 얼굴을 파묻었다.

난 무섭다. 열여덟 살이 되기 직전의 순간부터 세상은 흘러가 버리고, 나는 다시 이 고리의 끝으로, 열일곱의 시작으로 밀려나 버릴 것 같다. 내게는 열일곱 살만 수백 번 시작될 것이다. 내가 마침내 견디지 못하고 옥상에서 대가리를 깨 버릴 때까지.

엄마, 나는 17년이나 너의 뱃속에 살았어. 엄마 뱃속이 피투성이야. 상처투성이야. 계속 계속 상처가 생겨. 이 눈에 보이는 상처가 늘어나.

엄마를 만나야겠다.

나는 결심했다. 엄마를 만날 방법은 단 한 가지 있었다.

불을 켜고 들어온 누군가가 흠칫 하고 놀랐다. 그 아이는 잠시 바닥에 누워 있는 물체를 황당하게 쳐다보다가, 말했다.

"……뭐 하냐?"

"아이씨, 진짜. 불 켜지 마."

"뭐 하냐니까? 밥 먹으러 내려오래."

"최면 실험 중이야. 태아 때로 돌아가서 엄마 목소리를 들으려고."

"참 나……. 별 이상한 짓을 다 하네. 어떻게 하는 건데?"

"아, 집중해야 되는데 진짜…… 아오, 니 땜에 다 망쳤잖아!"

나는 수면 안대를 내팽개치며 역정을 냈다. 그 애는 눈살을 찌푸리며 날 바라보았다.

"빙신아, 지금 니 꼴 완전 바보 같거든. 암튼 어떻게 하는 건데?"

"이렇게 누워서 힘을 풀고."

나는 한숨을 쉬며 누워서 시범을 보여 주었다.

"어."

"감각에 몸을 맡기는 거야. 진짜 하다 보면 돼. 이렇게 신비롭고 오묘한 느낌이 발끝에서부터 스멀스멀 올라오는 상상을…… 하다 보면 몸이 점점 편안해지면서……."

"어, 나 그거 본 적 있는 것 같아."

"……."

"……뭐더라, 무슨 페이스북에 떠돌던 전생 체험 방법이었는데?"

나는 스륵 눈을 떴다. 문 앞에 서 있던 아이와 눈이 마주쳤다.

"에이씨. 야, 나가. 나 다시 할 거니까."

"에휴……."

방문이 달칵 닫혔다. 나는 한참 동안 멍하니 천장을 쳐다보다가 도로 눈을 감았다.

어라?

어느 순간 눈을 떠 보니 나는 웬 소용돌이 속에 있었다. 이게 왜 생겼지? 하고 생각하다 보니, 아, 내가 상상했지, 라는 결론이 나왔다. 그래, 발끝에서부터 소용돌이가 시작되고 있었다. 스멀스멀 머리끝까지 소용돌이가 덮친 뒤에, 탁 하는 절단과 함께 눈앞이 까마득해졌다. 아 엄마를 만나러 가는구나. 난 직감했다. 가슴이 세차게 뛰었다.

어둠 속에서, 내 몸 주위로 꽃들이 자라났다. 아주아주 커다란 꽃들이 온 방 안을 뒤덮더니 벽이 무너졌다. 옹송그린 내 몸 위로 고요한 하늘이 펼쳐졌다. 곧 바닥이 없어져서 나는 하늘만 있는 곳에 있었다. 아무것도 없는 끝없는 하늘. 아. 하늘이 시간을 통과하는 문이구나. 나는 처음으로 알았다.

서서히 하늘 밑으로 무언가가 보였다. 세상이었다. 지구인들이 만든 땅이었다. 나는 하늘에 섞여 하늘색으로 물든 채로 땅 가까이 다가섰다. 그 순간 아주 강한 중력이 나를 끌어당겼다. 여기야. 여기가 니 소속이야, 라고 말하는 것처럼.

그리고 다음 순간 나는 아주 천천히 쿵, 쿵, 하는 어떤 소리만이 울려 퍼지는 좁고 어두운 공간 안에 갇혀 있었다. 저승 앞의 강처럼 새까만 물이 출렁거렸다. 나는 단단한 줄에 매달려 그 위에 누워 있었다. 그리고 그때부터 아무 생각도 할 수 없었다. 나는 장기조차 완성되지 않은 조그만 아기로 퇴행해 버린 것이다.

다음 날 아침은 유난히 밝았다. 나는 등교 준비를 하다가 어제 날 방해한 그 아이를 보았다. 난 그 애를 툭툭 치고 말했다.

"야, 전생 체험 아니잖아."

"뭐가?"

그 애가 머리를 매만지며 힐끗 돌아보았다. 이상하게 모든 게 꿈속 같았다.

"어제 그거. 나 완전 확실하게 성공했어. 태아 때로 돌아가서 알던 사람 다 만났다니까."

"아 뭐래. 뒈질래? 너 어제 바닥에서 처잠드는 바람에 사감 쌤이랑 예린이가 옮기느라 고생했거든?"

"……그래?"

나는 순순히 인정했다. 그럴 수도 있을 것 같았다.

"……그래."

내가 멍하니 서 있자 그 애는 나를 이상하게 쳐다보다가 다시 거울로 고개를 돌리며 말했다.

나는 학교로 향했다. 횡단보도를 건너다 한 번 차에 치일 뻔했다. 나한테 뭐라고 하길래 고개를 꾸벅 숙여 인사를 했다. 나는 학교로 갔다. 왠지 학교가 그 자리에 없을 것 같았다. 아니면 혹시, 학교로 갔는데, 내 이름이 출석부에 없으면 어떡하지. 여기가 만약에 내가 살던 세상이 아니라면. 여기가 만약에 다른 지구라면. 무음 상태의 지구라면. 나에게만 무음인 지구라면. 내가 죽어 있는 지구라면, 오래전에 신문 구석탱이 기사에 '10대 미혼 임산부 아파트 옥상에서 투신자살해, 산모와 아이 모두 즉사'라는 내용이 실린 지구라면. 나는 완전히 잘못 온 것이 아닌가. 만약 내가 잘못 깨어난 것이라면. 다른 문을 열고 나온 것이라면. 우리 엄마가, 어딘가에서 웃고 있는 지구라면. 진희연이 열여덟 살이 된 지구라면. 만약 진희연이……. 다른 아이가 있는 지구라면. 진희연이 살아서 다른 진짜 괜찮은 남편을 만났다면. 어른이 되어서 임신했다면. 그러면 나는, 뭔가, 이복형제가 있는 건가? 그 애와 만약에 마주치면 나는 뭐라고 해야 하지? 나는 사라져 줘야 하나? 뭐야. 나도 내가 속한 지구로 돌아갈 거야. 내가 속한 지구로 돌아가고 싶어. 내가 속한 지구가……

있나?

방학식이 시작되었다. 아이들이 시끄럽게 떠들며 흥분해서 교실 안을 돌아다녔다. 그냥 문을 열고 나가는 아이들도 있었다. 선생님이 소리를 쳤지만 애들은 좀체 말을 듣지 않았다.

갑자기 내 앞에 박지훈이 의자를 드륵 당겨 앉았다. 나는 그 애를 올려다보았다. 박지훈을 보니 눈물이 나올 것 같았다. 왠지 마지막으로 보는 것 같은 기분이 들었다.

그 애가 머리를 긁적이며 말했다.

"내일 나랑 어디 갈래?"

"내일?"

"응. 그냥, 뭐 어디……. 너 가고 싶은 데."

"가고 싶은 데?"

나는 잠시 생각하다가 말했다.

"없는데……."

"아, 아니 뭐, 그니까 굳이 어디 거창한 델 가자는 건 아니고."

박지훈이 웅얼거렸다.

"그냥, 내일 새해 첫날이잖아."

나는 말없이 있었다. 내 반응이 답답했는지 박지훈은 나를 힐끗 한번 쳐다보았다가 말을 이었다.

"그러니까, 내일이면 우리 한 살 더 먹잖아. 열여덟 살이라고."

"……열여덟 살이 되면."

나는 혼란에 휩싸여 물었다.

"무슨 일이 일어나지?"

하굣길에 나는, 어쩐지 세상과 아주 오래, 오래오래된 인사를 해야 할 것 같은 기분이 들어서 쉼터로 곧장 가지 않고 빙빙 돌았다. 태어난 순간부터 묵혀 두었던 인사말이다. 박지훈은 뭐라 답해야 할지 모르겠다는 표정으로 나를 쳐다보며 앉아 있다가 한번 생각해 보라는 말을 남기고 내 머리를 툭 치고 일어섰다. 나는 박지훈의 뒷모습을 쳐다보다가 교실을 한번 쭉 훑어보았었다. 우리 학교에는 학교에 안 나오는 애들, 불법으로 문신한 애들, 오토바이를 타는 애들, 오토바이를 훔쳐서 파는 애들, 하루에 장독대 하나 채울 만큼 담배를 피우는 애들, 소년원에 들어갔다 나온 애들, 퇴학당한 애들, 삥 뜯는 애들, 뜯기는 애들, 조건 만남으로 용돈 버는 애들, 사람 때리는 애들, 맞고 사는 애들, 길가에 오줌 싸는 애들, 남의 물건 훔치는 애들이 있다. 가정 교육을 못 받고 아무 울타리 없이 자라난 애들이 있다. 이미 돌이킬 수 없을 만큼 세상에 필요 없어진 애들이 있다. 우리 쉼터에도 그런 애들이 있다.

내가 사는 세상엔 온통 필요 없는 것들이 있다. 시체에서 끌려 나온 것들. 이미 끝장난 것이나 도망친 것들에게서 남겨진 것들. 존재할 아무런 가치가 없는 존재들. 바람 속에 버려져 평생토록 먼지나 옮기다 갈 뜨내기들.

한참을 주인 잃은 개처럼 서성이다 까무룩한 저녁이 되어서야 쉼터에 도착했다. 쉼터에 도착했을 때, 나는 오늘이 끝나는 걸 미루고 싶어 술에 취해 있었다. 기분이 좋았다. 왠지 이대로라면 내일이 올랑 말랑 가까울랑 말랑……. 지구가 돌랑 말랑 멈출까 말까…….

그리고 쉼터 앞에서 정신이 확 깨어났다. 앰뷸런스가 앵앵거리며 쉼터 앞에 멈춰 있었던 것이다. 늘 무미건조한 갈색 건물 앞에서 정신없는 빨간빛이 윙윙거렸다. 순간 누가 죽었나 하는 생각이

들면서 나인 것 같단 생각에 겁에 질렸다. 구급대원들이 들것을
들고 뛰어내려 건물 앞으로 달려 들어갔다. 누군가 나를 발견하고
내게로 뛰어왔다. 아, 다행이다. 나는 살았구나, 생각했을 때 내게
뛰어온 아이가 말했다.

"야, 이예린이 방 안에서 손목 그었어. 니 라커까지 피칠갑되고
난리 났어."

그 말이 내 머리통을 때렸다. 어라. 맥박이 아주아주아주 세차
게 뛰었다. 내가 살았는데도 세상이 멈췄다.

구급대원들이 건물 안에서 이예린을 들것에 싣고 나왔다. 나는
구급대원들 앞으로 뛰어갔다. 비키세요! 하는 소리와 함께 누군가
나를 밀쳤고 누군가는 끌어당겼다. 이예린은 손목에 응급 처치가
되어 있고 피가 줄줄 새고 있었다. 얼굴이 새하얗게 질린 채 예린
이는 꿈틀대며 울부짖었다. 아, 미친년. 이예린은 죽지 않았다.

그러나 앰뷸런스가 이예린을 집어삼키고 있었다. 이예린이 살
아 있는데도 이예린을 집어삼키는 것이다. 누가 가는 거야. 누가
쟬 데리고 가는 거야. 도로 거두어 가는 거야. 앰뷸런스는 마치 거
대한 자궁 같았다. 예린이의 맥이 뛸 때마다 자궁이 함께 맥이 쿵,
쿵 뛰고 있었다.

나도 맥이 뛰었다. 나도 맥이 뛰었다. 자궁이 나도 집어삼킬 것
이다. 어둠이 통째로 어머니의 뱃속이었다. 틀림없이 나도 집어삼
켜진다. 다 끝장이야. 그래, 이렇게 다 끝장인 거야. 난 사실 애초
에 태어나지 않은 거야. 나는 태어나는 꿈을 꾼 거야.

죽음이. 내게. 어느 때보다도. 가까이. 왔다. 나는 도망쳤다.

다 죽어 버려. 다 죽어 버렸으면 좋겠어. 세상이 팡 하고. 아니

면 펑 하고. 터지거나. 다 없어지거나. 불타거나. 순식간에. 물에 잠겨서. 전부 우주의 품으로 돌아가는 거야. 자, 다들 돌아가는 거야. 그렇게 하는 거야, 응?

나는 시내로 뛰었다. 아주 오래오래 불빛 속에 있어야 할 것 같았다. 와글와글한 불빛 속에. 그래서 세상이 멸망할 때 내가 사람들 속에 있을 수 있도록. 나는 조그만 공이었다. 나는 데굴데굴데굴 굴렀다. 아무도 안아 주지도 걷어차지도 않았다.

태아일 때의 기억을 간직하는 사람이 아주 가끔 있다고 한다. 태아는 산모의 기분을 마법처럼 그대로 느낄 수 있다고 한다. 양수를 타고 전해지는 두근, 두근하는 맥박, 어머니 심장의 고동, 아직 제대로 형체도 못 갖춘 태아의 심장이 함께 조그맣게 뛰기 시작할 때, 언어도 감정의 이름도 아무것도 모르지만 누군가의 뱃속에 따뜻하게 품어져 있다는 걸 태아는 알 수 있을까. 아, 어젯밤에 나는 나에게 최면을 걸었다. 나는 그곳에서 엄마를 만났다. 엄마는 나를 뱃속에 품고, 술에 취해 옥상 바닥 위에 철퍼덕 엎어진 채 있었다. 그리고 난간을 붙잡고 매달리듯이 서서, 옥상 아래를 바라보았다. 아, 그때 나는 엄마 뱃속에 있었다. 나는 모든 순간을 기억했다. 엄마는 오래 망설이지 않았다. 훌쩍훌쩍 울다가 엄마는, 그리고 막 열일곱 살이 되었을 때, 나는 옥상 위에서 구토를 했다. 그리고 난간 앞에 서서 땅을 내려다보았다. 엄마처럼, 엄마가 보았던 바닥처럼 멀고도 까마득하고 유혹적이진 않았지만 바람이 유독 서늘했다. 아주 시원했다. 가슴이 탁 트이는, 가슴을 꽉 채운 모든 새까만 것들이 흩어지는 상쾌. 투신의 기쁨. 그것을 사이에 두고 열일곱 살의 엄마와 나는 마주했던 것이다.

나는 발을 멈춘다. 시내에 도달했음이 보였다. 반짝반짝함이 나를 덮친다. 문득 내려갔던 술기운이 도로 온몸에 퍼진다. 나는 미친 여자애처럼 웅얼거렸다.

아 예~ 세상 좆 까세요~ 지구 좆 까세요~

전 씨발 되는 대로 살 겁다. 꼬우면 좆 까세요~ 입 닥치세요~

입 닥치세요~ 니미 머저리 새끼들. 입 닥치세요~

감정이 한계점까지 이른 후에 삐 소리를 내며 사망했다. 좆 까 좆 까 좆 까. 가로등 불빛에 감정 이입한다. 깜박깜박깜박 하는 게 꼭 좆 까 좆 까 좆 까 하는 것 같다. 응, 좆 까! 난 모르니까 다 닥쳐. 아무 말도 하지 마. 귀찮게 하지 마. 세상아, 징징대지 마. 이래라저래라 하지 마. 웃지 마. 떠들지 마. 행복해하는 척하지 마. 우는 척도 하지 마. 슬픈 척도 하지 마. 좆 까.

씨발 놈들. 다들 아는 것도 없으면서 떠들고 있어. 니들이 어, 뭐 알아? 니들이 세상을 알아? 응? 세상을 알아? 지구 알아? 우주 알아? 나 알아? 씨발, 사는 거 알아? 모르잖아. 모르면서 살잖아. 그니까 좆 까라고.

가로등 불빛에 나비가 압살당한다. 억지로 세상이 뒤틀리고 아파트가 흐물흐물한다. 나는 마음이 아프다. 별처럼 쏟아진 온 도시의 불빛들이 내 몸 위로 내리꽂힌다. 경적 소리, 웅웅거리는 음악 소리, 그리고 하하호호 떠드는 웃음소리……. 누군가의 웃음소리.

음악 소리. 두통이 한순간 찌른 뒤에 머릿속이 먹먹하다. 나는 무언가 별똥별 같은 게 하늘을 스쳐 지나가는 걸 본다. 느린 것 같은데 어느새 시야 밖으로 사라져 있다. 저건 비행기야. 누가 말한다. 너무 빠르잖아. 내가 대꾸한다.

천천히. 두 눈꺼풀을 내린다. 아아. 여기에도 여전히 세상이 있다. 여전히 별처럼 빛나는 세상이 있다. 세상이 내 몸 위로 무너진다. 그리고 그대로 영원해진다. 나는 이제 이곳에 사는 것이다.

난 나를 굽어다보는 세상에게로 손을 뻗었다. 무너진 우주 속에 내 손이 쑥 튀어나온다. 나 술 마셨어. 나 일으켜 줄래?

한때, 교실에서 깨어났더니 아무도 없는 꿈을 꿨던 적이 있다. 그리고 나는 책상에 엎드린 채로 가위에 눌렸다. 악을 쓴다. 가위에 눌려 목소리가 안 나오는 채로 악을 쓴다. 씨발 놈들아, 난 열여덟 살이야…….

나 여기 살았어, 나 여기 살았어…….

눈을 떴을 땐 경찰서에 있었다. 한참을 혼났다. 어떤 미친 여자애가 술 처먹고 길바닥에서 자냐고. 정신 나갔냐고, 겁도 없냐고. 나는 그냥 힘이 없어 고개를 끄덕끄덕했다. 부모님 전화번호를 묻기에 부모님이 없다고 했다. 솔직하게. 순식간에 편견 가득한 눈빛이 경찰 아저씨들의 눈에 차올라서 조금 기분이 상했지만 밤새 나를 공짜로 경찰서에서 재워 주었으니까 봐주기로 했다.

쉼터 선생님들이 날 데리러 와 주었다. 이예린은 죽지 않았다고 했다. 예린이는 죽음에 실패했다. 지금 병원 응급실에 입원해 있다고 한다. 다행히도. 생명에는 지장이 없다고. 다행히도.

나에겐 다행이었다. 솔직히 나는 그 소식을 듣고 가슴을 쓸어내렸다. 눈물이 나올 것 같았다. 나는 예린이가 죽길 원하질 않는다. 그냥. 예린이가 죽으면 왠지 나도 죽어 버릴 것 같다. 그 애가 원하든, 원하지 않든. 그래서 미안하다.

예린이에겐 죽음이 필요한 걸까. 한때 내가 죽으면 따라 죽겠다고 말했던 것을 떠올렸다. 어쩌면 그 애한테도 핑계가 필요했던 걸까. 얼마나 많은 사람들에게 죽음이 필요할까. 내 엄마에겐 얼마나 많이 죽음이 필요했을까. 치사량분의 죽음이었다.

불현듯 쉼터 선생님이 무슨 생각으로 나에게 누구에게나 일어나는 일이라고 말했는지 알 것 같았다.

나는 박지훈에게 문자를 한 통 보냈다.

안녕. 오늘부터 우리 열여덟 살이네. 더 불행해지기 전에 삼겹살 먹으러 갈래?

쿵푸 팬더의 마지막 만두

안양예술고등학교 3
윤정은

지난겨울 사이 또 작아진 하복 셔츠가 자꾸만 위로 올라갔다. 유승은 세 발자국마다 셔츠를 밑으로 잡아 내렸다. 벚꽃이 피었던 자리에 아주 작은 새순이 돋아나 있었다. 벚나무 가지가 길게 드리운 거리를 지날 때면 유승은 언제나 잠시 걸음을 멈추고 고개를 들었다. 오래도록 나뭇가지에 맺힌 초록을 바라보았다. 구름의 형태가 바뀔 때 다시 걸음을 시작했다. 신호등이 없는 건널목이 보일 때쯤이면 유승의 눈앞에 여자아이가 있었다. 다섯 발자국 앞에서 걸어가는 단발머리 여자아이. 언제부터 같은 길을 걷기 시작했던 건지, 이름은 무엇인지, 아는 것이라고는 없었다. 그런데도 자꾸만 여자아이를 눈으로 좇게 되는 것은, 그냥, 어느 날 정신을 차려 보니 눈앞에 있어서라고. 뒤꿈치가 닳은 컨버스 운동화와 흰 양말, 작은 교복 같은 것들이 매일 새롭게 눈에 박혔다. 걸을 때마

119

다 좌우로 흔들리는 뒷머리가 낯설지 않았다. 단순히 착각일지 모르는데도 유승은 여자아이에게 말을 걸고만 싶어졌다. 우리 어디서 본 적 있어? 그러나 여자아이의 반응을 예상하면 하나같이 부정적인 것밖에 떠오르지 않았다. 한참을 망설이고 망설이다 보면 어느새 학교였고, 여자아이는 사라지고 없었다.

유승은 내심 우연히 여자아이와 마주치기를 기다렸다. 우연히 복도에서, 우연히 동아리 활동에서, 우연히 하굣길에서. 그러나 여자아이는 등굣길 외에는 아무리 찾아봐도 보이지 않았다. 수업 시간 50분과 복도에서 하는 일 없이 얼쩡거리는 쉬는 시간 10분이 비례하게 흘러갔다. 여자아이는 언제나 보이지 않았고 아침의 잔상을 좇다 보면 어느새 학교가 끝나 있었다. 해가 지기 서너 시간 전의 하굣길은 유독 공기가 무거웠다. 유승이 걷다가 자꾸만 뒤를 돌아보는 것 역시 눈앞의 공기가 너무 무거워서였다. 건널목에 도착해서도 자동차 서너 대를 그냥 보낸 다음에야 하얀 아스팔트 선에 발을 내디뎠다. 집으로 가는 대신 곧장 아버지 도장에 들렀다. 익숙하게 동물 귀 머리띠를 쓰고, 구석에 가방을 내려놓았다. 강당에서 태권도 수업이 이루어지는 동안 도장을 청소하거나 아버지가 미리 주문해 놓은 배달 음식을 받았다. 그러다 보면 어느새 하루가 끝나 있었다.

그럼에도 유승은 딱히 아쉽다는 생각은 들지 않았다. 여자아이를 만난다고 해서 대책이 있는 것도 아니었다. 굳이 어설프게 다가갔다가 등굣길의 고요를 깨 버리고 싶지도 않았다. 다섯 발자국 뒤에서, 여자아이의 그림자를 밟지 않을 정도의 거리에서 궁금해하는 것만으로 좋았다. 느리게 돋아나는 새순은 그것만으로도 괜찮다고 여기게 했다. 하여튼 나른하고 느린 일상의 반복이었다.

그날도 유승은 여자아이와 말 한마디 못 해 보고 거대한 그림자와 함께 도장으로 돌아온 상태였다. 바람이 통할 만한 제대로 된 창문 하나 없는 도장 안은 유독 더웠다. 작년 여름에도 이렇게 더웠던가. 털털거리는 선풍기 바람 세기를 최대로 맞춰 놓은 뒤 대걸레질을 하던 유승은 잠시 제자리에 주저앉아 숨을 골랐다. 요즘 들어 얼마 움직이지 않았는데도 자꾸만 하늘이 하얘지면서 숨이 찼다. 혹시나 싶어 유승은 대걸레를 기둥 삼아 잡고 일어났다. 제자리에 똑바로 선 뒤 발끝을 내려다보았다. 예전에는 새끼손가락 한 마디만큼이라도 신발 앞코가 보였는데, 지금은 바닥조차 제대로 보이지 않았다. 유승은 긴 숨을 내쉬며 다시 제자리에 주저앉았다. 그때였다.

"저, 만두 배달 왔는데요."

유승은 문 뒤에 새로운 조명이 달렸나 싶었다. 그렇지 않으면 문 뒤만 반짝반짝 빛날 수가 없었다. 두 눈을 꾹 감았다 떠 봐도 마찬가지였다. 언제나 다섯 발자국 앞에서 걸어가던 여자아이가, 다섯 발자국 앞에 서 있었다. 그것도 '전통 만두'가 궁서체로 쓰인 비닐봉지까지 들고서. 도장 안에 고소한 냄새가 가득 찼다.

"여기 태권도장 아닌가요?"

"어, 여기가 태권도장……."

그때 무려 세 시간이나 공백을 버틴 유승의 위가 수축과 팽창을 시작했다. 기막힌 타이밍으로 강당 문이 열렸다. 펄쩍 뛰어 도장을 나온 한 아이가 소리를 지르며 달려왔다.

"장풍!"

아이의 손바닥이 치고 지나간 유승의 배가 물결쳤다. 여자아이가 픕 웃음을 터트렸다. 자기도 모르게 여자아이를 따라 헤벌쭉

웃은 유승은 곧 정신을 차리고 얼굴을 굳혔다. 얼굴이 시뻘겋게 달아오르는 것을 느꼈다. 태어나서 이렇게 울고 싶은 적은 처음이었다. 초등학교 때 반 친구가 바지를 내렸을 때보다, 고등학생 때 앉은 변기가 부서졌을 때보다 더.

유승이 도장 일을 돕기 시작한 건 올봄 무렵부터였다. 도장에서 일하던 아르바이트생이 집에 가던 길에 퍽치기를 당했다는 모양이었다. 올해만 들어 동네에 퍽치기가 일어난 게 벌써 세 번째였다. 그 뒤로 동네에 소문이 어떻게 퍼졌는지 몰라도 저녁 무렵 폐장 시간이 걸린 아르바이트는 사람들이 도통 하려고 들지 않는다고 했다. 혼자 도장 뒷정리까지 다 하느라 평소보다 늦은 시간에 집으로 돌아온 아버지는 푸념을 늘어놓았다. 침대에 누워 오른손으로는 휴대폰을, 왼손으로는 과자 봉지를 뒤적이며 시간을 와그작와그작 삼키고 있던 유승은 순간 섬뜩한 기분을 느끼고는 자리에서 일어났다. 방문 앞에서 아버지와 어머니가 같은 자세로 팔짱을 낀 채 내려다보고 있었다. 그날부터 유승은 어머니의 등쌀에 떠밀려 도장을 다니기 시작했다. 어머니는 유승에게 앉아만 있지 말고 운동도 하라고 당부하면서, 도장 일이 끝나면 꼭 아버지와 함께 곧바로 돌아오라는 주의를 주었다. 유승은 퍽치기 범인이라면 더 빨리 기절할 수 있는 사람을 고르지, 고도비만 학생은 고르지 않을 것이라고 속으로 생각하면서 성실하게 고개를 끄덕였다.

도장 일은 별것 없었다. 대걸레로 바닥을 닦거나 종종 심부름을 하는 게 끝이었다. 가끔 배달 음식이 오면 나가서 돈을 건네고 음식을 받는 정도. 그나마 힘든 일은 수강생들이 떠난 도장 강당을 정리하는 것이었다. 맨발로 하는 수업 때문인지 강당의 초록색 장판에서는 언제나 꼬리꼬리한 발 냄새가 났다. 유승은 되도록 숨을 안 쉬려고 노력했지만, 숨을 멈추고 세 발자국만 내디뎌도 금세 얼굴이 새하얗게 질렸다. 도장 문 바로 앞 장판에는 동그랗게 얼룩이 져 있었다. 유승은 그게 무언가를 흘려서 생긴 얼룩인지 아니면 갓 양말을 벗은 발의 때인지 알 수 없었다. 그래서 도장에 들어갈 때면 짧은 다리로 얼룩을 피해 점프했다. 그것만 빼고는 딱히 신경 쓸 일은 없었다. 매주 월요일 수요일 7시는 성인반이었고, 화요일 목요일은 청소년반, 금요일은 유아반이었다. 도장 시간표 설명을 들을 때까지만 해도 유승은 이 정도면 할 만하다고 생각했다. 유아반에 다니던 한 아이가 유승을 보고 울음을 터뜨리기 전까지는.

반평생을 살에 파묻힌 채로 지낸 유승의 뼈는 매우 연약했다. 유승의 몸무게를 견딜 수 없어 했다. 대걸레질을 30분 정도 하다 보면 허벅지에 피가 안 통하면서 힘이 들어가지 않았다. 그래서 유승은 30분마다 한 번씩 대걸레를 기둥 삼아 잡고 짝다리를 번갈아 짚어 주었다. 몰래 가져온 장난감이 발차기를 하다가 어디로 날아갔는지, 홀로 도장을 살피던 아이가 우울한 표정으로 나왔을 때도 유승은 짝다리를 짚고 있었다. 아무도 없다고 생각한 도장 문이 열리자 유승은 잔뜩 굳은 얼굴로 강당 쪽을 바라보았다. 이게 바로 어디에나 있다는 괴담인가 싶었다. 대걸레를 잡은 손에 힘이 들어갔다. 그런데 도장에서 나온 것은 아이였다. 금방이라도 대걸레를 집어 던질 듯한 유승의 덩치와 표정에 잔뜩 겁에 질린 아이는 유승과 눈이 마주치기 무섭게 울음을 터뜨렸다.

다음 날 아버지는 몇 번 본 적 있는 이 씨 아저씨와 함께 돌아왔다. 얼마 전 갑작스럽게 상가 건물 하나가 매물로 나오면서 건물주가 된 사람이었다. 아저씨가 그 상가를 샀다는 걸 알았을 때,

사람들은 모두 상가 건물을 집으로 쓰려는 것 아니냐고 우스갯소리를 했다. 그런데 아저씨는 상가의 가치와 임대료를 높이는 데에 열중했다. 아저씨가 건물주 특유의 너스레를 떨면 사람들은 모두 질색했지만, 아무도 티 내지 않았다. 유승 역시 그 질색하지만 티는 내지 않는 부류에 속했다. 아는지 모르는지 아저씨는 장난스럽게 유승의 배를 툭 치며 놀이동산 마크가 찍힌 비닐봉지를 내밀었다.

"이거 저번에 일본 갔을 때 딸 주려고 산 건데, 네가 받을 줄은 몰랐다, 야."

그 안에는 놀이동산에서 쓰고 다닐 법한 동물 귀 머리띠가 들어 있었다. 동그란 모양새가 곰이었다. 유승은 아버지의 재촉에 못 이겨 머리띠를 썼다. 그 순간 유승의 아버지는 온몸의 근육을 다 써 가며 도장이 떠나가라 웃었다.

"우리 아들, 이렇게 보니까 그거 닮았네, 그거⋯⋯. 아, 그게 뭐였더라."

"쿵푸 팬더?"

"어 그래, 쿵푸 팬더!"

급기야 아버지는 유승을 강당 구석의 샌드백까지 이끌었다. 있는 힘껏 쳐 보라고 유승의 등을 팍팍 두드렸다. 허공에 대롱대롱 매달린 거대한 솜을 보자 유승은 피가 뜨거워지는 것을 느꼈다. 어쩌면 정말 숨겨진 재능이 있을지도 몰랐다. 후후, 제자리에서 콩콩 뛰며 거칠게 숨을 쉬자 주위에서 오 소리가 터져 나왔다. 한껏 자신감을 얻어 샌드백 앞으로 도움닫기를 했다. 그리고 퍽. 샌드백은 생각보다 무거웠다. 내구성이 보기보다 단단했다. 물렁이는 유승의 주먹을 맞고 샌드백이 움직였다. 한, 5센티미터쯤.

그 뒤로 유승은 유아반 수업이 있는 매주 금요일이면 쿵푸 팬더 머리띠를 쓰기 시작했다. 딱히 부끄럽다거나 숨고 싶다는 생각은 들지 않았다. 그래 봤자 보는 사람은 모두 아이들이나 아버지, 학부모뿐이었다. 머리띠를 쓰고 난 뒤로 유승의 배를 때리며 장난치는 아이가 몇 생겨났지만 대뜸 우는 것보다야 낫다고 생각했다. 그랬는데.

아이가 장풍을 쏘고 간 배는 한참 동안 출렁거렸다. 파동이 잔잔해질 때쯤엔 살이 아플 지경이었다. 그러나 유승에게 뱃살이 아프고 말고는 문제가 아니었다. 여자아이는 미안하다는 듯 금방 얼굴에서 웃음을 지웠지만 한번 달아오른 얼굴은 도통 가라앉을 줄을 몰랐다. 유승은 여자아이가 돌아간 뒤에 목에 걸린 머리띠를 벗어 책상 위로 내던졌다. 5분 정도 머리띠를 노려보다가, 한숨을 한 번 내쉬고는 다시 머리띠를 썼다. 정수리에 딱 맞춰서 고정시켰다.

*

여자아이가 들고 온 만두는 정말이지 기가 막힌 맛이었다. 김이 모락모락 나는 것을 적당히 간장에 찍어 만두피가 찢어지기 전에 입에 넣으면 절로 탄성이 터져 나왔다. 적당히 물기 있고 적당히 육즙이 차 있는 만두는 베어 물 때마다 입안에서 뜨거운 폭죽으로 변해 팡팡 터졌다. 아버지를 설득해서 매일 그 집 만두만 시켜 먹었다. 일주일쯤 지나 다시 메뉴가 중화요리나 분식으로 바뀌었을 때 유승은 혼자서라도 만두를 시켰다. 배달은 늘 그 여자아이가 왔다. 돈을 건네주고 봉투를 받아 들 때면 유승은 목뒤가 간지러웠다.

등굣길 이전에 여자아이를 본 적이 있다는 것을, 평소보다 늦게 도장으로 가던 길에 알았다. 상가와 상가 사이에는 곰팡이 낀 음식물 쓰레기장이 있었다. 쓰레기장이라고 해도 플라스틱 통 두어 개를 모아 놓고 상가에서 나온 쓰레기를 무차별적으로 던져 넣는 게 전부였다. 여자아이는 그 앞에 앉아 식은 만두를 길고양이에게 먹이고 있었다. 고양이가 제 딴에도 송곳니가 났다고 고기 반죽을 씹어 먹는 데에 정신이 팔려 있으면 여자아이는 물티슈로 덕지덕지 낀 눈곱을 닦아 주었다. 그러다 유승과 눈이 마주치자 민망하다는 듯이 웃고는 가게 쪽으로 뛰어갔다. 전에도 그렇게 쪼그리고 앉아 있다가 뛰어가던 뒷모습을 본 적이 있었다. 지금의 여자아이보다 머리가 조금 더 길고 키가 작았던 아이.

여자아이는 언제나 생글생글 웃는 얼굴이었다. 유승은 여자아이를 따라 맑은 미소를 지어 보려고 노력했지만 뜻대로 되지 않았다. 입꼬리 근육이 비대칭으로 올라가는 모습은 절대 호감형이 아니었다. 심지어 근육이 올라가면서 살도 딸려 올라가는 바람에 눈은 두부에 난 칼자국마냥 죽 찢어진 모양새가 되었다. 거울을 보고 웃는 연습을 하던 유승은 욱신거리는 볼 근육을 손으로 주물렀다. 그때 도장 구석의 샌드백이 유승의 눈에 띄었다. 주변 눈치를 살피다가 유승은 장난스럽게 샌드백을 툭 쳤다. 샌드백이 작게 진동했다. 다시 툭. 아까보다 큰 폭으로 샌드백이 흔들렸다. 샌드백이 잠잠해질 때까지 사범실과 강당 문을 번갈아 바라보던 유승은 영화에서 보았던 자세 그대로 몸을 오른쪽으로 약간 틀었다. 제자리에서 점프를 세 번쯤 한 뒤 샌드백을 때리기 시작했다. 이번에는 한 10센티미터쯤 샌드백이 흔들렸다. 얼굴로 피가 몰리면서 점점 숨이 거칠어졌다. 유승은 아버지가 사범실에서 나와 별일이 다 있다는 듯이 자신을 쳐다보는 것도 눈치채지 못했다.

"너, 그 여자애 때문에 그러지?"

유승은 퍼뜩 놀라 몸을 바로 곧추세웠다. 아니라고 곧바로 부인했지만 아버지는 믿지 않는 눈치였다. 유승은 이미 땀범벅이 되어 있었다. 이마에 달라붙은 앞머리를 한 손으로 쓸어 올렸다가 거울에 비친 모습을 보고는 다시 앞머리를 털어 내렸다.

"얼마 전에 이 씨네 건물에 들어왔다는 만둣집이 거긴가 보더라고. 애가 요즘 애 같지 않게 참 싹싹하더라. 부부가 화교래."

유승은 여자아이의 발음을 떠올려 보았다. 속쌍꺼풀이 진 얇고 긴 눈매도, 그 바로 아래 찍힌 작은 점도 떠올렸다. 그러고 보니 억양이 조금 다른 것 같기도 했다. 아버지는 열심히 하라고 유승의 어깨를 몇 번 두드린 다음 사범실로 돌아갔다. 유승은 다시 거울을 바라보았다. 티셔츠 가슴과 배 부분만 T 자로 땀에 젖어 있었다. 쓰리엑스라지를 입었는데도 딱 달라붙는 티셔츠는 유승의 몸을 여과 없이 보여 주었다. 손으로 두툼한 뱃살을 집던 유승은 불현듯 어젯밤 먹었던 삼겹살을 떠올렸다. 살이 쪄서 불편한 적은 있었지만 이제까지 한 번도 살이 사라졌으면 좋겠다고 생각한 적은 없었다. 살을 떼어 내기라도 할 듯이 손에 힘을 주던 유승은 다시 샌드백을 치기 시작했다. 얼굴을 타고 흘러내리는 게 땀이 아니라 지방이기를 바랐다.

*

소문은 빠른 속도로 퍼졌다. 아무도 유승에게 여자아이를 좋아하는지 묻지 않았지만 유승도 그 정도 눈치는 있었다. 평소 근처 볼일이 있을 때만 도장에 들러 아버지에게 시답잖은 이야기와 함께 임차인들 뒷말을 늘어놓던 아저씨가 매일같이 도장에 들르기 시작했다는 게 증거였다. 아저씨는 꼭 도장 바로 입구에 있는 책상 의자에 비스듬히 앉아 유승이 하는 짓을 빤히 쳐다보기만 했다. 그리고 여자아이가 돌아가기만 하면 기다렸다는 듯이 만둣집에 대한 불평을 늘어놓았다.

"그 집은 요새 장사도 잘 되는데 왜 임대료를 더 못 주겠다니, 응? 유승아, 너가 말 좀 해 봐라."

그렇게 말하면서 아저씨는 늘 유승을 떠보는 듯 씩 웃었다. 쿵푸 팬더 머리띠를 쓰는 날이면 특히 더 기분 나쁘게 느껴지는 웃음이었다. 친근하게 유승아, 이름을 부를 때면 유승은 속에서 울컥울컥 치받고 올라오는 덩어리를 느꼈다. 도장 에어컨을 자기 집 안방마냥 트는 것도, 이것은 뭐가 낡았느니, 뭐를 새로 해야 하느니 훈수를 두는 것도 영 마음에 들지 않았다. 언제나 여자아이가 최대한 천천히 돌아가기를 바라는 유승이었지만, 등 뒤에서 아저씨의 시선이 느껴질 때면 최대한 빨리 여자아이에게 돈을 건네고 만두를 받았다.

그날도 마찬가지였다. 언제부터 있었는지, 아저씨는 조금 서늘하다 싶을 정도로 에어컨을 틀어 놓은 채 매실주스를 마시고 있었다. 유승이 말없이 꾸벅 고개만 숙인 채 지나치든 말든 아저씨는 꿋꿋하게 말을 걸었다. 끈적하게 달라붙는 웃음기 어린 눈빛이 달갑지 않았다. 유승은 애써 아저씨를 신경 쓰지 않으려 노력하면서 도장을 더 꼼꼼히 대걸레질했다. 땀이 주르륵주르륵 흐르는 유승의 뒷덜미에 대고 아저씨가 소리쳤다.

"만두 시켰다."

하필이면 금요일이었다. 유승이 쿵푸 팬더로 변해야만 하는 날. 유승은 머리띠를 벗어야 할지 말아야 할지 고민했다. 눈치를 살피다가 결국 머리띠를 벗어 책꽂이 가장 위 칸에 숨겼다. 30분쯤 지났을 때 도장 문이 열렸다. 쿵쿵 뛰는 심장을 뒤로하고 돈을 챙겼다. 등 뒤로 호기심 어린 눈빛이 느껴졌다.

"야, 너네는 나이도 같으면서 무슨 내외하냐? 친하게 지내 봐."

선풍기 바람 소리에 아저씨 목소리가 섞여 들려왔지만 유승은 굳이 대꾸하지 않았다. 유승이 여자아이에게서 만두를 건네받을 때쯤이었다. 여자아이의 표정이 눈에 띄게 당황한 빛이 되었다. 유승도 덩달아 긴장했다. 여자아이는 당황한 목소리로 조금 말을 더듬었다.

"저기, 미안한데 지갑을 깜박해서. 거스름돈을 안 가지고 왔는데……."

유승과 여자아이의 눈길이 맞부딪혔다. 맑은 눈동자 너머로 많은 생각이 오가는 것이 보였다. 유승은 쿠폰을 가져와야 하나, 아버지 지갑에서 잔돈을 꺼내야 하나, 고민했다. 좀처럼 문을 닫지 않는 유승을 보기 위해 아저씨가 고개를 이리저리 빼내는 것이 문에 비춰 보였다. 여자아이가 돌아가고 나면 또 온갖 불평을 할 것이 분명했다. 종일 그 소리를 들어줄 바에야 도장을 나가 있는 것이 더 나았다.

"내, 내가 가게 쪽으로 갈게."

여자아이는 굳이 안 그래도 된다고 손사래를 쳤다. 그러나 유승이 아무 대답도 하지 않자 미안하다며 도장 문을 열었다. 가게는 도장에서 5분 거리에 있었다. 바로 앞 횡단보도만 건너면 있는 만둣집이었다. 한마디 말도 오가지 않았다. 여자아이가 앞서 걸었고 유승은 그 뒤를 따랐다. 시선의 가운데에 여자아이가 담긴 길은 새로웠다. 나무가 원래 이렇게 선명한 고동색이었나, 저 건물이 저렇게 밝은 회색이었나 싶었다. 가게로 가자 찜통에서 만두를 용기에 담고 있던 아주머니가 유승을 반갑게 맞았다. 유승이 가게 안으로 들어가려는 찰나 누군가 유승의 어깨를 거칠게 치고 지나 갔다. 꼼짝없이 넘어간다고 생각한 유승은 닥쳐올 아픔과 쪽팔림에 두 눈을 질끈 감고 눈에 힘을 주었다. 그런데, 유승은 넘어가지 않았다. 처음으로 뼈가 몸을 지탱해 준다는 느낌을 받았다.

"아이고, 저 양반 진짜. 학생, 미안해."

아주머니가 유승의 뒤로 사라진 남자를 바라보며 혀를 끌끌 찼다. 여자아이는 여전히 미안한 표정을 짓고 있었다. 유승은 배달만 시키지 말고 진작에 이쪽으로 와 볼걸 약간 후회스럽기도 했다. 배달을 시키지 말고 가게에서 주문한다면 만두가 나올 때까지 여자아이를 볼 수 있을지도 몰랐다. 아주머니는 나가는 유승에게 쿠폰을 하나 더 쥐여 주었다. 도장으로 돌아가는 길에 손에서 미끄러진 동전 하나가 하수구로 빠졌지만 유승은 신경 쓰지 않고 빠른 걸음으로 걸었다. 쿠폰이 손의 땀에 젖지 않도록 검지와 엄지 손가락만 이용해서 집은 채였다.

도장에 도착했을 때 아저씨는 사라지고 없었다. 아버지는 아저씨가 앉아 있었던 자리를 보며 고개를 내저었다. 도장에 와서 임대료를 올리겠다, 가게를 빼고 대신 장사하겠다, 이런 소리를 늘어놓더니 정말 만둣집에 가서 임대료를 더 내든가 가게를 빼라고 요구한 것 같다고 했다.

"아까 그 양반 전화 받더니 막 싸우면서 나가던데."

유승은 금방이라도 도장 문을 열어젖히고 만둣집 욕을 하며 아저씨가 들어올 것 같아 늘 마음을 졸이고 있었다. 그러나 사흘, 닷새, 일주일이 지나도 아저씨는 오지 않았다. 어차피 도장에 와서 맨날 만둣집을 욕해 봐도 유승은 대꾸조차 없었을뿐더러 아버지는 항상 태권도 수업이 있었다. 흥미가 떨어져 오지 않는 게 분명했다.

*

처음에는 제대로 치기도 힘들었던 샌드백이었는데 이제 제법 궤도가 생길 정도로 움직였다. 땀에 흠뻑 젖은 뒤면 유승은 제자리에 발을 붙이고 섰다. 거울을 한 번, 발끝을 한 번 바라보았다. 엄지발가락 끝부분이 아주 조금 보이는 것 같기도 했다. 햄버거나 과자는 여전히 포기할 수 없었지만 하루에 둘 중 하나씩만 먹기로 결심했다. 저녁은 항상 만두로 먹었다. 샌드백 열 번에 만두 하나. 유승이 나름대로 정한 규칙이었다. 숨이 제대로 쉬어지지 않아 자리에 주저앉을 때면 유승은 이게 다 무슨 소용인가 싶었다. 18년 동안 차곡차곡 모아 온 지방이 빠질 리가, 설령 빠진다고 해도 그때는 이미 너무 오랜 시간이 지난 후일 것이라는 생각이 들었다. 그럴 때마다 유승은 여자아이가 들고 온 만두를 떠올렸다. 살을 빼기 위해 샌드백을 친다고 생각하지 말고, 제일 좋아하는 음식을 위해 샌드백을 치는 거라고 스스로 되뇌었다. 그러면 조금 기운이 났다.

유승이 평소와 다름없이 만둣집에 전화를 걸 때였다. 유난히 신호음이 오래간다 싶더니, 끝내는 전화가 넘어가 버렸다. 몇 번을 다시 걸어도 마찬가지였다.

"너 또 만두 시키냐?"

강당에서 나온 아버지가 전화기를 붙잡고 있는 유승을 보며 물었다. 전화 너머로는 다음에 다시 걸어 달라는 기계음이 나오고 있었다. 유승은 아버지 쪽으로 고개를 돌렸다.

"거기, 당분간 시키지 마. 어제 연락 왔는데 이 씨가 퍽치기를 당했다고 하더라. 응? 근데 용의자가…… . 거 참. 그만한 짓 할 사람이 최근에 싸운 사람 말고는 누가 있겠어."

아버지는 고개를 내저으며 사범실 안으로 사라졌다. 휴대폰은 어느새 액정 불빛이 죽어 있었다. 유승은 전자시계의 붉은 숫자와 도장 문을 번갈아 바라보았다. 유승은 천천히 자리에서 일어나 대걸레를 잡고 도장을 다시 닦기 시작했다.

평소 같으면 도장 문이 열리고 만두 배달을 하러 여자아이가 들어올 시간이었는데도 도장은 조용했다. 불편한 침묵이 낯설기만 했다. 방금 전 대걸레로 도장을 한 번 닦았지만 도장은 여전히 어수선하고 더러운 것 같았다. 묘하게 얼룩이 잘 닦이지 않은 것 같기도 했다. 도장의 3분의 1가량이 대걸레의 물기로 반짝거릴 때쯤이었다. 도장 문에 달린 종이 울렸다. 새로운 수강생인가 싶었다. 유승은 대걸레를 벽에 기대 놓고 뒤를 돌았다.

"저기…… . 나 좀 도와줄 수 있어?"

뒤를 돈 곳에 있는 건 학부모도, 아이도 아닌 여자아이였다. 늘 단정하던 머리가 땀에 젖어 잔뜩 흐트러진 모습의. 유승은 제자리에서 잠시 얼어붙어 있다가 여자아이에게 다가갔다. 그리고 여자아이를 데리고 도장 밖으로 나갔다. 밖에서 사범실의 눈치를 살폈다. 아버지는 여자아이가 왔는지 모르는 것 같았다.

"그날 우리 만둣집 왔었잖아. 우리 아버지가 범인 아니라고 얘기 좀 해 줄 수 있을까……."

유승은 순간 어깨를 치고 지나갔던 남자와 남자를 보며 혀를 차던 아주머니를 떠올렸다. 그 남자가 여자아이의 아버지였던 모양이었다. 여자아이가 유승의 손을 두 손으로 붙잡고 말했다. 손가락에 가느다란 생채기가 나 있었다. 유승은 여자아이의 손가락이 얽힌 통통한 손가락을 바라보다가 힘껏 고개를 끄덕였다. 얼굴로 피가 쏠리는 게 느껴졌다.

경찰서로 가는 길 내내 유승은 할 말을 정리하고 또 정리했다. 그냥 그날 저녁 사건이 일어났다고 보고된 시각에 가게에 들렀고 여자아이의 아버지를 보았다고만 말하면 될 줄 알았다. 그러나 경찰서 문을 열고 들어가 딱딱한 플라스틱 의자에 앉은 순간 유승은 말문이 턱 막혔다. 그 아저씨가 여자아이의 아버지인지 아닌지 확실하지도 않았을뿐더러 어디를 그렇게 급하게 가는 길이었는지조차 아는 게 없었다. 만약 여기서 내뱉은 말 한마디로 모든 것이 잘못되기라도 한다면. 등 뒤로 여자아이의 시선이 느껴졌다. 유승의 학생증을 복사하러 간 경찰이 다시 제자리로 돌아왔을 때 유승은 고개를 숙인 채 입을 다물었다. 경찰이 질문을 반복하자 유승은 자기도 모르게 뒤를 돌아보았다. 여자아이의 갈색 눈동자를 보자마자 곧바로 고개를 돌렸다. 그러나 그 눈동자는 잔상으로 남아 유승의 시야에 빠짐없이 새겨졌다.

"가게에 갔는데, 그러니까 갔는데, 거기에……."

유승은 눈을 질끈 감았다.

"거기에 아저씨가 있었어요. 아주머니랑 같이 얘기도 하다가, 가게에서 배웅도 해 줬고……."

유승은 경찰서를 빠져나가기 전에 여자아이를 바라보았다. 여자아이의 정갈하게 난 가르마가 보였다. 여자아이는 조금 뒤 고개만 들어 유승을 바라보았다. 그러다 천천히 자리에서 일어나 경찰서를 빠져나갔다. 오후 내내 잔뜩 달구어진 아스팔트는 식어 가는 와중에도 열기를 내뿜었다. 여자아이는 상가로 돌아가는 길 내내 손을 떨었다. 만둣집 앞에 가서도 마찬가지였다. 유승은 고민하다가 여자아이에게 인사한 뒤 뒤를 돌았다. 아까부터 심장이 쿵쿵 뛰었다. 바닥만 보고 걸었다. 동쪽을 향해 드리워진 그림자가 흐려졌다가 선명해지기를 반복했다. 뒤에서 작은 그림자 하나가 다가와 유승의 그림자와 겹쳐질 때는, 그림자가 다시 선명해질 무렵이었다.

여자아이는 말없이 유승을 이끌었다. 유승은 아무것도 묻지 않고 여자아이의 뒤를 따랐다. 가게 뒤편에서, 늘 바닥에 무릎을 세우고 앉아 길고양이에게 먹이를 주었던 그 장소에서, 여자아이가 쓰레기봉투 사이를 헤집은 뒤 조금은 힘겹게 숨겨 놓았던 것을 꺼냈다. 그것을 유승의 발밑에 떨어뜨렸다.

"그날 아버지가 이걸 가지고 돌아왔어. 근데, 몰라, 아버지한테는 절대 물어볼 수 없어, 없는데."

탁, 하고 붉은 벽돌이 깨지는 소리가 들렸다. 여자아이는 생채기가 난 손으로 두 눈가를 가리고 울었다. 유승의 발밑에 붉은 벽돌 가루가 노을보다 진한 색으로 퍼져 있었다. 유승이 여자아이 쪽으로 한 발자국 들어가자 벽돌 가루가 잘게 부서지는 소리가 났다. 유승은 여자아이를 향해 두 팔을 뻗었다가, 앞에 있는 여자아이의 어깨를 감싸지는 못해서, 대신 발밑의 벽돌을 들어 올렸다.

*

여자아이는 더 이상 유승의 다섯 발자국 앞에서 걷지 않았다. 여자아이를 찾고 싶었지만, 이름도 모른다는 것을, 유승은 그제야 알아차렸다. 만둣집 역시 문이 닫혀 있었다. 다음 날에도, 그다음 날에도. 그사이 새순은 또 다른 잎을 속에서 피워 냈다. 그러나 유승은 전처럼 고개를 들고 벚나무 가지를 바라보지 않았다. 휴대폰을 보거나 음악을 들었다. 건널목에 도착하면 간신히 고개를 들어 사방을 살폈으나 곧 다시 휴대폰으로 눈을 돌렸다. 가끔은 경찰서에 갔던 것이, 매일같이 만두를 시켜 먹고, 여자아이에게 손의 땀으로 형편없이 구겨진 지폐를 건넸던 것이 다 헛것은 아니었을까, 하는 생각이 들었다. 그럴 때마다 유승은 옷장 구석에서 귀퉁이가 깨진 붉은 벽돌을 꺼내 바라보았다. 그날 여자아이의 발치에서 주워 가방에 넣고 돌아왔던 것이었다.

아저씨가 다시 도장에 나온 건 그로부터 한 달쯤 뒤였다. 픽치기를 당했다는 사람이 맞는지 아저씨는 전보다 더 사람 좋게 웃고 있었다. 유승은 꺼림칙한 표정을 애써 숨기며 안부를 물었다. 아저씨는 유승의 등을 소리 나게 몇 번 쳤다.

"어이고, 쿵푸 팬더 씨. 걱정했어?"

"몸은 좀 어떠세요?"

"괜찮지 뭐. 무혐의라는데 요즘 세상에 믿을 수야 있나. 그냥 가게 빼라고 했지. 알았다고 하던데. 오히려 잘됐지 뭐. 야, 너 어디 가냐?"

유승은 아저씨의 말이 끝나기도 전에 대걸레를 대충 벽에 기대어 놓고 도장을 뛰어나갔다. 뒤에서 대걸레가 쓰러져 바닥과 부딪히는 소리가 들렸지만, 멈추지 않았다. 만둣집 앞에 다다랐을 때 유승은 잠시 멈춰 서서 숨을 골랐다. 전통 만두 간판이 걸려 있던 자리에, 불어로 쓰인 카페 간판이 걸려 있었다. 전통 만두 간판은 빛이 꺼진 채 가게 옆에서 나뒹굴고 있었다. 이미 리모델링이 시작된 만둣집 안은 시멘트와 벽돌 가루로 희뿌옜다. 등산화를 신고 얼굴에 붉은 스카프를 두른 남자가 만둣집 안으로 들어갔다. 유승은 남자가 들어간 곳을 가만히 바라보다가, 남자의 뒤를 따랐다.

"저, 여기 원래 있던 만둣집은 어떻게……."

"나야 모르지."

돌아오는 대답은 지나치게 간결했다. 남자는 여기에 있으면 안 된다고 유승을 잡고 문 앞까지 이끌었다. 문 앞에서 한참 동안 서성이던 유승은, 만둣집과 도장 사이에 있는 횡단보도를 건넜다가 다시 되돌아오기를 반복했다. 해가 지고, 상가의 불빛들이 하나둘 켜지기 시작할 때까지. 그러나 여자아이는 찾을 수 없었다. 보이지 않았다. 바닥의 그림자마저 사라져 있었다. 유승은 새까만 길을, 새까만 발을 하고 걸었다.

*

유승은 더 이상 매일같이 도장에 들르지 않았다. 가끔 샌드백을 치기 위해 들를 뿐이었다. 길 가다 교통 안내를 서는 경찰이라도 마주치면 샌드백을 칠 때보다 더 빠르게 심장이 뛰었다. 새로운 용의자가 검거되었다는 소문이 들렸을 때, 그러나 여자아이의 아버지가 용의자라는 소문은 그대로라는 것을 알았을 때. 유승은 다시 한번 만둣집을 찾았다. 여전히 카페 간판을 매단 채 문은 닫혀 있었다.

이제 제법 샌드백을 치는 폼이 나왔다. 팡팡 샌드백이 튕길 때마다 묘한 쾌감이 올라오기도 했다. 유승은 샌드백을 치는 데에만 집중했다. 엄지발가락 발톱 끝만 간신히 보일 것 같았는데 이제는 다섯 발가락이 모두 보였다. 더 이상 쿵푸 팬더 머리띠를 쓰지는 않았지만 자리에 서서 발끝을 내려다볼 때마다 유승은 쿵푸 팬더를 생각했다. 만두를 먹지 않는 쿵푸 팬더. 뱃살이 모두 사라져 가는 쿵푸 팬더. 눅눅한 공기가 숨을 쉬기 어렵게 만들었다. 유승이 선풍기 앞에서 땀을 말릴 때였다. 누군가 도장 문을 열고 들어왔다.

"저, 이거 만두⋯⋯. 저번에 인사도 못했어, 이사하면서 가게 문을 닫게 돼서⋯⋯. 집에서 만든 거야."

여자아이가 시선을 다른 곳으로 돌리며 말했다. 유승은 자리에서 벌떡 일어났다가 큰 보폭으로, 다시 작은 보폭으로 걸어갔다. 여자아이는 유승에게 비닐봉지를 건넸다. 유승은 그 봉지를 받아 들지는 않고 마냥 바라보기만 했다.

"저번에는, 아니 그동안 고마웠어. 있잖아⋯⋯."

여자아이는 할 말이 더 있다는 듯 입술을 달싹이다가 봉투를 바닥에 내려놓고 도장을 나갔다. 유승이 붙잡을 새도 없었다. 유승은 도장 문에 달린 종의 진동이 사그라지는 것을 지켜보았다. 봉투를 책상에 내려놓고 만두를 꺼냈다. 노란색 고무줄을 벗겨 내고 플라스틱 통을 열자 고소한 냄새가 가득 찼다. 만두 하나를 먹을 생각에 간신히 샌드백을 치던 때가 떠올랐다. 이름도 모르는 여자아이를 위해 샌드백을 치던 그때가, 이름도 모르는 여자아이만 시야에 들어왔던 그때가. 유승은 만두를 한입 베어 물었다. 맛이 느껴지지 않을 때까지 씹었다. 그러나 삼킬 수는 없었다. 숨이 쉬어지지 않아 입에 있던 것을 삼켜야만 했을 때 유승은 아주 오래전에 그랬던 것처럼 숨도 쉬지 않고 눈앞의 음식을 먹었다.

그런데 마지막 남은 만두는 도저히 먹을 수가 없었다. 마지막 만두를 먹을 공간이, 먹을 수 있는 공간이 유승에게는 없었다. 유승은 예전의 기억을 떠올리며 샌드백을 쳤다. 열 번을 쳐도 스무 번을 쳐도 만두를 먹을 수 없기는 마찬가지였다. 제자리에서 흔들리는 샌드백을 바라보다가 유승은 도장에서 뛰어나갔다. 계절이 바뀐 길을 따라 달렸다. 도장 바로 밑에서 아버지와 마주쳤지만 멈추지 않았다. 동전이 떨어졌던 하수구를 점프해서 지나쳤다. 파란 불이 두 칸 정도 남은 횡단보도를 뛰었다. 만둣집 앞에는 남색 봉고차 한 대가 서 있었다. 여자아이는 가게 앞에서 길고양이에게 먹이를 주고 있었다.

"내 이름은 유승이야."

만두가 얹힌 명치께가 아파 왔다. 코끝이 찡할 만큼 맛있었던 만두가, 코끝이 찡할 만큼 아팠다. 여자아이는 작게 웃다가, 그러나 아무 말도 하지 않고 그대로 뒤를 돌았다. 덤덤히 걸어갔다. 뒤를 한번 돌아보는 법이 없었다. 차가 흙먼지를 일으키며 출발했다. 유승은 차가 출발한 자리를 가만히 지켜보았다. 흙먼지가 내려앉을 때엔 유승 역시 바닥에 내려앉았다.

단지, 여름이었다. 가만히 있어도 땀이 나고, 심장 박동이 빨라지고, 동공이 커지는. 빛이 많은 여름. 그뿐이었다.

대각선으로 걷는다

고양예술고등학교 3
조아현

내 생의 뒷산 가문비나무 아래, 누가 버리고 간 냉장고 한 대가 있다
그날부터 가문비나무는 독 오른 한 마리 산짐승처럼 가르릉거린다
더듬이 같은 푸른 털은 안테나처럼 공중을 잡아당긴다 수신되는 이
름은 보드랍게 빛나고, 생생불식 꿈틀거린다……
가까운 곳에, 묘지가 있다고 했다 가문비나무가 냉장고 문 열고 타박
타박 걸어 들어가 문 닫으면 한 생 부풀어 오르는 무덤, 푸른 봉분 하
나가 있다는,*

"냉장고는 언제 살까."

우재의 이마에서 흐르는 땀이 얼굴선을 타고 흘러내렸다. 우리
는 이미 한여름에 시작된 장마 탓에 몸이 축 늘어져 있었다. 비가

---

* 김중일의 시 「가문비 냉장고」 중에서.

오는 날에는 퀴퀴한 냄새가 심했다. 아버지의 유품을 정리하면서 낡은 책장을 치우기 전까지는 그 냄새의 원인을 알 수 없었다. 책장 뒤에 숨어 있던 하얀 곰팡이는 굼벵이처럼 작고 둥글게 말려 있었다. 처음에는 정말 굼벵이인 줄 알았으나 전혀 꿈틀거리지 않았다.

"돈 모아서 이사 가기로 했잖아."

벽에는 하얀 곰팡이가 자라 굼벵이가 떼를 지은 모양이었다. 락스를 뿌려 보고 긁어 내 보기도 했지만 곰팡이의 뿌리는 깊어질 뿐이었다.

"이사 가면, 냉장고는?"

"다시 돈이 모이면 그때 사면 돼."

"언제 돈이 모여."

"알바 하고 있으니까, 어떻게든 벌 수 있을 거야."

곰팡이가 자랄수록 우재와 내가 잘 수 있는 공간은 줄어들었다. 우재의 월급날은 자꾸만 미뤄졌고 이사를 갈 수 있는지도 확신할 수 없었다.

청소년 쉼터에서 만난 우재와 나는 스무 살이 되던 해 그곳을 떠나야 했다. 우재는 그 전부터 자주 외박을 했지만 이번에는 완전히 집을 나왔다고 말했다. 이건 가출이 아니야. 이사 같은 거지. 얼룩진 시퍼런 멍이 소매 사이로 슬쩍 보였다.

나라에서 가출 청소년들을 위해 만든 청소년 쉼터는 일주일에 두 번 정도 동네 광장을 찾아오는 천막에 불과했지만 우리에겐 꽤 쉼터 같은 공간이었다. 어떻게 보면 나는 가출 청소년도 아니었다. 나에겐 돌아갈 집도 있었고 일탈하고 싶은 그 어떤 욕구도 없었다.

나는 컵라면을 먹다가 내 왼쪽 다리가 싫증 난 적이 있었다. 면이 익는 동안 나무젓가락의 벌어진 양 끝을 잡고 세게 뜯었다. 양쪽이 매번 똑같은 모양으로 나뉘지는 않지만 그날은 이상하게도 가운데 부분이 갈라지다 말아 젓가락질을 제대로 할 수가 없었다. 퉁퉁 분 면발이 자꾸만 미끄러졌다. 한쪽이 짧은 젓가락, 엇갈리는 젓가락질, 절뚝이는 걸음걸이.

절뚝이는 다리로는 멀리 갈 수 없었다. 다리가 금방 붓고 바닥에 끌리는 신발이 금세 더러워졌다. 내가 걸으면 사람들은 내 다리를 쳐다봤다. 그들과 눈을 마주치지 않아도 시선이 느껴졌다. 그들은 내 다리를 보고 있는 걸까. 아니면 그들이 먹으려는 점심 메뉴의 간판을 보다가 내 걸음걸이가 눈에 들어온 걸까. 그것도 아니면 무엇을 보고 있었던 걸까. 내가 착각했던 걸까, 하고 생각하는 동안에도 나는 다리를 절고 있었다. 대각선의 리듬을 타고 있었다.

짧은 왼쪽 다리가 바닥에 닿으면 골반이 절뚝이고 어깨도 같이 절뚝였다. 온몸이 리듬을 타고 있는 것이다. 그들은 내 리듬을 모른다. 터어벅, 꽤 리듬을 타기 좋은 박자다. 그들은 내 다리가 잘못 뜯긴 젓가락 같아서, 불운의 사나이라고 생각할지도 모른다. 그런 그들에게 그래요, 누가 제 다리를 잘못 갈라 놓았어요, 하고 말할 수는 없었다. 대신 나는 터어벅, 대각선의 리듬에 몸을 맡겼다. 우재는 대각선의 리듬을 이상하게 여기지 않는 사람이었다.

그래서 처음에는 우재가 나와 함께 고시텔에서 살겠다고 했을 때 녀석의 저의를 의심했다. 우재에게는 집 안과 밖을 마음대로 드나들 수 있는 두 다리가 있었다. 그런 우재가 나에게 다가올 리는 없었다. 나에게 유일하게 남아 있었던 건 아버지였는데 이제는 아무것도 남지 않았다. 아버지가 남긴 유산은 고시텔 보증금 정도였다. 우재는 잠잘 곳만 필요하다고 했다. 녀석은 아침 일찍 나가서 일이 끝나면 집에 와서 잠만 잤다. 그저 잠을 이유로 나를 필요로 한 거라면 언젠가는 녀석도 나를 떠날 거라는 생각이 들었다.

우재가 중국집에서 아르바이트를 하는 동안 나는 방에 앉아 쇼핑백을 붙이는 부업을 했다. 등이 굽은 채로 손가락 끝에 붙은 양면테이프만 바라보는 나야말로 조금도 꿈틀거리지 않는 굼벵이었다. 선을 따라 각을 맞춰 접고 양면테이프로 붙였다. 손이 너무 끈적거리면 바닥에 손을 둥글게 문질렀다. 12시가 넘었는데도 우재는 돌아오지 않았다. 손에는 이미 먼지가 가득 묻어 있었지만 계속 바닥에 손을 문질렀다. 가끔 우재의 외투에서 맡았던 향수 냄새가 괜히 신경 쓰였다. 터벅터벅, 방을 나가 복도를 걷던 우재의 발걸음이 희미하게 들렸다.

터벅터벅, 그 발소리가 점점 가까워졌다.

"야야, 빨리 문 좀 열어 봐."

문을 열고 들어선 건 다름 아닌 냉장고였다. 우재의 골반보다 조금 큰 냉장고는 초록색 바퀴판 위에서 먼지를 뒤덮고 있었다. 우재는 냉장고를 좁은 현관까지 들이는 데 겨우 성공했다.

"이걸 도대체 어디서 난 거야?"

"공터에 버려져 있던데."

"남이 버린 걸 왜 주워 와."

"괜찮아 보였어."

나는 냉장고를 훑어보았다.

"꼭 나 같다. 그치."

"인마, 누가 널 버렸다고그래. 얼른 이거나 들어 봐."

우리는 냉장고를 사이에 두고 쭈그려 앉아 냉장고 밑에 손을 넣었다. 하나, 두울, 세엣. 냉장고는 꿈쩍도 하지 않았다. 나는 애초에 쭈그려 앉는 자세가 안 되었다. 힘을 주면 자꾸 몸이 기울어져 냉장고를 제대로 들 수가 없었다. 결국 냉장고를 방 안으로 들이는 건 우재의 몫이었다.

곰팡이가 피어난 벽면에 냉장고를 붙였다. 곰팡이가 부분적으로 가려졌지만 너무 자라 버린 곰팡이는 냉장고 위로 얼룩져 있었다. 콘센트에 코드를 꽂자 냉장고의 심박수가 작게 들렸다. 냉장고 깊은 곳에서 시원한 공기가 조금씩 스미어 나왔다. 냉장고 문을 열자 탁한 빛이 들어왔다. 손을 넣자 미지근한 공기가 손에 엉겨 붙었다. 성에 같은 것도, 아무것도 손에 잡히지 않았다.

좁은 방에서 우리는 냉장고에 딱 붙어서 잠을 자야 했지만 녀석은 그것마저도 괜찮다고, 오히려 냉장고 돌아가는 소리가 들리는 게 좋다고 말했다. 그날부터 버려진 냉장고는 다시 숨을 쉬기 시작했다.

나는 우재가 그렇게도 냉장고를 찾는 이유가 궁금했다. 우재는 이불을 차는 버릇이 있어서 붙어 자기에는 꽤 불편했다.

"왜 그렇게 냉장고를 찾는 거야? 저거 고장 난 거잖아."

"우리 집에도 있었어. 고장 난 냉장고."

우재는 한숨을 쉬었다. 우재는 자기 집에 있던 냉장고에 대한 이야기를 하는 것을 망설였다. 우재의 집, 우재의 아버지, 소매 사이로 보였던 얼룩진 멍이 생각났다.

"말하기 곤란하면 굳이 말하지 않아도 돼."

"아냐, 그런 거. 어디부터 얘기해야 될지 잠시 생각했어."

"아, 그런 거였구나."

"어릴 때 아버지를 피해서 냉장고에 들어갔어. 몸이 작았으니까. 그 속에 있으면 냉장고 돌아가는 소리 때문에 밖에서 뭘 하는지 안 들려. 같은 집에 있으면서도 처음으로 아버지에게서 벗어난 것 같은 기분이 들었어. 다시 태아가 된 것 같기도 하고. 그러다가 잠이 들었는데 처음으로 엄마를 봤어. 얼굴이 잘 보이지 않는 여자였지만 분명 엄마였어. 나중에는 빚 때문에 가구를 몽땅 잃어버려서 엄마를 볼 수 없었어."

우재는 쓰디쓴 얼굴로 웃었다.

"뭐, 이제는 진짜 기억도 안 나지만."

나는 냉장고 안에서 몸을 웅크리고 있는 어린 우재의 모습을 상상해 보았다. 우재의 아버지는 술에 취해 있다. 아버지는 잠든 우재를 깨운다. 이불을 끝까지 붙잡아 보지만 겁에 질린 표정을 들키고 만다. 매일 밤 우재는 정말로 잠에서 깨거나, 잠에서 깨는 꿈을 꾼다. 아버지가 먼저 잠에 드는 것을 확인하고서야 우재는 다시 이부자리로 돌아온다. 체온이 덮여 있던 그 자리에 다시 우재가 눕는다. 아, 우재는 이불을 걷어차는 버릇이 있었지. 몸이 따뜻해질 때가 되면 알아서 이불을 걷어찬다. 추울수록 우재는 자신의 몸을 감아 안았다. 등이 굽어 동그랗게 말려 잠을 자는 우재, 어릴 적 우재가 냉장고에 들어간 모습에 빗대어 보았다. 우재는 여전히 자라지 않은 굼벵이였다.

어린 우재는 아버지가 술을 먹는 모습을 지켜보면서 먼저 냉장고 안으로 들어간다. 다리를 가슴에 품은 채로 냉장고가 돌아가는 소리를 듣는다. 그 소리에 귀를 기울이면 아버지의 목소리가 들리지 않는다고 했었지. 태아 같은 우재에게는 누군가가 냉장고를 쓰다듬는 소리로 들렸겠지. 우재는 자신의 엄마가 배를 쓰다

듣는 꿈을 꾸었을까. 배 속에 들어 있는 건 동그랗게 등이 말려 있는 우재.

고장 난 냉장고에서는 미지근한 공기가 맴돈다. 그런데도 유독 차가운 공기가 몸에 달라붙는다. 우재는 무릎을 좀 더 가슴 가까이 당긴다. 무릎에 난 상처가 돋보였을까. 그 상처 속에 머리를 박는다. 우재가 잠든 사이 아버지는 우재를 찾다가 지쳐 잠에 들었겠지.

태아는 시간이 지나면 세상 밖으로 나와야 한다. 우재의 몸이 커질수록 냉장고는 작아진다. 우재는 냉장고 안에 몸을 구겨 넣는다. 등이 굽은, 진화하지 못한 굼벵이. 너무 커져 버린 태아. 조금만 잘못 움직여도 문이 척, 하고 열린다. 착, 닫으면 다시 척. 착, 닫으니까 아버지가 척. 그때 우재는 어떤 표정이었을까. 우재는 냉장고에 귀를 바짝 대고 몸을 웅크린 채로 자고 있었다. 등은 살짝 살집이 올라 있다.

우재가 떠났다. 아르바이트를 하러 간다고 해 놓고 며칠째 집에 들어오지 않았다. 냉장고만 놔두고 녀석은 가 버렸다. 거센 빗물이 창문에 부딪혔다. 창문을 맞고 터진 물방울은 길게 늘어졌다. 죽은 빗방울이 남긴 길에 또다시 빗방울이 터졌다. 무더위에 빗방울은 진액으로 변해 창문에 진득하게 달라붙었다. 나는 쇼핑백을 붙이면서 그 소리를 들었다. 타다탁. 알을 까는 듯한 빗소리는 다른 소리를 씻어 내렸다. 씻겨 내려간 것 중에 우재는 없었으면 좋겠다. 모레까지 계속될 장마 덕에 곰팡이는 눅눅해져 퀴퀴한 향을 내뿜었다. 방 안에는 빗소리와 곰팡내뿐이었다.

냉장고는 거친 기침을 하더니 먼지가 섞인 물을 뱉어 냈다. 마치 냉장고가 나이가 들어 분비물을 뱉어 내는 것 같았다. 나는 얼른 쇼핑백부터 치워 두고 물이 새는 곳에 걸레를 두었다. 하마터면 쇼핑백이 젖어 제값을 치러 줄 뻔했다. 나는 냉장고가 물을 어디서 뱉어 내는지 찾기 위해 냉장고를 샅샅이 뒤졌다. 겉으로 보기에는 구멍이랄 게 잘 보이지 않았다. 나는 냉장고 속에 손을 넣었다. 이렇게 깊었던가. 새하얗고 매끈한 그 공간에 나는 머리를 집어넣었다. 그런데 이게 어떻게 된 일인지 어깨와 허리와 무릎, 다리까지 냉장고 속으로 들어가는 거였다. 몸 전체가 냉장고 속으로 들어가자 문이 착, 하고 닫혔다. 내 몸이 작아진 건지 냉장고가 커진 건지는 알 수 없었지만 분명한 건 내가 냉장고 안에 들어갔다는 사실이었다.

다행인 건지 냉장고 속은 내가 겨우 비집고 들어가면 벽에 닿을 만큼 좁았다. 고장 난 냉장고 속은 마냥 시원하지만은 않았다. 냉각기는 냉장고 전체를 시원하게 할 만큼의 힘이 없었다. 미지근하면서도 시원한 기분이 드는 게 꼭 여름밤 청소년 쉼터 천막 아래에 앉아 있는 같은 느낌이었다. 그래서 나는 몸을 떨지 않았다. 내가 등을 굽혀 몸이 말려 있는 건 그저 내 왼쪽 다리가 짧았기 때문이다.

어릴 적의 우재와 함께 있는 것 같다. 나는 우재와 달리 그 무엇에게서 도망쳐 온 것이 아니었다. 나는 나에게서 도망쳤다. 아버지가 떠났고 왼쪽 다리가 떠났다. 단지 다리가 성장되지 못한 채로 마비가 된 것이었지만. 나는 걸을 때마다 종아리나 허벅지의 어느 한 부분이 없는 듯한 느낌이 들었다. 그래서 다리가 온전히 있으면서도 내게서 떠났다고 생각했다. 그런 나에게 우재가 찾아왔다. 그런 우재마저 아르바이트를 하러 떠났다. 나는 덩그러니 냉장고에 남겨졌다.

우재는 이곳에서 잠이 들었다고 했지. 아직도 엄마를 보는 꿈을 꿀까. 서늘하면서도 미적지근한 공기가 살갗에 닿았다. 나는 왠지 그 공기가 포근하게 느껴졌다. 그래서 우재는 엄마를 떠올렸던 걸까. 우재의 엄마는 아버지로부터 우재를 감싸 주었나. 적어도 열 달을 배 속에 품고 있었겠지, 모든 엄마가. 나의 엄마도 그랬겠지. 아니, 그랬을까. 엄마는 소아마비에 걸린 나와 간신히 숨을 붙들고 있던 아버지를 떠났다. 엄마는 우재처럼 멀쩡한 두 다리가 있었다. 그래서 나는 냉장고 속에서 포근함을 느꼈으면서도 우재처럼 태아가 되어 볼 수 없었다. 나는 엄마 대신에 천막을 떠올렸다. '청소년 쉼터'라고 적혀 있는 현수막이 붙어 있는 천막. 사방이 뚫려 있는 천막에서, 나는 매번 똑같은 칼라 티셔츠를 입고 있던 여자 덕분에 분명 어떤 느낌을 받았다.

여름날도 매번 무더운 건 아니었다. 비가 오기 전날에는 여름이어도 서늘했다. 그럴 때면 여자는 무릎 담요를 가져다주었다. 사실 여자에게 내 왼쪽 다리나 심지어 나이에 대한 이야기를 나눠 본 적이 없었지만, 담요를 덮은 다리는 따뜻했다.

그러나 지금 담요는 없었다. 어딘가에서 서늘한 공기는 새어나왔고. 춥지는 않으면서도 소름이 돋았다. 게다가 아직 붙여야 할 쇼핑백이 몇 박스나 남아 있었다. 나는 들어왔던 방향으로 몸을 힘껏 밀어붙였다. 그러자 척, 하고 문이 열렸다. 나는 다시 방에 덩그러니 남겨졌다. 냉장고는 아무리 봐도 내 몸을 넣을 수 있을 만한 크기가 아니었다. 내가 잠시 꿈을 꾼 것일지도 모르겠다는 생각도 해 보았지만 팔뚝이 시원했다. 내가 냉장고에 들어가다니 말도 안 되는 일이었다. 나는 우재를 떠올리던 것도 잠시, 쇼핑백을 붙이는 일에 집중을 했다. 냉장고 안에서는 들리지 않았던 빗소리가 다시 들렸다.

땀이 등줄기를 타고 내렸다. 방 안이, 온몸이 축축했다. 방구석에서 피어나 벽을 타고 오르던 하얀 곰팡이는 우재가 이사 왔던 날보다도 더 퍼져 한쪽 벽을 차지하고 있었다. 시멘트 냄새가 난다. 문득 내가 잠든 사이 벽을 기어오를 곰팡이를 생각하니 기침이 나왔다. 커다란 먼지를 들이마신 것처럼 나는 기침을 해 댔다. 곰팡이 냄새가 이렇게 지독했던가. 얼른 이 냄새에서 벗어나고 싶다. 이사를 하고 싶다. 지독한 냄새에도 나는 손을 멈출 수 없었다. 누군가 문을 두드리는 소리에 동작을 멈췄다. 나는 엉거주춤하게 일어서서 현관으로 걸어갔다. 남자는 희끗희끗 자라 있는 흰 머리 때문에 머리가 단정히 정리되어 있는데도 어딘가 덥수룩해 보였다. 지난번에도 방세를 받으러 나를 찾아온 적이 있었던 남자는 내 왼쪽 다리를 한번 흘겨보았다.

"벌써 석 달째 밀린 거 알아? 이제 남은 보증금도 얼마 없는데 어떡할 거야."

아버지가 공사장에서 추락 사고를 당하고 나서 받은 보상금으로는 치료비를 해결할 정도도 안 됐다. 직원들에게 안전 장비를 제대로 구비해 주지 않은 회사의 잘못이었지만 그들은 사고를 숨기기에 바빴다. 아버지는 간신히 목숨은 구했지만 두 다리를 잃었다. 근육이 완전히 손상돼 줄곧 누워 있어야 했다. 그렇다고 내가 아버지를 대신해 일터에 나갈 수 있는 처지도 아니었다. 겉으로 보기엔 아버지의 다리가 내 다리보다 더 정상적으로 보였다. 그래서 어쩔 수 없이 밀린 월세는 보증금에서 빼기로 했다. 그때 남자는 내 말을 듣고 바로 돌아갔지만 이번에는 아니었다.

"제 친구가 곧 올 거예요. 그러니까 그때까지 조금만 기다려 주시면……."

"누가 온다고 그러는 거야. 같이 산다던 그놈도 요즘 보이지 않더만. 내일까지 밀린 월세 내든가 아니면 알아서 방 빼."

남자는 방 안으로 나를 밀어 넣고 문을 닫아 버렸다. 터벅, 터벅, 남자의 발자국 소리가 복도에 울렸다. 두 다리로 터벅, 터벅 걸어갈 남자의 모습이 그려졌고 소리는 점점 멀어져 갔다.

냉장고는 조용히 죽었다. 얕게 뛰던 심박수 같은 소음도 들리지 않았다. 우재는 어디로 간 걸까. 냉장고가 곧 죽을 거라는 것을 알고는 새 냉장고를 찾으러 간 것일까. 다음에는 내가 냉장고를 들어 올려 방턱을 넘기고 싶다. 그렇게 아주 가끔은 우재가 나의 도움을 필요로 했으면 좋겠다는 생각을 했다. 우재는 아버지를 피해서 제대로 된 이사를 해 보고 싶다고 했다. 이 동네에 있으면 가끔가다가 아버지와 마주친다는 거였다. 아버지와 마주칠 때면 우재는 그곳에서 도망쳤지만 아버지를 보지 않을 때에도 여전히 벗어나고 싶어 했다. 그런 우재가 사라졌다. 나는 우재가 냉장고를 가져오던 그날 밤 녀석을 기다렸던 것처럼 쇼핑백을 붙였다. 내일까지 우재가 돌아오지 않는다면 나는 이곳에서 쫓겨나야 했다. 그때 나는 어디로 가고 녀석은 어디로 돌아와야 하는 걸까. 스무 살의 우리에게는 쉼터 같은 곳은 없었다.

누군가가 다급하게 문을 두드렸다. 우재였다. 우재는 얼굴이 벌겋게 달아오른 채로 숨을 헐떡였다. 아버지를 만난 모양이었다. 온몸이 상처투성이였다. 나는 아무 말 없이 훌쩍이는 우재의 등을 감싸 주었다. 우재의 외투는 비에 젖어 축축하고 무거웠다. 지금 우재에게 필요한 건 냉장고였다. 녀석에게 내가 냉장고에 들어갔었던 얘기를 해 주고 싶다.

'네가 없는 동안 냉장고에 갇혔었어.'

'무슨 소리야. 꿈꾼 거 아니고?'

'진짜라니까.'

'알겠어. 계속 말해 봐.'

'그래서 말이야. 다시 냉장고에 들어갈 수 있으면 널 데려가고 싶었어. 그럼 네가 다시 엄마를 볼 수 있지 않을까.'

'네 꿈속에 나를 데려갈 수 있다면, 그랬음 좋겠다.'

아마 우재는 이렇게 대답했을까. 나는 녀석의 상처가 쓰라릴까 봐 세게 안아 줄 수도 없었다.

계속되는 장마 탓에 곰팡이는 습기를 머금고 진한 냄새를 풍겼다. 찢어진 장판과 벽지 틈에 껴 있던 곰팡이는 어느새 한쪽 벽면을 완전히 뒤덮고 있었다. 나는 아직도 그 냄새에 익숙해지지 않아서 기침이 났다.

"우리 오늘 이사하지 않으면 갈 곳이 없어."

머리가 덥수룩한 주인은 우리를 쫓아낼 터였다. 그렇다고 이사할 수 있는 돈이 있는 것도 아니었다. 우재는 아버지가 중국집에 찾아왔다고 했다.

"그 인간은 괴물처럼 변했어. 내가 상대해 주지 않으니까 더 괴물이 된 거야. 아버지라고 부르라는데, 죽어도 싫다고 했지. 아버지라니, 그 단어가 그렇게 징그러운 거였나. 갑자기 눈앞이 캄캄해지더라고. 내가 왜 그리 무서웠는지 알아? 나도 크면 우리 아버지처럼 될까? 그 생각이 불현듯 나를 쫓아왔어."

"걱정 마, 넌 네 아버지처럼 안 될 거야."

"그걸 네가 어떻게 알아."

"만약 그렇게 되면 내가 죽여 줄게."

피식, 우재는 웃었다. 그러고는 금세 다시 울기 시작했다. 그제야 녀석과 함께 있다는 게 실감 났다. 술 냄새를 가득 풍기던 아버지는 녀석을 알아보고 달려들었지만 냉장고에 숨었던 어릴 적의 우재가 아니었다. 아버지는 예전처럼 우재를 잡을 수 없게 되자 주변의 물건을 부쉈다고 했다. 대신 지금껏 밀린 월급을 받지 않기로 했다고, 그래서 밀린 월세를 낼 수도, 이사를 갈 수도 없다고 말했다. 어디서부터 잘못된 것일까. 그 원인은 내 다리나, 곰팡이나, 냉장고가 아닐 텐데.

"어떻게든 돈을 마련했어야 하는데."

우재는 이사를 갈 수 없다는 말·때문인지 울음을 멈추지 않았다. 건네줄 휴지를 가지러 간 사이 녀석은 굼벵이처럼 몸을 둥글게 말고 등을 훌쩍였다. 어디선가 냉장고 돌아가는 소리가 들리면서 시원한 공기가 불어왔다. 우재는 고장 난 냉장고의 소음처럼 끈적한 콧물을 집어삼켰다. 나는 금방이라도 곰팡이가 나를 덮칠지도 모른다는 생각에 눈물이 났다. 하얀 곰팡이로 뒤덮인 방은 우리에게 딱 맞는 냉장고로 변해 가고 있었다. 모든 것을 다 잃어 성에 같은 것도 남아 있지 않은 축축한 냉장고. 그 속에서 나는 두 다리를 가슴 쪽으로 당겨 무릎에 얼굴을 묻었다. 짧은 왼쪽 다리 때문에 여전히 나는 기울어져 있었다. 우리는 완전히 갇혔다. 곰팡이는 계속 자라나 온 방을 뒤덮었다. 심지어 뿌리 깊은 곰팡이는 문을 가렸다. 우재는 울음을 삼키며 나를 흔들었다.

"야, 이제 우리 못 나가……."

우재의 몸은 짧고 뚱뚱해졌다. 둥글게 말린 배 끝은 자신을 품어 내는 방법이었다. 우리는 이미 굼벵이의 습성에 익숙해져 있었다. 굼벵이는 땅속에서 자란다. 아무도 모르게 땅에 묻혀 있다가 자랄 시기가 되면 바깥으로 나오게 된다. 아직 다 자라지 못한 굼벵이를 땅속에서 꺼내면 다시 흙으로 들어가기 위해 꿈틀거린다. 굼벵이는 다른 애벌레보다 굼뜨고 느려서 나아가기는커녕 자신이 있던 곳으로 되돌아가기까지도 오랜 시간이 걸린다.

아직 다 자라지 못한 스무 살. 우리는 분명 지금까지 꿈틀거렸다. 느린 것을 알면서도 짧고 두꺼운 몸을 들어 올리려 애를 썼다. 매미는 빗속에서도 울어 댔다. 꿈틀거림의 종착지는 결국 울음이었다. 한여름 내내 울다가 사라질 매미. 냉장고 속에 갇힌 굼벵이는 자랄 수가 없었다.

"우리 어떡하지. 여기서 다시 나갈 수 있을까?"

"나도 몰라."

"우리가 여기 있는 걸 사람들은 모르잖아."

"그게 무슨 문제라도 돼? 우리를 기억하는 건 우리뿐인걸."

"하긴…… 정말 여기는…… 안전할까?"

우재는 말이 없었다. 우리를 냉장고에서 꺼내 줄 사람은 나타나지 않았다.

피라냐는 울었다

경화여자고등학교 2
도지현

0

남아메리카의 젖줄 아마존강은 페루의 네바도 미스미산(山)에서 시작한다. 아마존 분지인 페루의 이키토스에서 브라질의 벨렘까지는 주기적인 범람으로 생긴 습지대가 자리 잡고 있는데, 그 커다란 강은 이 습지를 거쳐 쉴 새 없이 동쪽으로 내달리고 마침내 대서양으로 흘러든다. 하지만 세계에서 가장 긴 이 강보다도 더 길고, 더 웅장한 것은 흐르는 강으로 뿌리를 뻗어 자라난 습지인데, 이곳이 바로 아마존 열대우림이다. 매일 폭풍을 동반한 비가 내리며, 아마존강이 물소처럼 내달리는 곳. 그곳이 피라냐의 서식지이자 내가 사는 곳이다. 약육강식의 법칙이 지배하는 자연의 세계, 나는 아마존에 산다.

1

Q는 대장 피라냐다. 올해 초에 우리 반으로 전학을 왔는데, 이곳으로 오기 이전의 학교에서는 어떤 아이였는지 제대로 아는 사람이 아무도 없다. 왕따를 당했다는 소문도 있고, 정학을 몇 번이나 먹다가 강제 전학을 왔다는 소문도 있었다. 하지만 분명한 것은 Q가 전학 온 뒤로 아마존의 주인은 그녀가 되었다는 사실이다. 모두들 팬티가 보일 듯 말 듯한 Q의 짧은 치마와 어설픈 화장 실력을 욕하지만, 막상 Q의 앞에서는 설설 기는 것이 그 방증이라고 할 수 있겠다. 어쨌든 그들의 비굴함 덕분에 Q는 나날이 기세등등해졌다. 점심시간에 등교하는 것은 예사였고, 만만하다 싶은 피라냐와는 시비가 붙기도 했다. 그러고는 점점 자주 자신의 잔인하고 흉포한 성정을 내보이기 시작했는데, Q의 더러운 성격은 하루에도 몇 번씩 불같이 치솟아서 제어하려면 먹이가 필요했다. 문제는 Q가 가장 좋아하는 먹이가 바로 나라는 것이다. 누구를 만나도 숨죽여 떨 수밖에 없는 먹이사슬 최하위권의 물고기. 그것이 바로 나다.

쉬는 시간 10분을 오롯이 엎드려 있는 것은 힘든 일이다. 두 팔 안에 나를 가두고 눈을 감으면 캄캄함 속에서 귀로 온 신경이 몰린다. 시끌벅적한 작은 교실 속에서 Q의 광기 어린 웃음소리가 들리면 나는 불안해진다. 불안은 바오밥 나무 씨앗처럼 금세 뿌리를 내리고 자라난다. 그러고는 점점 커져 결국엔 내 심장을, 나의 작은 행성을 박살 내 버리고 만다. 나는 그 밑에 앉아 조각난 심장을 깁는다. 상처는 늘어 가는데 고통에는 전혀 무뎌지지 않는다. 하지만 나는 울 수 없다. 피라냐들은 눈물 냄새를 기가 막히게 잘 맡기 때문이다. 그들은 먼 곳에서도 나를, 심장에 고여 맥박 치는 내 눈물을 감지할 수 있다. 촘촘한 그물망에 걸린 것처럼 한 번 걸리면 빠져나갈 수 없다. 결국 나는 죽기 직전까지 물어뜯기는 수밖에 없는 것이다.

그래도 오늘 같은 날은 꽤 행복한 편이다. 오늘은 수족관으로 현장 체험 학습을 나왔기 때문이다. 신기한 볼거리들은 피라냐 떼들의 관심을 내게서 옮긴다. 비록 나와 함께 걸어 주는 친구는 없지만, 혼자라는 외로움보다 그들에게서 벗어난다는 안도감이 더 크다. 오랜만에 조금 행복한 하루를 맞이한 나는 수족관 안으로 천천히 발걸음을 내디뎠다.

2

시끌벅적한 체육관이 삽시간에 조용해졌다. Q가 피구 공을 잡은 탓이다. Q는 힘도 무지막지하게 세서 피구 공을 야구공처럼 날릴 수 있었다. 오늘도 그 강속구의 첫 타자는 나였다. Q가 그녀와 나 사이의 거리를 가늠해 보곤 비식 웃었다. 야, 저년은 내가 죽인다. 다른 피라냐들이 별 이견 없이 고개를 끄덕였다. 곧이어 초록색 공이 쉭 소리를 내며 허공을 갈랐다.

어쭈, 피해? 사냥에 실패한 대장 피라냐가 말했다. 야, 공 다시 줘 봐. 그러자 누군가가 말없이 공을 패스했다. 공을 잡은 Q의 팔이 궤적을 그린다. 이제부터는 Q의 설욕전이었다. 나는 작은 사각형 안에서 쉴 새 없이 뛰어야만 했다. 공은 계속해서 나를 향해 날아들었고 결국 피라냐는 내 머리를 정통으로 한 대 갈길 수 있었다. 눈물을 뚝뚝 흘리며 금 바깥으로 나가려는 나에게 대장 피라냐는 말했다. 어디 가? 머리 맞으면 아웃 아닌데. 수조 속 붕어처럼 뻐끔거리는 날 보고 Q가 깔깔거렸다.

1

다른 아이들보다 늦게 입장한 탓에 수족관은 한적했다. 물을 통과해 일렁이는 빛과 언뜻 푸른 기가 도는 물을 보고 있자니 수족관에 온 것이 실감이 났다. 텅 빈 공간의 한중간에 서 있으니 발밑에도, 머리 위에도 물고기가 돌아다니면서 내 몸에 그림자를 남겼다. 홀로 서 있는 내 옆을 물고기들이 조용히 스쳐 지나갔다. 문득 내가 정말 물고기 같다는 생각이 들었다. 소리 없는 그림자들을 나는 가만히 바라보았다. 물고기들은 말하지 않는다. 그들은 보기만 한다. 그래서 수족관은 늘 조용하다. 그날도 그랬다. Q가 내 이마를 검지로 툭툭 밀었던 그날도 그들은 침묵했다.

2

열쇠가 없으면 자물쇠를 풀 수 없는 건 당연한 이치다. 다만 열쇠를 교탁에 두고 교실 앞문을 자물쇠로 잠근, 그들의 말에 따르자면 '어떤 멍청한 년'이 나였을 뿐이었다. 그건 언제라도 일어날 수 있는 해프닝이었고, 어쨌든 그들은 창문을 통해 교실 안으로 들어가서 뒷문을 열 수 있었다. 하지만 우리 반 아이 한 명을 창문으로 들어가게 한 범인이 나였기 때문에 Q는 지금 검지로 내 머리를 밀고 있다. 얘, 너는 죄의식도 없니? 너 때문에 쉬는 시간이 반이나 날아갔는데 도대체 어쩔 거야? 너 때문에 체육복 갈아입을 시간도 없잖아. 밀쳐지는 중에도 꼬박꼬박 미안해, 하고 대답하는 나를 보며 Q는 깔깔 웃었다. 나는 마음에도 없는 사과를 몇 번이나 한 후에야 저리 꺼져, 냄새나는 년, 따위의 소리를 듣고 Q에게서 벗어날 수 있었다. 나는 비척비척 걸어 내 자리에 앉았다. 눈물로 뿌연 내 시야에, 문득 내 필통 속의 커터 칼이 보인 것은 그때였다. 무언가에 홀린 듯 나는 칼날을 밀어 올렸다. 손목에 몇 번 긋는 시늉을 해 보았다. 손목을 그으면 편안해질까, 나는 이곳에서 벗어날 수 있는 걸까. 그을까, 말까, 그을까, 그을까…….

야, 너 뭐 해? 누군가 비명처럼 소리를 질렀다. 내가 칼을 빼앗긴 건 순식간이었다. 반장은 내게서 빼앗은 칼을 사물함에 집어넣었다. 반장은 어딘가에서 자물쇠를 두 개나 구해 오더니 커터 칼을 넣은 사물함을 잠가 버렸다. 칼 돌려줘, 나는……. 안 돼, 그녀가 말했다. 아무도 얘한테 날카로운 거 주지 마. 그러고 나서 반장은 내 옆자리에 털썩 주저앉더니 수업을 알리는 종이 칠 때까지 나를 감시했다.

1

피라냐 수조는 꽤 구석진 곳에 자리 잡고 있었다. 빛이 많이 비추지 않아서 어두운 수조에 내 모습이 비쳤다. 짧은 다리, 통통한 팔, 질끈 묶은 머리와 둥그런 얼굴. 나는 수조에 조금 더 가까이 다가섰다. 낮은 코, 작고 쌍꺼풀이 없는 눈, 멍한 눈동자, 그리고 여드름. 한때 내가 못생겨서 Q가 나를 괴롭힌다고 생각한 적이 있었다. 하지만 그녀를 따르는 피라냐 중에는 나보다 더 뚱뚱하고 나보다 더 못생긴 아이도 있었다. 하지만 피라냐들은 늘 내 외모에만 트집을 잡았다. 그들은 그저 물어뜯고 싶을 뿐이었던 것이다.

2

수정 테이프가 Q의 손목을 긋고 지나갔다. 그 광경을 구경하는 피라냐들이 저마다 낄낄거렸다. 그 거대한 무리에는 다른 반에서 온 피라냐도 드문드문 섞여 있었다. 시끌벅적한 와중에 Q는 계속해서 손목을 그었다. 수정 테이프가 Q의 손에서 흔들렸다. 누군가 물었다. 걔가 진짜 그랬어? 응, 진짜 그랬다니까? 커터 칼로 이렇게 손목을 긋던데. Q의 말에 피라냐들이 다시 왁자지껄하게 웃어 젖혔다. 누군가는 Q를 따라 자기 필통에서 수정 테이프를 꺼내 들었다. 보란 듯이 손목에 수정 테이프를 그어 대는 피라냐들에게 나는 처음으로 그만해, 라고 외쳤다. Q가 다가왔다. Q가 들고 있던 수정 테이프를 건넸다. 왜, 너도 필요해? 말하지 그랬어. 이거 너 줄게. 악마 앞에 무너져 내린 나에게 반장이 휴지를 들고 달려왔다. 이제 그만하지. 내 앞을 가로막고 선 반장의 말에 Q는 재미없다는 투로 말했다. 반장, 오늘따라 정의감이 넘치네? 반장은 아무 말도 하지 않았다. 반을 감도는 싸한 분위기에 피라냐 떼가 슬금슬금 흩어졌다.

1

수조 속의 피라냐는 시뻘건 눈으로 물속을 헤엄치고 있었다. 넙데데하고 뒤룩뒤룩 살이 붙은 몸뚱이, 둔하게 생긴 저 고기가 달리던 말도 백골로 만들어 버린다는 사냥꾼이라고? 나는 그것을 더 자세히 보기 위해 수조에 바짝 붙어 유리 너머를 들여다보았다. 빛을 받아 은빛으로 반짝이는 비늘과 피를 머금은 듯한 붉은 배, 곱사등이처럼 불룩 튀어나온 등……. 그리고 그 순간, 나는 수많은 핏빛 눈을 마주했다.

헉! 나는 유리에서 떨어졌다. 전신에 돋은 소름에 주춤거리며 뒤로 물러났다. 사냥꾼의 눈. 그건 사냥꾼의 눈이었다. 피라

냐 떼는 맛있는 먹이를 보는 것처럼 나를 바라보고 있었다. 배고
픈 피라냐의 눈이 Q를 연상시켰다. 피라냐들은 수족관 유리를 따
라 빙글빙글 돌며 나를 구경했다. 그들은 곧장이라도 유리를 깨
부수고 뛰쳐나와 내 목을 뜯어 버릴 것만 같았다. 그러면 피 냄
새를 맡고 다른 피라냐가 달려들겠지, 나는 백골이 되겠지, 그러
나 피라냐는 부른 배를 떵떵거리며 다시 일상으로 돌아가겠지. 그
리고 그들은 곧 다른 먹이를 찾을 것이다.

2

나는 거의 실신할 정도로 울었고 영어 시간에도 그 울음은 멈
추지 않았다. 우리 학교는 영어 수준별 수업을 진행하고 있어
서 다행히도 눈물 냄새는 다른 교실에 있는 Q에게까지 닿지 않
았다. 1년 내내 줄곧 비어 있던 내 옆자리를 차지하고 앉은 반
장은 계속해서 내게 휴지를 건네주었다. 내가 휴지를 다 쓸 때
마다 얼마나 빠르게 새 휴지를 건네는지 반장은 거의 수업을 듣
지 않는 것처럼 느껴질 정도였다. 나는 한 시간 동안 내 눈과 코
에 있는 거의 모든 물을 뽑아내었고 반장은 고맙게도 내게 물통
을 건네주었다. 훌쩍이는 내게 반장이 속삭였다. 이때까지 지켜
만 봐서 미안해, 오늘에서야 내가 잘못 생각했단 걸 알았어. 내가
선생님께 말해 볼게. 아무 걱정 하지 마.

얄팍하고 어설픈 위로였다. 하지만 휴지를 건네는 손길이, 물
통을 건네던 그 모습이, 반장이라는 의무감에 속삭였을지도 모
르는 그 말이 내게는 너무 크게 다가와 목이 메었다. 책상에 고
개를 묻자 반장의 손이 등을 두드렸다. 따뜻한 손길은 오랜만이
라 또 눈물이 비죽 흘러나왔다.

1

나는 피라냐의 눈을 피해 다른 물고기가 있는 수조 쪽으로 도 망쳤다. 헐떡이는 내 모습을 본 누군가가 키득거렸다. 쟤 왜 저 런대? 몰라, 몸뚱이가 무거워서 이젠 걷는 것도 힘든가 보지. 어 우, 쟤 콧구멍 벌렁거리는 거 봐. 저렇게 산소를 낭비해도 되나 몰 라. 아, 쟤랑 한 공기 마시는 거 너무 불쾌해.

격통에 고개를 들었다. 세모나고 뾰족한 이빨이 내 가슴을 물 어뜯었다. 그것은 피라냐였다. 피 냄새를 맡고 물어뜯어 각자 한 입씩 탐욕스럽게 베어 물었다. 더러워, 냄새나, 뒈져 버렸으면 좋 겠다…….

야, 곧 집합 시간이야, 얼른 둘러보고 나가자. 누군가의 말에 그 제야 그들은 살점 뜯기를 멈추고는 어슬렁어슬렁 저쪽으로 걸어 갔다. 멀어져 가면서 키득이는 그들, 생긋 웃는 피라냐의 눈이 빨 갰다.

3

왕따를 당하다 전학 간 6은 이제 SNS로만 만나 볼 수 있다. 그 녀 역시 아마존 먹이 사슬의 최하위 생물이었기 때문에 우리 둘 은 서로 의지하는 사이였다. 청천벽력과도 같은 그녀의 전학 소 식에 울었던 기억이 난다. 6이 전학을 가면 이 거대한 곳에서 나 는 혼자라는 생각에 6에게 매달렸던 기억도 있다. 하지만 6은 그 런 나를 매정하게 밀어내고 결국은 전학을 가 버렸다. 요즘 6 은 새로운 삶을 살고 있다. 전학을 가면서 이미지 세탁에 성공했 기 때문이다. 닮은 듯 닮지 않은 듯 포토샵을 떡칠한 사진을 프로 필 사진으로 걸어 두곤, 걸레니 뭐니 하며 하루가 바쁘게 저격 글

160

을 올려 대는 그녀는 요즘 피라냐 하나를 물어뜯느라 정신이 없다. 전학을 가서도 연락할 수 있을 것으로 생각했지만, 그녀는 쉬이 메시지를 보낼 수 없는 사람이 되어 있었다. 그녀는 어느샌가 피라냐가 되어 있었다. 갓 자라나기 시작한 뾰족한 이빨과 슬슬 핏빛 물이 드는 눈으로 다른 이들을 물어뜯는 것이다.

네가 뭘 모르네, 원래 왕따 한번 당해 본 사람이 더 억세게 사람 괴롭힌다? 자기가 당해 봐서 더 잘 알거든. 언젠가 6이 멍든 얼굴로 내게 했던 말이 떠오른다. Q도 분명 예전에 왕따 당했을 거라고, 힘없이 웃던 그 얼굴이 떠올랐다.

2

종례 시간에 결국 일이 터졌다. 담임 선생님이 교실에 오지 않은 데다가 반장, 부반장, 서기, 총 세 명이 반에 없다는 것을 눈치챈 Q가 정보통을 시켜 교무실에 상황을 알아보러 갔다 오게 한 것이다. 나는 반장의 말을 떠올렸다. 내가 선생님께 말해 볼게. 걱정하지 마, 걱정하지 마……. Q는 펄펄 뛰었다. 그녀의 입에서 쌍욕이 터져 나왔다. 내가 다 죽여 버릴 거야, 들어오기만 해 봐. 오지랖도 바다같이 넓어선, 씨발 년들. 한참 발광하던 Q가 발닦개 피라냐들의 만류로 겨우 자리에 앉았다. 조용해진 교실에 세 명이 들어온 것은 그때였다.

교실에 도는 이상한 기류를 눈치채고 멈춰 선 셋에게 가장 먼저 말한 것은 Q였다. 일렀냐? 그러곤 잠시 정적이 흘렀다. 셋은 별일 아니라는 듯 Q의 말을 무시하곤 자리로 돌아갔다. 그 와중에 서기는 여상히 출석부를 정리해 교탁에 올려 두기까지 했다. 출석부를 뒤적이는 것을 보니 아까 교무실에 간 김에 겸사 겸사 선생님들의 사인도 받아 온 모양이었다. 그들의 태평한 모습에 Q가 다시 날뛰기 시작했다. 씹냐? 씹냐? 너네도 다 방관했잖아. 왜, 너네가 먼저 선생님한테 이르고 쏙 빠지면 너희는 처벌 안 받을 것 같아? 그러자 서기가 Q를 쳐다보았다. 한심해 죽겠다는 눈빛이었다. 우리가 그걸 몰랐겠니? 그냥 있는 대로 말하고 왔을 뿐이야. 교실은 다시 조용해졌다. Q가 자리에 앉았다. 한참 후에 Q가 짓씹듯 내뱉었다. 씨발 년, 두고 보자.

4

성실한 학급 서기 D는 울고 싶은 심정이었다. 처음은 동정심이었다. 그다음은 솟아오르는 정의감이 그녀를 움직이게 만들었다. 그녀는 독실한 크리스천이었다. 그녀는 교문을 빠져나오면서 하나님은 분명 내가 한 일이 옳다고 하셨을 거야, 하고 되뇌었다. 그녀는 종례 시간 직전에 반장, 부반장과 함께 선생님을 찾아가서 지금껏 학급 내에서 있어 왔던 왕따 사건을 폭로했다. 선생님은 그녀에게 물었다. 그걸 왜 이제야 말하는데? 이때까지 잘 숨기고 있다가 말이야, 그녀는 망설이다 대답했다. Q가 무서워서요…….

반에 돌아오자 Q는 D를 비롯한 세 명을 몰아붙였다. D는 Q의 말을 맞받아치면서도 속으로는 덜덜 떨고 있었다. Q의 살심이 섞인 눈빛이 자신을 향하자 순간 자신이 했던 일이 후회가 될 정도였다. Q의 두고 보자는 한마디가 그렇게 무서울 수가 없었다.

방과 후에 늘 가는 수학 학원에 도착해서도 D는 정신을 차릴 수 없었다. 도대체 무슨 일이 일어난 건가 싶었다. 카톡방에는 Q를 필두로 친구들이 하나둘 나가기 시작한 기록이 남아 있었다. D는 떨리는 손으로 반장에게 문자를 보냈다. 기분이 어때? 반장의 답장은 금세 도착했다. 완전 미치기 직전이야. D가 대답했다. 나도.

결국 D는 울음을 터뜨리고 말았다.

2

아침 자습 시간, 막 등교해서 졸린 눈을 비비고 있는 반 아이들에게 선생님은 훈계를 시작하셨다. 너희들이 카톡방을 나가고 친구를 왕따시키는 것은 큰 문제다. 앞으로 이런 일이 일어나면 용서치 않을 것이다. 그리고 Q, 교무실로 오너라. Q는 굳은 표정으로 선생님을 따라 나갔다. 이제 보니 어제 Q와 다투었던 세 명의 낯빛이 별로 좋지 않다. 이야기를 들어 보니 세 명을 제외하고 반 전체가 카톡방을 나가 버린 모양이었다. 반 아이들은 물고기처럼 아무 말도 하지 않고 뻐끔거리기만 했다. 조용한 교실의 분위기는 그들도 견디기 힘들었던 듯, 세 명 또한 교실 밖으로 빠져나가 버렸다.

1

나는 늦지 않게 학교로 돌아가는 버스에 탈 수 있었다. 선생님이 반 아이들의 숫자를 세고, 버스 기사 아저씨께 다 모였어요, 하고 말하는 소리가 들렸다. 버스는 시동을 건다. 옆자리는 항상 그랬듯 비어 있다. 곧이어 버스가 출발하고, 멀어지는 수족관을 바라본다. 잠시 조용하던 아이들이 다시 옆자리의 친구들과 떠들기 시작했다. 시끄러운 버스 속에서 반장과 Q가 신나게 떠드는 소리가 왕왕 귀를 울렸다.

2

기필코 그 셋을 죽여 버리겠다던 Q는 선생님과의 일 대 일 상담을 통해 무언가 결심한 듯했다. 상담을 마치고 돌아온 그녀가 가장 먼저 반장에게 손을 내밀었을 때는 모두가 경악했다. 그러나 반 아이들의 시선이 어떻든 Q는 마치 자비로운 군주처럼 굴면서 반장에게 초콜릿을 나눠 주었는데, 그제서야 나를 비롯한 아이들은 대장 피라냐가 몸을 사리기 위해 공존을 택했다는 것을 알 수 있었다. 그리고 반장은 모두가 보는 앞에서 초콜릿을 받아 들며, 고마워, 하고 생긋 웃은 뒤, 마치 아무 일 없었다는 듯 와작, 하고 내 심장을 깨물어 삼켰다.

5

엄마, 나 전학 가고 싶다.

숟가락질을 멈춘 엄마는 왜, 하고 물었다. 그게……. 말을 꺼내는데 벌써부터 목이 메었다. 그게 있잖아, 그게……. 길고 길었던 그 이야기들을 말해야 하는데 목구멍은 말을 토해 내기는커녕 불에 덴 듯 화끈거리기만 했다. 몇 번의 시도 끝에 겨우 한마디를 내뱉었다. 왕따, 나 왕따야, 엄마. 간신히 뱉은 목소리는 울먹이고 있었다. 엄마는 아무 말이 없었다. 고개를 들어 엄마를 바라보았다. 눈물이 눈에 가득 차서 엄마가 일렁일렁 흔들거렸다.

2

띠로롱, 하고 휴대폰이 문자 메시지가 왔음을 알렸다. 요즘 부모님과 나는 차근차근 전학 계획을 세우고 있는 중이다. 엄마와 함께 아빠를 설득하는 일은 힘들었다. 계속되는 조름에 무슨 일 있느냐고 묻는 아빠께 지금까지의 이야기를 하면서 나는 다시 눈물을 쏟아야 했다. 나는 Q의 이야기와 나를 감싸다 왕따 당했던 세 명의 아이들, 그리고 조각났던 내 마음을 부모님께 하나하나 꺼내 보였다. 내 이야기를 들은 아빠는 결국 나의 요구를 승낙하셨다. 전학을 보내 주시기로 한 것이다. 하지만 나는 한 가지 조건을 더 걸었다. 전학 갈 때는 치마도 줄이고 화장도 하고 싶어요. 새로운 학교에서 새 출발을 하고 싶어요. 물론 부모님은 이해하지 못하셨다. 굳이 치마를 줄이지 않아도, 화장을 하지 않아도 새 장소에서 새 출발이 가능하다는 것이 부모님의 의견이었다. 나는 문자 메시지를 열었다. 엄마의 문자였다. 내용은 간결했다. 꼭 그렇게 해야겠니? 나는 망설이지 않고 자판을 두드렸다. 전송 버튼을 누르자 곧 문자 메시지가 발송되었다. 그렇게만 하면, 진짜 자신 있으니까, 제발.

한숨 섞인 승낙의 문자는 곧 도착했다. 나는 작은 탄성을 내뱉었다. 버스는 이제 고속도로를 달리고 있었다. 차량 이동이 많지 않은 시간이라 버스는 막힘없이 도로를 달리는 중이었다. 햇살이 뭉게구름 사이에서 눈부시게 빛났다.

0

피라냐는 아마존강에 서식한다. 붉은 배와 붉은 눈을 가졌으며, 무리를 지어 다닐 때는 잔혹한 본성을 여과 없이 드러내지만, 알려진 것과는 달리 혼자 있을 때는 겁이 많다. 몸길이는 약 155센티미터, 몸무게는 63킬로그램의 뚱뚱한 몸매이며, 빨

간 입술과 진한 아이라인, 목과는 달리 과하게 하얀 얼굴이 특징
이다. 주로 짧은 치마를 입고 다니며 매사에 공격적이다…….

달려라 바바리맨

금옥여자고등학교 3
김선아

"야야, 3분 남았다. 뛰어! 뛰어!"

유정이가 핸드폰 액정을 보며 호들갑을 떨었다. 버스에서 내린 우리는 우사인 볼트처럼 뛰기 시작했다. 하필이면 오늘 같은 날 마을버스 타이어가 펑크 나다니! 불행이 삼중주로 오는 느낌이었다. 다행인 건 매일 교문을 떡 가로막고 있곤 하던 선배들도, 학생 주임 선생님도 보이지 않는다는 것. 우리는 친구들이 카톡으로 알려 준 대로 곧장 학교 강당을 향해 뛰기 시작했다. 수업 시작 전, 전교생을 급히 모아 놓고 학교에서 무슨 할 얘기가 있다고 했던가. 그 통에 교도소처럼 삼엄하던 교문이 휑하니 비었으니 행운이라면 행운.

강당은 이미 많은 학생들로 가득 차 있었다. 여기저기에서 울리는 벨 소리와 기침 소리 등으로 소란스러웠다. 우리는 얼른 자

167

세를 낮추고 종종걸음으로 아이들 틈 사이를 비집고 들어갔다. 엄숙한 듯 보였지만 어수선한 분위기였다. 나와 유정이는 영문도 모른 채, 분위기 파악을 하느라 눈알만 요리조리 굴리고 있었다.

"SNS 같은 데 자꾸 학교 욕 올려 봤자 손해 보는 건 너희들이야."

그때 강당 전체로 마이크 목소리가 웅얼대기 시작했다.

"너희들은 선배들이 닦아 놓은 자랑스러운 우리 선학여고의 전통을 스스로 깔아뭉개는 거라고!"

학생주임이 잔뜩 흥분한 목소리로 훈계를 시작했다. 여기저기서 우, 하는 소리가 들렸지만 학생주임은 한발도 물러서지 않았다. 말을 할 때마다 학교의 전통을 강조하는 학생주임은 이사장의 백으로 학교에 들어왔다는 소문이 파다한 선생이었다.

"치마 길이를 내리는 게 뭐가 어때서? 학생이면 학생답게 치마 길이를 가져가자는 건데 뭐가 불만이어서 그걸 사방에 광고하고 난리냐고. 어느 학교를 가도 치마 규정은 무릎을 덮게 돼 있어. 그동안 모르는 척 허용해 왔던 것을 새로 오신 교장 선생님께서 원래 위치로 되돌리자는 거야. 알아듣겠지?"

옆에 있던 유정이가 수군거렸다.

"아, 짜증 나, 저 얘기할 줄 알았어."

학생주임이 아이들을 전부 강당에 모아 놓고 훈계를 하는 이유는 간단했다. 새 교장이 부임하기 전 우리 학교의 규정은 다른 학교에 비하면 꽤 너그러웠다. 선생님들은 무릎 위로 올라온 치마나 밝은 머리색을 보고도 벌점을 주지 않았다. 가끔 지나가면서 한마디 하기는 했지만 말이다. 교칙에 크게 어긋나지 않는 선에서 아이들의 자율권을 인정해 주었던 것이다.

그러나 새 교장이 부임하자 상황은 완전히 뒤바뀌었다. 새 교장은 질서를 다잡겠다며 여러 가지 강화된 학칙을 내놓았다. 그 중 하나가 바로 치마를 무릎 아래까지 확실히 내리고 다니라는 것이었다. 말이 학칙이지, 새 교장이 이사장으로부터 서울대 합격생 배출을 늘리라는 특명을 받고 온 것이라는 소문은 학생들 사이에서 이미 파다했다. 그러자 학생들은 SNS에 새 교장이 내놓은 학칙에 반발 글을 올리기 시작하며 반발하기 시작했고 결국 전교생이 강당에 모이는 사단을 맞은 것이다.

"그, 그러니까 질문이 있습니다."

용감하게 손을 든 학생은 옆에 있던 유정이었다.

"너, 돌았어? 찍히면 어쩌려고?"

내가 옆구리를 찔렀지만 유정이는 아랑곳하지 않았다.

"단지 그 이유 때문이라면 수긍하기 어렵습니다. 좀 더 합당한 이유를 알려 주시면 좋겠습니다. 치마가 무릎을 덮으면 걷기가 매우 불편합니다. 길을 가다가 불량배라도 만나면 빨리 도망쳐야 하는데……."

학생들이 와, 하고 응원의 소리를 질렀다.

"음, 그러니까…… 굳이 이유를 더 들라면 학교 주변 환경이 무지 안 좋아지고 있어요. 에, 또 몇 개월 전부터 바바리맨이 느닷없이 출몰해서 학생들이 놀라기도 했고. 아무튼 우리 학교는 학생들이 처할 수 있는 모든 위험을 예방하기 위한 조치로써……."

"앉아, 그만해!"

학생주임이 서둘러 유정이의 발언을 중단시켰다.

"너 말 한번 잘했다. 그건 절대로 이유가 될 수 없어. 다리가 보이지 않으면 오히려 범죄의 표적에서 벗어날 수 있다는 걸 생각해 봐. 너희들이 다리를 다 드러내 놓고 다니면 오히려 그걸 불편하게 바라보는 사람도 있다는 걸 명심하라고!"

지금 세상이 어느 땐데 아직도 저런 생각을 가진 사람이 있다
니. 땀을 뻘뻘 흘리며 그로부터 10분이나 더 훈계를 이어 갔지만
학생주임의 말은 그저 변명 아닌 변명처럼 들릴 뿐이었다.

"야, 근데 너 바바리맨 정말 본 거야? 난 본 적 없는데."

교실로 돌아오며 유정이에게 물었다. 바바리맨은 아이들 사이
에서 떠오르는 최신 화젯거리였다. 다들 바바리맨에 대해 떠들었
지만, 누가 보았는지 실체는 불분명했다.

"본 건 아냐. 상상만으로도 끔찍하지 않니? 모르는 사람이 골목
길에 섰다가 바바리코트를 딱 연다고!"

우리는 수다를 떨며 각자의 교실을 향해 걸음을 옮겼다.

학교가 끝나고 나는 교문 앞에서 유정이를 기다렸다.

종례가 늦은 유정이는 치마가 찢어질 정도로 보폭을 크게 하며
뛰어왔다. 유정이가 손에 흥건히 묻은 땀을 옷에 슥슥 닦으며 말
했다.

"빨리 가 봐야 해. 소라가 아파."

"병원에 가 봐야 하는 거 아냐?"

나는 유정이를 따라 잰걸음을 했다.

"글쎄, 나도 잘 모르겠어."

학교 뒷골목으로 접어들자, 우리는 혹시라도 바바리맨이 나올
까 봐 콩닥콩닥 뛰는 심장과 함께 서로의 손을 꼭 잡았다. 두 손에
땀이 나는 줄도 모르고 조심스레 걷고 있는 그때였다. 언뜻 봐도
큰 키의 어떤 남자가 우리를 향해 걸어왔다. 우리는 깜짝 놀라 꺅,
소리를 지르며 잡았던 손에 힘을 더 주었다. 그러자 그 남자는 미
안하다며 어눌한 말투로 사과를 하며 지나갔다. 주변에 공장이 많

아 외국인 노동자를 자주 마주치는데, 그중 한 사람인 것 같았다. 고개를 돌려 뒷모습을 보니 그는 바바리코트도 입지 않고 있었다. 확실히 바바리맨이 아니었다.

"소라 아빠랑은 연락 되니?"

"아니……."

유정이의 표정이 굳어졌다. 유정이는 미혼모다. 1년 전쯤, 세 살 위인 오빠랑 연애를 하다가 덜컥 임신을 하게 되었다. 부모님 은 펄쩍 뛰며 중절 수술을 권했지만 유정이는 떼를 쓰며 아이를 낳겠다고 고집했다. 뱃속에서 아이의 심장 소리가 들린다고, 그 소리를 차마 그치게 할 수 없다고……, 유정이는 새벽녘 내게 전 화를 걸어와 울먹였다.

유정이가 결석한 날 가정통신문을 가져다주러 유정이 집에 갔 다가 소라를 본 적이 있다. 소라의 눈은 유정이를 닮아 초롱초롱 했고 방긋방긋 웃는 게 꼭 맑은 해님을 닮은 것 같았다. 딸랑이를 흔들어 줄 때마다 짧은 팔을 쭉 뻗으며 손을 쥠쥠거렸다. 그 모습 이 얼마나 예쁘던지. 유정이가 소라를 포기하지 않은 게 참 다행 이라는 생각이 들 정도로 소라는 천사 같은 아기였다.

유정이가 임신 사실을 알게 된 건 출산을 석 달 앞둔 시점이었 다. 그 전까지만 해도 살이 쪄서 배가 나오는 줄 알았단다. 임신 사실을 꽁꽁 숨긴 채 허리에 밴드를 하고 다니던 중 빈혈로 쓰러 져 보건실로 옮겨졌다. 보건 선생님이 유정이의 배를 보고 깜짝 놀라 담임에게 알렸고 동시에 소문은 일파만파로 퍼졌다. 선생님 들뿐 아니라 학생들까지 쟤, 인생 망쳤다며 수군거렸다. 유정이 를 볼 때마다 눈살을 찌푸리는 선생님들은 물론, 그런 더러운 애 를 학교에 계속 두는 게 맞는 거냐며 항의 전화를 하는 학부모들도 있었다. 운영위원회 회장은 물이 흐려지니 빨리 전학을 보내든지 자퇴를 시키라고 담임을 압박했다고도 한다.

아이 아빠는 지금 군대에 가 있다. 아니, 군대로 도피했다. 유정이가 임신한 뒤부터 서서히 연락을 피하기 시작했고 유정이한테 말 한마디 없이 입대를 했다고 한다. 유정이는 아이 아빠의 입대 사실도 그의 누나에게서 들었다.

"그런데 너 아까 어쩌려고 그랬어? 이제 찍힌 것 아니야?"

우리는 좁은 골목길을 벗어나 버스 정류장까지 왔다. 버스를 기다리는 학생들이 드문드문 서 있거나 앉아 휴대폰을 들여다보고 있었다. 하늘은 미세 먼지로 인해 잔뜩 찌푸려 있었다. 꼭 비가 오기 직전의 풍경 같았다.

"찍혔겠지, 뭐."

유정이는 빈 의자에 앉아 운동화 끈을 묶으며 태연히 말했다.

"일부러 그랬어? 학생주임 골려 주려고?"

"응. 너도 알잖아. 나 저번에 임신했을 때 얼마나 갈굼 당했는지. 언제 한번 들이받고 싶었는데. 이걸로는 분이 안 풀린다."

하긴, 그럴 만도 했다. 학생주임은 선생님들 중에서도 유독 유정이를 갈궜다. 하필이면 자신이 학생주임을 맡고 있을 때 이런 일이 벌어져 교장 선생님 뵙기에 면목이 없다는 듯이. 윤리를 가르치는 그는 수업을 하러 들어와 청소년 임신이 윤리적이지 않다는 둥, 세상이 말세라는 둥 목소리를 높이며 우리를 다그쳤다. 아니, 정확히는 유정이를. 나가라는 진도는 안 나가고 유정이를 흘겨보며 듣기 불편한 말을 20분 더 내뱉었는데, 그날 유정이는 가시방석에 앉은 기분이었을 것이다.

"버스 왔다, 가자."

유정이가 내 어깨를 툭 치고는 먼저 버스에 올랐다. 외국인 노동자로 보이는 몇 사람들이 뒤늦게 버스를 향해 손을 흔들며 달려왔지만 닫힌 문은 다시 열리지 않았다.

집에 오니, 엄마랑 아빠가 한바탕 싸우고 있었다. 일이 없는 아빠는 텔레비전 채널을 독식하고 있었고 엄마는 막 퇴근해서 온 모양이었다. 옷도 갈아입지 않은 채 앞치마를 대충 둘러매고 밥을 했다. 시선은 냄비를 향해 있었지만 아빠 들으라는 듯 화를 내고 있었다. 남자가 저렇게 무능력해서 어디다 써 먹느냐고. 아빠는 엄마의 타박이 익숙한지 리모컨으로 소리를 두어 번 키우고 베고 있던 한쪽 팔을 빼, 반대쪽 팔을 베고 누웠다.

아빠는 2년째 집에 있다. 우리 가족은 예상치 못했던 아빠의 정리 해고에 당황했지만 엄마는 다른 직장 구하면 된다는 말로 아빠를 위로했다. 아직 사지육신 멀쩡한데 못할 일이 뭐가 있느냐고. 고개 숙인 가장의 모습에 나도 엄마 말이 맞다며 위로의 말을 거들었다. 나는 정말 아빠가 곧 다른 일을 할 수 있을 거라고 생각했다. 번듯한 직장은 아니더라도 무슨 일이든. 하다못해 막노동이라도 말이다. 하지만 아빠는 하루 종일 마룻바닥에 누워 텔레비전을 보는 날이 늘어 갔다. 볼 채널도 없었는지 채널을 올렸다 내렸다, 소리를 키웠다 줄이기를 반복했다. 처음 얼마간은 구직서를 내고 여기저기 기웃거리는 눈치였지만 한숨을 쉬며 귀가하기 일쑤였고 어느 날부터 모든 걸 포기한 표정으로 가족들과 눈도 잘 마주치지 않았다.

엄마와 나는 그런 아빠가 점점 한심해 보이기 시작했다. 집에 올 때마다 다 먹은 과자 봉지와 아이스크림 껍데기와 함께 누워 있는 아빠가 미웠다. 한 집안의 가장이 그러고 있으니 답답했다. 제발 거실에 누운 아버지를 그만 보고 싶었다. 그렇게만 할 수 있다면 텔레비전 속으로 아버지를 집어넣고 싶었다. 아빠도 내 마음을 읽었는지 학교에서 돌아와도 아는 체도 하지 않았다. 시간이 좀 더 지나자 우리는 자연스럽게 대화가 끊겼다. 아버지는 작은 방으로 거처를 옮겼고 그곳은 가족의 방에서 차츰 섬처럼 격리됐다.

아빠가 쉰다고 해서 들어갈 돈이 사정을 봐 주는 건 아니다. 학원비에 급식비에 지출은 나날이 늘어 갔다. 아빠를 대신해 엄마가 새 직장을 구했다. 어디 조그만 중소기업에서 경리 일을 한다는 엄마는 진한 립스틱을 발랐고 짙은 향수를 뿌렸다. 립스틱의 색과 향수의 향은 점점 더 진해지는 듯했다. 하지만 화장대에 앉은 엄마는 짙은 화장을 즐기는 것 같았다. 아침 드라마에서나 보던 상투적인 장면이 집에서 펼쳐졌지만 나는 신경을 끄기로 했다. 얼른 고등학교 마치고 대학에 진학하면, 이 지긋지긋한 상황도 끝일 테니까.

저녁 반찬은 조촐했다. 콩나물국과 김치, 김자반, 그리고 계란 프라이. 프라이는 두 개였다. 엄마는 아무렇지 않게 엄마 밥에 하나, 그리고 내 밥에 하나를 올렸다. 나와 엄마의 밥그릇 위에는 반숙으로 익은 계란 노른자가 볼록 올라와 있었다. 아빠의 밥그릇은 흰 밥알뿐이었지만 그래도 아빠는 묵묵히 밥을 먹었다. 시선을 밥그릇에 고정한 채 숟가락으로 밥을 가득 퍼 입안으로 욱여넣는 게, 서둘러 먹으려는 듯 보였다.

식사를 마친 아빠는 조용히 자기 방으로 들어갔다. 엄마는 그런 아빠를 보며 험담을 마구 늘어놓았다.

"저 인간은 죽지도 않아. 하는 일 하나 없이 밥만 축내고 말이야. 식충이랑 다를 게 뭐냐고. 저 인간만 보면 아주 그냥 내가 속이 터져."

엄마는 힐난조로 말했다. 듣기에 거북했지만 따지고 보면 틀린 말은 아니었다. 나도 아빠처럼 묵묵히 밥을 먹었다.

잠시 후 아빠가 옷을 입고 나와 현관으로 향하는 게 보였다. 엄마의 험담을 듣다 못해 나가는 것일까. 신발을 신는 아빠를 슬쩍 엿보았다. 등산을 갈 때 등에 메는 검정 가방 하나, 그 뒤에 걸린 아빠의 뒷모습은 참 쓸쓸해 보였다. 세상의 근심이란 근심은 혼자 다 짊어진 사람마냥 축 처진 어깨가 금방이라도 바닥으로 꺼질 것 같았다. 아무도 아빠가 어디 가는지 묻지 않았다. 엄마는 아빠의 뒷모습을 한번 흘겨보고는 덧붙였다.

"나는 살려고 이렇게 악착같이 버티는데, 저 인간은 참 팔자도 좋아."

복장 규정 강화가 시작된 지 보름째, 교문에서는 아침마다 전쟁이 벌어졌다. 치마 규정을 어기면 운동장을 열 바퀴 돌든가, 30분 동안 손을 들고 있어야 한다. 벌점도 있었다. 새로운 복장 규정에 모두 화를 냈지만 결국 아쉬운 건 우리였다. 아침부터 운동장을 돌거나 손들고 서 있는 건 귀찮고도 소모적인 일이었기 때문이다.

토요일 오후, 짧은 치마를 들고 세탁소로 갔다. 세탁소에는 교복 치마를 늘리기 위해 온 학생들로 바글거렸다. 세탁소 아줌마가 멀뚱멀뚱 서 있는 나를 보더니 물었다.

"너도 선학여고 다니지? 얼마나 늘려 줄까?"

나는 뚱한 표정으로 대답했다.

"10센티요!"

다음 날 학교에 가니 너도나도 무릎 아래로 내려진 치마를 입고 등교하고 있었다. 친구들의 얼굴에는 짜증이 가득해 보였다.

교문 앞에서 윤경이가 몇몇 친구들과 함께 아이들의 치마를 30센티 자로 일일이 재고 있었다. 인성부인 윤경이가 선생님을 대신해 교문 앞을 지키는 모양이었다.

"유정아, 잠깐만!"

윤경이가 잠깐 서 보라며 유정이를 불렀다. 유정이는 우유를 데우느라 늦었다며 바로 뒤차를 타고 와 헐레벌떡 달려온 터였다.

"좀 봐줘라, 주말에 너무 바빴거든."

유정이의 치마 길이는 아슬아슬하게 무릎에 닿아 있었다. 우리는 한 번만 봐달라고 했지만 윤경이는 단호했다. 운동장을 열 바퀴 돌든지, 아니면 30분 동안 손을 들든지 선택하라고 유격장 조교처럼 말했다. 너무하다는 눈빛을 보냈지만 통하지가 않았다.

"이 정도는 봐줄 수 있는 거잖아! 무릎 위로 올라오지도 않았는데 너 너무하는 거 아냐?"

유정이가 욱해서 따졌다.

"무릎 아래로 내리는 게 원칙이거든? 다른 애들한테도 똑같이 했어. 뭐든 공평해야지, 안 그래? 뛰든지 손 들든지 알아서 해."

유정이는 책가방을 내려놓고 씩씩거리며 윤경이를 째려보다가 결국 운동장으로 향했다. 나는 얼른 유정이 옆으로 달려갔다. 혼자 두고 갈 수 없었다.

"왜? 너도 걸렸어?"

"아니, 너랑 같이 돌려고. 근데 쟤, 학생회장 출마한다며? 뜬금

없이 무슨 학생회장이래?"

"학생회장 되면 대학 잘 간다잖아. 쌤들이 생활기록부 존나 잘 써 준다며. 학생회장 되면 쌤들이랑 더 친해지기도 하고, 아무래도 눈에 많이 띄니까."

우리는 숨을 헉헉이면서도 윤경이 흉을 봤다.

"이따 출마자들 강당에서 정견 발표회가 있다니까 무슨 말을 하는지 들어나 보자."

아침에 샤워하고 나온 게 소용없을 정도로 땀을 흘린 뒤 교실로 들어갔다. 교실은 가관이었다. 몇몇 친구들은 길고 펄렁한 치마 안에 전에 입던 치마를 입고 있었다. 아예 새로 치마 하나를 더 산 것이다. 학교 밖에서는 도저히 볼품없는 치마를 입을 수 없다는 이유에서였다.

점심시간, 유정이와 나는 그 잘난 출마의 변을 듣기 위해 강당으로 갔다. 총 다섯 명이 출마했고 각각 10분씩 정견 발표를 하기로 돼 있었다. 그렇고 그런, 상투적인 데다가 더러는 실현 가능성도 없는, 작년 선배들한테서 많이 들었던 뻔한 얘기들이 지나가고, 세 번째 순서인 윤경이가 옷매무새를 다듬으며 단상 위로 올라섰다.

"큼큼, 저를 뽑아 주시면 학교 근처의 바바리맨을 퇴치하는 데 앞장서겠습니다. 골목마다 가로등 설치를 건의하고 학생들로 이루어진 자치 순찰 조를 운영하겠습니다. 그리고……."

오옷, 이것 봐라? 유정이와 나는 긴장했다.

윤경이의 공약은 뜬금없었다. 바바리맨을 퇴치하겠다니. 학생들은 말이 되는 소리를 하라며 자기들끼리 중얼거렸다. 당선되려고 아무 공약이나 내세우는 거라고. 우리는 흘깃거리며 선생님들

눈치를 살폈다. 단상 뒤편에 앉아 있는 선생님들은 대부분 흐뭇하다는 표정으로 윤경이를 바라보고 있었다. 유정이가 소곤거렸다.

"쌤들 표정 봐. 좋아 죽네, 좋아 죽어. 저게 말이 되는 소리냐, 현실적으로?"

내 생각도 마찬가지였다.

"이건 뭔가 이상해! 마치 짜고 치는 것 같다고."

당차게 연설을 하는 윤경이가 오늘따라 더욱 얄미워 보였다.

복장 문제가 어느 정도 진정되자 학교에서는 더욱 매섭게 공부를 시켰다. 강제 야자는 기본이요, 점심시간에 방송실에서 틀어 주는 음악까지 꺼 버렸다. 학부모들, 특히 우리 엄마는 변해 버린 공부 시스템을 몹시 좋아했다. 아침 7시에 집에서 나가 11시가 다 되어 오는 나를 하이 톤의 목소리로 반겼다. 정작 나는 매일 파김치가 되어 집에 왔는데 말이다. 내가 숙제가 많아, 수행평가가 많아, 피곤해할 때마다 엄마는 힘들어서 어쩌냐고 했지만 씰룩씰룩 튀어나오는 미소를 나는 보았다.

내가 그렇게 지쳐 있는 동안에도 시간은 째깍째깍 흘러 어느새 중간고사 일정이 다가왔다. 선생님들은 매 수업 시간마다 이번 중간고사는 매우 중요하다고 강조했다. 하루는 수업 시간이 되어 자고 있는 유정이를 깨우려고 했는데 선생님은 그냥 내버려두라고 했다. 깔아 주는 애들 있으면 우리한테는 이득이라고. 유정이는 아무것도 모르고 곤히 자고 있었다. 그렇게 나는 집에서, 학교에서 이번 중간고사가 중요하다는 말만 백번 넘게 들은 것 같다.

학생회장에는 윤경이가 당선되었다. 학교 건물 유리문에 대문짝만 하게 붙어 있는 당선 공고문을 본 유정이는 순 엉터리라며 삐죽거렸다. 반면에 윤경이는 굉장히 신나고 들떠 보였다. 윤경이는 공약을 실천하겠다며 학생들에게 바바리맨 목격담을 적어 내게 했다. 윤경이와 쿵짝이 맞는 애들 몇몇이 거짓 목격담을 써냈다. 지들끼리 교실 구석에 모여 이렇게 써야 진짜 같다느니 이건 거짓말인 티가 난다느니, 궁시렁거리는 소리를 얼핏 들었다. 윤경이는 가짜 목격담이 적힌 종이들을 들고 관할경찰서를 찾아갔다. 윤경이의 아버지가 경찰서를 방문했다는 풍문도 들렸다.

그 후로 경찰들이 주기적으로 학교 주변을 순찰하기 시작했고 고장 났던 가로등이 고쳐져 환하게 켜졌다. 들리는 소문에 의하면 윤경이가 시 의원의 딸이라던데, 과연 그 소문이 사실이었구나. 윤경이 아버지의 힘이구나, 싶었다.

며칠 전 국어 시간에는 선생님이 이런 말을 했다.

"우리 학생회장 윤경이가 공약을 아주 제대로 실천하고 있더구나. 우리 윤경이 덕분에 가로등이며 순찰이며, 바바리맨이 나타날 수가 없겠어. 너네도 보고 배워야 해. 너네를 위해 내세운 공약을 실천으로 옮기는 게 얼마나 대단하니?"

기형도 시인의 「홀린 사람」이라는 시를 배우던 중 선생님의 수업은 옆길로 새었고 우리는 5분가량 윤경이 칭찬을 묵묵히 들었다. 그 바람에 방금 들었던 시의 내용은 머릿속에서 빠르게 지워졌다. 그야말로 홀린 것 같았다. 그 순간, 고개를 약간 틀어 바라본 윤경이는 뭐랄까, 뿌듯함과 거만함이 오묘하게 섞인 표정을 하고 있었다.

심지어 윤리 선생님은 '바바리맨'을 소재로 짧은 글을 써 오라는 수행평가를 내기도 했다. 어떤 거대한 시스템 같은 것이 알게 모르게 작용하고 있었지만 그건 밝혀낼 수 없는 영역의 것이었다.

마치, 많은 아이들이 바바리맨에 대해 떠들었지만 실제로 보았다는 학생이 없듯이 말이다. 아마도 윤경이의 학생부엔 빠지지 않고 이런 내용이 첨가될 것이었다. '평소 학교 주변 바바리맨 퇴치에 앞장서 왔으며 주도적으로 그 사례를 연구, 발표했다.'

다음 날 아침, 유정이가 먼저 버스를 타라는 문자를 보내왔다. 소라가 기침을 해서 병원에 들렀다 오겠다는 것이었다. 조회 시간을 울리는 종이 치고 담임이 들어와 유정이는 왜 안 왔느냐며 같은 동네에 사는 내게 물었다. 아이가 아파 급히 병원에 들렀다 온다는 유정이의 말을 전했지만 담임은 탐탁지 않은지 찡그린 얼굴로 출석부에 지각 표시를 했다.

유정이는 끝내 학교에 오지 않았다. 톡을 넣었지만 와이파이가 안 터지는지 대답도 없었다. 나는 어깨를 움츠린 채 유정이가 없는 골목을 혼자 걸어 나왔다. 학교 주변에는 버스 정류장이 다섯 개 있었는데 우리가 이용하는 정류장은 학생들의 이용이 가장 적은 곳이었다. 학교는 시내에서 약간 떨어진 곳에 있었고 주변은 크고 작은 공장 지대였다. 수업이 끝나면 부모가 차로 아이들을 데리러 오는 집도 많아서 학교 앞에는 언제나 자동차로 긴 줄이 생겨났다가 사라지곤 했다.

정류장 근처에 다다랐을 때였다. 멀리서 한 남자가 조용히 골목을 빠져나와 2차선 도로를 가로지르는 게 보였다. 헤드라이트 빛을 받은 남자의 그림자가 아스팔트 위로 여러 개 생겨났다가 사라졌다. 뒷모습이 익숙했지만 누군지는 알 수 없었다. 그의 등에는 검정색 가방이 메어져 있었다. 나는 혹시, 하는 마음에 전속력으로 달려가 보았지만 이미 사내는 사라진 뒤였다. 아이들 몇이 수군거리며 방금 남자가 나온 골목에서 걸어 나왔다. 어떤 상황이 있었는지 물어보고 싶었지만 학년이 달라 말을 걸지 못했다.

집에 오니 저녁상이 차려져 있었다. 밥 먹고 공부하고 있으라는 작은 쪽지와 함께. 엄마는 요즘 들어 자주 늦는다. 퇴근 후 저녁을 차려 놓고 나갔다가 들어오기도 한다. 근처에서 직장 동료들과 회식이 있다면서 말이다. 너무 상투적인 변명이라 이제 묻는 것도 귀찮다. 한번은 새벽 4시에 들어온 적이 있어 어디 갔다 왔느냐고 작정하고 따져 물었다. 아무리 아빠가 사람 구실을 못해도 아직 가정이 깨진 것은 아니었기 때문이다.

"응, 그냥 사는 게 힘들어서 술 좀 마셨어."

엄마가 취한 목소리로 대답했다. 매일 자정이 가까워질 때까지 공부에만 매달리는 아이들이 떠올랐다. 선생님들은 그럴 때마다 강조했다. 대학 가면 이 고생도 끝이라고! 그러나 과연 그런가? 대학 가면 또 어떤 두려운 일들이 기다리고 있을까. 그러다가 어른이 되면? 혹시 끝없이 어딘가를 향해 달려가야 하는 게, 우리 인간들의 진짜 삶의 이유가 아닐까. 그곳이, 그러니까 목적지가 어딘지도 모른 채 말이다.

같이 밥을 먹을까, 모처럼 방문을 열어 보았지만 아버지는 보이지 않았다. 아버지도 역시 그 나름대로 고달픈 삶을 이어 가고 있을 것이었다.

드디어 중간고사 기간이다. 바로 뒤, 유정이의 자리는 오늘도 비어 있었다. 먼저 가라고, 시험 열심히 보라는 문자를 받았지만 늦잠을 자서 서둘러 온 탓에 답을 보내지 못했다. 소라가 아프다고 했다. 소라가 아픈데 중간고사가 무슨 대수냐고. 날씨가 갑자기 풀려서인지 지난주부터 소라의 기침이 잦아졌다. 한번 찾아가 봐야지 하면서도 나 역시 당장 코앞에 닥친 시험이 더 중요한지라 유정이에게 쏟을 시간이 없었다.

1교시는 국어였다. 시험지를 넘겨받고 복잡한 마음으로 샤프를 들었다. 1번은 「결빙의 아버지」라는 시를 분석하는 문제였다.

"꽝 꽝 얼어붙은 잔등으로 혹한을 막으며 하얗게 얼음으로 엎드려 있던 아버지, 아버지, 아버지⋯⋯."

시를 읽자마자 굳게 닫혀 있던 아버지의 방문이 떠올랐다.

어릴 때만 해도 아빠의 품이 참 넓다고 생각했다. 아빠는 나의 산이었다. 나는 아빠가 있어 든든했다. 자전거를 처음 배울 때도, 뭣도 모르고 초등학교에 입학했을 때도 나는 아빠가 있어 두려울 것이 없었다. 아빠는 라면을 먹을 때면 내 그릇에 면을 한가득 덜어 주고 자기는 면 대신 국물을 더 많이 먹었다. 생선을 먹을 때도 통통한 몸통 부분은 내게 발라 주고 자기는 뼈에 붙은 살과 꼬리 부분을 먹었다. 그런 아빠가 시험지 안에서 웃고 있었다.

시험이 끝나고 유정이에게 전화를 넣었다. 유정이는 받지 않았다. 나는 아기가 신는 앙증맞은 양말 두 켤레를 사 들고 유정이네 집으로 향했다. 같이 저녁을 먹고 올 생각이었다. 버스 정류장에서 15분쯤 걸어 올라가야 하는, 예전에 약수터가 있었다는 가파른 골목 끝에 지어진 낡은 빌라가 유정이네 집이었다.

"어, 지수야, 들어와."

초인종을 누르자 아이를 품에 안은 유정이가 나왔다. 빗질도 하지 않은 듯한 부스스한 머리에 큰 뿔테 안경, 그리고 무릎 나온 추리닝을 입은 유정이는 며칠 못 잔 사람처럼 퀭했다. 나는 서둘러 소라먼저 살폈다. 엄마 품에 안겨 있어서인지 소라는 편안해 보였다. 낮에 병원에 가서 약도 처방받고 이런저런 검사도 받고 왔다고 했다.

참고서가 치워진 방 안엔 보행기와 귀여운 인형들, 딸랑이와 젖병들로 어지럽혀져 있었다. 유정이는 발로 슥슥 자리를 만들어 낸 후 앉으라고 했다. 부모님은 자리에 계시지 않았다.

"답장 없어서 걱정했어. 무슨 일 있나 해서 와 본 거야."

"소라가 미열이 계속되어서…… 내가 옆에 있어야 했어. 어차피 시험이 뭐, 나한테 무슨 의미가 있어. 너는, 오늘 시험 어땠어?"

"그냥…… 봤지, 뭐. 어제 새벽까지 문제를 풀고 잤더니 다행히 잘 본 것 같아."

유정이가 우유를 한 잔 데워 내주며 짓궂게 물었다.

"근데 너 갑자기 공부 열심히 하는 거 아냐?"

나는 힘없이 웃었다.

"고 3이잖아. 대학이 전부는 아니지만 남들 다 가는 거기, 나도 한번 가 보고 싶어졌어. 요즘 들어 더더욱."

그렇게 말하는 스스로가 위선적으로 느껴졌다.

"그랬구나. 난 사실 학교 그만둘까 생각 중이야."

유정이는 품에 안겨 있는 소라를 부추기며 작은 목소리로 말했다.

"갑자기 왜?"

"학생보다는 엄마 노릇에 충실해야 하지 않을까 싶어. 소라 아플 때 마다 지각하고, 결석하니까 매번 담임은 눈치 주고. 학교 다니면서 애 키우는 건 내 욕심인 것 같아. 학교에서도 내가 그만두길 바랄지도 몰라."

담담하게 말했지만 학교에 대한 미련이 느껴졌다.

같이 밥을 해 먹고 유정이네 집을 나섰다. 더 머물고 싶었지만 내일 보는 영어 시험 최종 정리를 해야 했다. 골목을 걸어 내려오는데 하늘에서 빗방울이 떨어졌다. 발아래, 반짝이는 도시의 골목골목들이 뜨겁게 연민으로 다가왔다. 저 골목골목 집집마다 누군가 밥을 하고, 누군가 아이를 어르고 누군가 가족을 기다리고 있다. 누군가는 행복해하고, 누군가는 불행에 고통스러워하는 사이, 시간은 여지없이 지나갔다.

"왜 늦었니? 전화도 안 받고."

집에 돌아오니 엄마가 혼자 저녁밥을 먹고 있었다. 나는 배터리가 방전되었다고 대답했다. 엄마는 밥을 먹으면서도 작은 방을 흘긋거렸다.

아빠는 일주일째 집에 들어오지 않고 있었다. 사흘째 되는 날 엄마에게 신고해야 하는 거 아니냐고 했지만 돌아오는 대답은 차가웠다. 네 아빠가 애도 아닌데 뭘 그렇게 걱정해. 집에 TV 소리 안 나서 좋네. 아빠가 떠난 책상 위에는 동그랗게 구겨진 종이들이 수십 장 있었다. 이력서였다. 꼬깃꼬깃 구겨진 이력서들을 펼쳐 보니 눈물로 번진 잉크 자국들이 보였다. 이력서를 수십 장 적으며 아빠는 무슨 생각을 했을까.

중간고사 마지막 날이다. 때 이른 비가 쏟아져 내렸다. 아이들은 이른 장마가 왔다고 호들갑을 떨었다. 유정이는 여전히 학교에 나오지 않았다. 뒷자리가 허전했다.

학생주임은 여전히 학생들의 복장을 문제 삼았다. 시험 날까지 등교하는 학생들의 치마를 잡으러 교문 앞에 서 있었다. 이렇게 비가 주룩주룩 쏟아지는 날까지 크고 검은 우산을 들고 굳건히 서 있는 학생주임이 꼭 독사 같았다.

학습 분위기는 점점 더 치열해져 갔다. 옆과 앞, 그리고 뒷자리까지 의식하며 다들 교과서를 손에서 놓지 않았다. 시험을 시작하는 종이 울려 책을 가방에 넣는 그 순간까지 모두들 한 글자라도 더 보려고 애썼다. 감독하러 들어온 선생님들은 그런 우리를 바라보며 웃었다. 그리고 말했다. 이건 아주 바람직한 현상이라고. 학교가 변하고 있다고. 글쎄, 어느 부분이 바람직하다는 건지는 모르겠지만 나 또한 책을 손에서 놓지 않았다.

마지막 윤리 시험이 끝나고 아이들은 가방을 챙기며 재잘거렸고 몇몇은 교실 청소를 하려고 청소 도구함에서 빗자루와 쓰레받기를 꺼내 바닥을 쓸기 시작했다. 그 사건이 없었다면 36일 계속되는 아주 평범한 날이었다.

"바바리맨이다!"

창문에 기대섰던 친구 하나가 소리를 지르면서 며칠간 계속되었던 긴장이 깨져 나갔다. 아니, 새 교장 부임 이후 무겁고 칙칙하게 가라앉아 있던 학교를 들썩이게 하는 비명이었다. 적어도 내게는 그렇게 들렸다.

"바바리맨이라고, 설마 진짜겠어?"

아이들은 우르르 창문으로 몰려갔다. 정말로 비가 쏟아지는 운동장에 어떤 남자가 처량하게 서 있었다. 마치 영화의 한 장면 같았다. 「쇼생크 탈출」의 후반부 장면처럼 그런 장엄함이 서린 풍경이었다. 남자는 우산도 없이 쏟아지는 비를 맞고 있었다. 어딘가로 정처 없이 걷다가 그만 길을 잃은 것 같았다. 그는 가방 하나를 어깨에 메고 굳어 있었다. 우두커니 서 있는 걸 제외하면 바바리맨으로 특정 지을 별다른 특징이 없었지만 아이들은 해방구를 발견한 것처럼 신이 나서 떠들었다.

"가자, 바바리맨을 포획하자!"

누구보다 신이 난 건 학생회장 김윤경이었다. 아이들이 들고 있던 빗자루를 내던지고 밖으로 달려 나갔다. 종례하던 선생님이 들어오다 넘어졌지만 단체로 뛰쳐나가는 아이들을 말리지 못했다. 아이들은 비를 맞으며 달려 나갔다.

"바바리맨이다! 바바리맨이다!"

나는 팔짱을 낀 채 텅 빈 교실에서 아래를 내려다보았다.

3층 교실에서 바라본 아이들은 마치 새 떼처럼 바바리맨을 향해 달려갔다. 소문이 났는지 다른 교실에서도 아이들이 쏟아져 나와 부채꼴처럼 운동장이 아이들로 뒤덮였다. 무릎까지 내려오는 치마에도 아랑곳없이 보폭을 크게 해 가며, 와아 소리를 질러 댔다.

"도망쳐!"

나도 모르게 목소리가 올라왔다. 나는 바바리맨을 향해 소리쳤다. 도망치라고! 멍청하게 서서 비를 맞지 말고, 아이들에게 둘러싸여 모욕을 치르지 말고 어서 도망치라고! 나는 알고 있다고, 당신은 길을 잃었을 뿐이라고. 그래서 어디를 봐도 길인, 사방이 탁 트인 운동장 한가운데 들어와 잠시 쉬고 있었을 뿐이라고!

내 목소리가 가닿기라도 한 걸까. 아니면 정신이 돌아와 심각성을 깨달은 것일까, 바바리맨이 학교 후문을 향해 도망가기 시작했다. 마치 사자에게 쫓기는 사슴처럼 급히 몸을 돌렸다. 아이들의 선두가 바바리맨을 따라 운동장을 빠져나갔다. 시끄럽던 운동장은 금방 텅 비어 버렸고 학교엔 적막이 감돌았다. 벗겨진 누군가의 신발 한 짝만이 덩그마니, 아이들이 빠져나간 운동장에 놓여 있었다. 나는 운동장이 떠나가도록 외쳤다.

"달려라, 잡히지 말고, 달려라, 바바리맨!

"지민아,

해성고등학교 3
장주옥

하느님이라고 불러야 하나요, 예수님이라고 불러야 하나요? 그
것도 아니면 성모님? 죄송한데 제가 잘 몰라서요. 교회야 어릴 때
다들 앞집 옆집 친구 따라 몇 번 가 보는 거고……. 정말로 이런
성당은 처음이거든요. 제가 지금 다니는 학교가 천주교 재단이라
학교에 신부님이 계시긴 하는데요. 고해성사는 천주교 신자 아니
면 안 된다더라고요. 좀 치사하지 않아요? 자기 죄 고백하는 것쯤
은 신자가 아니어도 들어줄 수 있잖아요. 성당에서 이런 말은 좀
불경한가. 그래서 ㄹ이 말하기를…… 아, 혹시 아세요? 제 친구 중
에 ㄹ이라고 아기 때 세례 받은 천주교 신자가 있는데, 굳이 성당
에 가고 싶으면 신자가 아니어도 출입은 가능하니까 시내 성당에
가 보라고 하더라구요. 별수 없이 왔죠. 근데 아무리 평일 낮이라
지만 사람이 이렇게 없어도 돼요? 저는 신부님 얼굴이라도 보고

말하려고 온 건데. 에이, 됐어요. 구구절절 말해 봤자 폐만 끼치는 셈이고 하느님한테 이렇게 직접 고백하는 게 더 편하겠네요. 다이렉트로, 아시죠? 좀 들어주세요. 어차피 사람도 없잖아요.

그러니까…… 제가 죄를 지은 건 6년 전이니까, 열세 살이었는데요. 제가 다녔던 초등학교에서는 여름 방학마다 매번 방학 숙제로 '재래시장 탐구하기'라는 걸 내줬어요. 학교에서 걸어서 15분 정도 거리에 수산 시장이 있었거든요. 사회 시간에 재래시장이 화두로 떠오르면 꼭 언급되는 곳이기도 했고요. 아무튼 재래시장 탐구 과제는 아이들 사이에서 가장 기피되는 종류의 것이었어요. 방학식 날 아침에 나눠 준 가정통신문을 꼼꼼히 읽고 있자면 "또 ㄱ시장이야, 또!" 하는 질린 듯한 야유 소리가 들려오고는 했죠. 그걸 시작으로 터져 나오는 온갖 짜증을 듣고 있자면 ㄱ 시장이 마치 비린내와, 구정물과, 꾸덕하게 굳어 가는 생선 피와, 생활력 강한 노파들로 뭉쳐진 하나의 혐오 시설처럼 느껴졌어요. 저는 조용히 앉아 가정통신문의 '재래시장 탐구하기' 문단을 손가락으로 힘주어 밀었어요. 통신문을 인쇄하는 데 쓰인 갱지는 조금만 힘을 줘도 부슬부슬한 종잇조각으로 벗겨졌거든요. 입을 꾹 다물고 있는 아이들은 몇 없었어요. 저를 포함해서 모두 시장에서 살고 있는 애들이었죠. 그날 가정통신문에서 벗겨 낸 글자들은 엄지에 까맣게 남아 있었어요.

열셋은 시장 구정물 고인 빌라촌이랑 대형 아파트 단지 사이의 강도 있는 낙차 정도는 너끈히 눈치챌 나이잖아요. 게다가 학교는 고가 아파트 단지가 있는 동네에 훨씬 가까워서 학교에는 아파트 사는 애들이 많이 다녔거든요. 시장 애들은 그놈의 가난에 더해서 수적 열세라는 약점을 껴안게 된 셈이었죠. 그런 소수성은 참 관 수업이 있는 날이면 훨씬 더 적나라하고 화끈거리게 드러나는 법이더라고요. 이상하게 참관 수업이 있는 날은 하늘이 아리게 맑았어요. 뒤에 부모님이 오신 애들은 누구보다도 듬직하게 발표를 해내고 싶었는지 팔을 있는 대로 쳐올렸고, 시장 애들만이 정답을 외칠 이유를 몰랐죠. 저는 공연히 등을 곧게 펴고 앉았어요. 그래도 발표 같은 건 관뒀지만.

머리카락이 대걸레 뭉치처럼 꾸역꾸역 뭉친 애들, 나머지 공부를 받는 애들, 국어책을 더듬거리면서 읽는 애들은 알아보나마나 다 시장 애들이었어요. 집이 어디 있냐고 물어봤을 때 시장 옆이라고 말했을 때의, 그 찰나의 횃횃하게 어색한 기류를 아세요? 나 아버지 안 계셔, 라고 대답할 때랑 비슷한 공기가 관자놀이에서부터 쫘악 차요. 내 거주지와 호적이 사람들에게는 큰 실례나 마찬가지였던 걸까요? 제 정체성이 무례함으로 이루어져 있다는 걸 깨달은 이후부터는 누가 봐도 아파트 사는 아이처럼 보이려고 애썼어요. 샴푸를 두 번씩 해 가며 머리를 감고, 스펀지로 온몸이 벌게지도록 문지르고, 백 점을 받고, 반장을 하고, 꼭꼭 안경닦이를 써 가며 안경을 닦았어요. 다행히 애들은 그런 노력을 흔쾌하게 받아들여 줬어요. 적어도 무시받거나 조롱당하는 일은 없었으니까요. 그 애들도 끈질긴 노력에 감복해 제 '시장성'을 슬쩍 눈감아 주기로 한 거죠.

제가 그렇게 숨기려고 애썼던 '시장성'을 오히려 두각시키며 군림한 ㅅ이라는 애도 있었어요. 그 애의 가방 깊숙한 곳에서 빨간 담뱃갑을 봤다는 소문은 어느새 기정사실화되는 것 같았고요. 근처 중학교에 친한 오빠들, 소위 잘나간다는 언니 오빠 들이 아주 많다고들 했어요. ㅅ은 담임 선생님을 지웃으로 시작하는 욕설로 불렸고, 반 대항 축구 경기를 하다가도 골을 먹히면 교문 너머로 축구공을 뻥 차 버렸어요. 입에 붙어 버렸지 싶은 씨히발! 소리를 지르면서. 다들 어쩔 줄 모르고 서서 서로의 얼굴만을 난감하게 바라보는 와중에 저는 쭈그려 앉아 신발 끈을 묶으면서 그 억양을 은밀히 비웃었어요. 제법 많은 수의 아이들에게 ㅅ은 공포의 대상이었겠지만 유독 저한테는 살갑게 굴어 줬어요. 같은 빌라에 살아서 자주 등하굣길에 마주치던 순간들이 ㅅ에게 친밀감을 주었을지도 모르죠. 저는 당황스러우면서도 ㅅ처럼 잘나가는 애가 웃으며 인사를 건네온다는 사실이 못내 뿌듯해 어색하게나마 마주 인사해 줬어요.

ㅅ과 저를 빼고 무시당하지 않았던 시장 애들은 없었어요. 누구든 노골적인 괴롭힘과 자기만 모르는 엷은 비웃음 사이 그 어딘가 있었죠. 차라리 아예 존재를 몰랐던 애가 있었으면 모를까……. 복도를 오가며 대충 전교생 얼굴을 알았기 때문에 아마 정말로 없었을 거예요. 당장 지민이만 해도 그날 자기 등산 가방이 저 멀리 던져졌거든요. 어쩔 줄 모르고 비굴하게 웃는 입꼬리가 끔찍해서, 견디다 못해 제가 가방을 주웠어요. 그 앤 다가오지도 못하고 그 자리에서 움찔거리고만 있었어요. 그대로 다가가 촌스러운 가방을 지민이 가슴팍에 밀쳤어요. 지민이는 계속 제 눈치만 흘끔댔고요. 아마 자기 나름대로 감사 인사를 생각하는 중이었겠죠. 지민이는 곧잘 말을 더듬는 버릇이 있었거든요. 자꾸만 뭉크러지는 단어를 정렬하느라 지민인 항상 입을 늦게 뗐어요. 그 얼굴을 계속 보고 있자니 ㅅ처럼 씨히발! 하고 외치고 싶은 충동이 들더라고요.

씨히발! 너, 씨히발! 매일 샤워도 좀 하고, 준비물도 제때 챙겨 오라고 이 모자란 넌아!

저는 그 모든 지독한 말들을 지독하게 꿀꺽 삼켰어요. 그리고 이튿날부터 지민이 옆에 앉아 급식을 먹기 시작했어요. 왕따 옆에서 밥 먹어 주는 착한 어린이가 되려고 했던 건 아니었고요. 머리로 생각해 둔 이유야 많았지만 모두 어딘가 토막 난 것들이어서, 그럴듯한 논리를 짜 맞춰 입 밖으로 꺼내면 말은 산산이 부서져 버렸죠. 그 때문에 누군가 최지민과 밥을 같이 먹는 이유를 물어오기라도 할 때면, 구질구질하게 어지러진 조각들을 그러모으는 대신에 "선생님이 시켰어." 한마디로 대화를 일축해 버렸어요. 그 뒤로 따라붙는 동정심은 차치하고서 어쨌거나 하나의 수단으로 급식 시간에 지민이를 이용했던 거라는 점은 변함이 없어요.

제가 다녔던 초등학교는 한국 전쟁도 일어나기 전에 세워진 탓인지, 급식소에서 점심을 먹는 대신 급식차를 끌고 와 교실에서 배식을 했어요. 급식 당번이 되면 4교시가 끝나는 종이 치자마자 같은 당번 한둘을 데리고 급식차를 같이 가져와야만 했죠. 앞에서는 끌고, 뒤에서는 밀면서 가다 보면 둔중한 급식차의 무게에 나무 바닥이 덜컹거리고는 했어요. 가끔 까불거리는 애들이 급식차를 킥보드처럼 타고 가다 왕창 엎기도 했는데, 그런 일은 항상 밥 먹은 후에나 일어났어요. 아무도 손대지 않은 음식들을 옮길 때에는 당번을 맡은 아이들 모두가 그렇게 진중할 수 없었거든요.

지금 생각해 보면 그 먼지 구덩이에서 어떻게 밥을 먹었을까 싶지만 뭐, 애들이니까요. 수업 시간에 앉아 있는 자리 그대로 점심을 먹게 하는 대신 담임 선생님은 원하는 친구와 같이 밥을 먹을 수 있도록 하셨어요. 당연하게도 이런 규칙 아래에서는 반마다 혼자 밥을 먹는 아이 한두 명은 배출되기 마련이었고, 우리 반에서는 지민이가 이런 역할을 맡았어요. 지민이는 말하는 속도만큼이나 밥을 늦게 먹어서 급식 당번들의 공분을 사는 일이 꽤 있었어요. 차분하게 다음에 씹을 반찬을 고르고 국을 떠먹는 손등이 측은하기까지 했다니까요. 그 측은한 손등은 불행하게도 통통했기 때문에 지민이는 본의 아니게 최 씨에서 돼 씨로 성을 갈게 되었어요. 가만히 서서 지민이의 식판을 기다려야 했던 당번 아이들이 돼지민, 돼지민 씹어뱉은 걸 시작으로 나중엔 반 전체가 그 앨 그렇게 불렀거든요. 최지민을 최지민으로 불러 주는 게 선생님밖에 없었다면 믿으시겠어요? 그나마도 수업 시간에 선생님이 지민이를 호명하는 순간은 별로 없었어요. 급하게 진도를 나가야 하는 상황에서 행동이 느린 지민이를 수업에 끼워 넣었다간 학습이 더 늦어져 버리는 건 불 보듯 뻔한 일이었으니까요. 수업을 해도 되고, 안 해도 되는 여유로운 시간에 지민이는 여유롭게 불려 나갔어요. 선생님은 꼭 지민이를 "최- (여기서 한 템포 정도 쉬었다가) 지미인?" 하는 식으로 길게 빼 불렀어요. 다른 아이들을 호명하는 시간의 거의 두 배는 되었죠. 꼭 그만큼 남들보다 산수가 느린 지민이가 홀로 칠판과 고군분투하는 동안 그녀를 감싸던 고요한 조롱도 길게 이어졌어요. 저는 지민이를 지민아, 하고 부르기 시작했어요. 그게 어떤 종류의 굴욕도 상기시키지 않는 유일한 호칭이었으니까요. 사실 모든 굴욕이란 지민이를 위한 것이 아니라 그녀의 '시장성'을 겨누고 있던 것들이었어요. 그 애를 지민아, 하고 부르지 않으면 스스로를 조롱하는 기분이 들었기 때문에, 저에게 있어서는 어쩔 수 없었던 일인지도 몰라요.

ㄹ이 예수님은 뭐든 아신 댔으니까 거짓말은 안 할게요. 지민이가 무시당하고 혼자 있었던 얘기만 줄창 한다고 저한테 친구가 많았다는 뜻은 아니에요. 애초에 고정적으로 같이 밥을 먹을 친구들이 있었다면 지민이 옆에서 급식을 먹을 수도 없었겠죠. 저는 학교가 마치면 교내 도서관이 문을 닫을 때까지 앉아 있다 나왔어요. 책을 읽으면서 하교하고는 했어요. 학원은 다니지도 않았고, 다른 애들하고 시내 이곳저곳을 쏘다니면서 팬시점 구경을 하는 일은 더욱 없었죠. 의연했던 건지 뭔지 저는 친구랑 같이 하교해 본 적도 없으면서 그 일을 귀찮은 일로 치부하고 있었어요. 집에 돌아가는 하굣길에서 책을 읽는 일이 방해받는 건 싫었거든요.

그날도 언제나처럼 도서관 마감 시간까지 책을 읽었어요. 여름이 막 시작되려 하고 있어서 6시가 되어도 밖은 환하게 밝았어요. 실내화를 갈아 신으려 반으로 되돌아왔을 때 지민이가 보이더라고요. 보충 학습은 방과 후 아무리 길어도 한 시간 안팎이었기 때문에 지민이가 아직까지 남아 있는 게 좀 의아했어요. 그도 그럴게, 지민이는 가방도 다 싸서 등에 멘 채로, 교탁에 기대 서 있었거든요. 꼭 누군가를 기다리는 것처럼. 어쨌든 제가 상관할 바는 아니었죠. 운동화를 구겨 신고 등을 돌리는데,

"나랑 집에 같이 갈래?"

지민이가 말했어요. 더듬지도 않으면서. 전 멍하게 지민이 얼굴만 쳐다보고 있었어요. 와, 머릿속이 얼얼하더라고요. 조금 더 시간이 지나서야 제 대답이 지나치게 늦어지고 있다는 걸 깨달았어요. 그 잠깐의 공백에 괜스레 마음이 조급해져서 고개를 끄덕거렸죠. 앞장서 계단을 다 내려올 때에야 자존심이 상했어요. 내가 만

만하게 보였나 싶었거든요. 저는 맹세코 지민이와 점심시간 이외의 시간을 같이 보내고 싶지는 않았으니까. 동시에 낭패감이 저릿하게 들었죠. 생각지도 않은 상대방이 친밀감을 보여 올 때 드는 경계심과 부담감이 피부 위로 돋아났어요. 지민이랑 하교하는 걸 누군가 볼까 부끄러웠기도 했구요. 복잡한 마음으로 기분 좋아 보이는 지민이 옆얼굴을 바라다봤어요. 이내 결심이 섰어요. 오늘은 서로 우연히 마주쳐 같이 하교하고 있을 뿐이고, 앞으로 이런 일은 다시는 없을 것이며, 혹시라도 지민이 머리가 어딘가 돌아 버려서 쭉 집에 같이 가자고 달라붙더라도 하교 시간을 바꿔 따돌려 버리면 될 일이라고. 하지만 지민이와는 그날 이후에도 계속 함께 하교하게 됐고 저는 끝내 지민이를 내치지 못했어요.

결과적으로 같이 하교하는 친구 때문에 하굣길 독서에 큰 타격을 줄 것이라는 제 상상은 틀렸어요. 애초에 하굣길은 직선으로 쭉 이어지는 노선도 아니라 책을 읽으면서 걷기엔 애로 사항이 많았어요. 온갖 전봇대, 신호등, 진창이나 오토바이 같은 것들을 신경 쓰느라 좀처럼 책의 진도도 나가 주질 않았고요. 그리고 무엇보다 누군가가 나를 기다리고 있다는 건 썩 괜찮은 일이었거든요. 그놈의 하굣길 독서보다는 조금 더 괜찮았죠. 어쨌든 전 지민이가 절 기다려 주는 것에도, 지민이와 길을 걷는 것에도 곧 익숙해졌어요. 뒷목에 박혀 드는 여름은 점점 점도 있게 흘러내렸어요. 우리는 종종 문구점에서 슬러시를 사 먹었어요. 힘차게 쭉 빨면 슬러시의 형형한 빛깔은 금세 빠져 버리고 순 얼음만 남았죠. 밍밍한 얼음 알갱이들을 마냥 뒤섞고 있자면 싸구려 종이컵 겉면이 젖어 부스스 벗겨졌어요. 마주 불어오는 바람에 이마는 차분히 식었고, 은행나무 잎은 언제까지나 파랄 것 같았고…… 저는 그때만 해도 여름을 좋아했어요. 지금은 아닌 걸 보면, 여름에 가졌던 애정이 천천히 지민이에게로 풀풀처럼 스민 건지도 모르겠네요.

……지민이가 못 먹는 음식이 뭔 줄 아세요? 추어탕이요. 추어탕. 애초에 걸쭉한 국물에 시래기를 넣고 푹 끓인 데다, 가끔씩 미꾸라지 뼈까지 씹히는 음식을 좋아할 초등학생은 별로 없겠지만요. 그러고 보면 그거 산초 향도 진하잖아요. 그래도 지나치게 익어 알알하게 신 배추김치나 맛이 짐작도 안 가는 생선 눈알 같은 걸 빼 먹는 지민이가 편식이라니. 레이스가 화려한 란제리를 입고 서 있는 할아버지를 보고 있는 게 그런 기분일걸요.

더위가 심해질수록 학교에서는 삼계탕 대신 추어탕이라도 내놓는 일이 비일비재 했어요. 추어탕보다는 백숙을 급식하는 게 훨씬 덜 무고한 생명을 죽였을 텐데. 지민이는 숟가락으로 국을 휘휘 젓다 이내 입맛 떨어진 얼굴로 잔반을 비우러 갔어요. 급식 시간이 끝나고 하루는 창문턱에 걸터앉아 물었어요. 왜 추어탕을 싫어하느냐고. 바깥으로 보이는 운동장에서는 아이들이 엉겨들어 놀고 있었죠. 유독 운동장에 사람이 많아 보인다 싶더니 반에는 우리 둘 말고 아무도 없었어요. 지민이는 무감하게 대답해 줬어요. 몇 년 전, 지민이 할머니가 집에서 추어탕을 끓이셨대요. 냄비에 미꾸라지를 잔뜩 풀어 넣고 불을 올린 채로 할머니는 재활용 쓰레기를 버리러 나가셨어요. 점점 뜨거워지는 물에 미꾸라지들은 펄펄 오르는 수증기처럼, 솥 밖을 향해 너도나도 도약을 시작했죠. 마침 냄비 위엔 탈출을 방해할 뚜껑도 없어 미꾸라지들은 무사히 착륙에 성공했어요. 찰딱거리는 기묘한 소리에 안방에 있던 지민이 고개를 내밀자 보였던 건 부엌 바닥에서 있는 대로 온몸을 뒤트는 10여 마리의 미꾸라지들이었어요. 허옇게 질린 얼굴로 할머니를 불렀지만 대답은 없고, 그 와중에도 미꾸라지들은 계속해서 튀어나오고 있었어요. 결국 어린 지민이가 손으로 미꾸라지를 집어 들어 도로 냄비에 던져 넣어야 했어요. 정리를 끝낸 지민이가 부엌 바닥까지 걸레로 닦고 나자, 그제야 지민이 눈에 구석에서 미약하게 옴틀거리던 미꾸라지 하나가 들더래요. 다시 가스레인지 위의 지옥도를 보고 싶지 않았던 지민이는 흔쾌히 자비를 베풀기로 했어요. 살려 주자고 마음먹은 거예요. 미꾸라지를 손가락으로 슬쩍 찔러도 별 반응이 없자 지민이는 분무기를 가져왔어요. 모든 게 고요한 와중에 칙칙, 하는 두 번의 분사가 있자마자 미꾸라지는 발광하듯이 퍼덕거렸대요. 지금껏 보지 못한 강도로 거세게 발작하는 광경에 식겁한 지민이는 미꾸라지를 양손에 가두고 솥을 향해 뛰어갔어요. 흰 점액질이 엉겨 붙어 진득한 꼬리가 몇 번이고 손바닥을 치고, 미꾸라지는 끓는 물에 잠겨 들어가기 직전까지 찔꺽이는 몸으로 발버둥 쳤다고요.

미꾸라지는 물을 맞기 직전까지 자신의 죽음을 예감하고 있었을까요? 저는 창밖의 왁자한 아이들 소음을 들으며 미꾸라지에 대해 생각했어요. 장담하건대 그날처럼 미꾸라지의 삶을 깊이 고찰해 본 적은 없었을 거예요. 아가미로 죄여드는 죽음을 준비하고 있었을 그 미꾸라지와, 순간 물이 분무되었을 때 느꼈을 강렬한 삶에 대한 열망을 헤아리다 질려 그만두었을 정도였으니까요. 제가 지민이에게 물었어요.

"결국 네가 싫어하게 된 건 미꾸라지가 아니라 그 버둥거림 아니야?"

지민이는 무슨 말을 하느냐는 듯 절 멍하게 쳐다봤어요. 저는 그러니까⋯⋯로 운을 뗐다가, 자작시를 사람들 앞에서 해설해야 할 때처럼 참을 수 없게 외롭고 부끄러워져서, "아무것도 아니야."
하고 말았어요. 추어탕 국물처럼 뿌옇고 탁한 열망. 아름답지 못
함은 물론 징그럽게 느껴지기까지 하는, 어떠한 존엄도 신념도 없
이 오직 생존에만 타는 듯이 목말라하는 열망을 설명할 기회를 영
영 잃어버린 순간이었어요.

아쿠아리움 한번 가 본 적 없던 저에게 물고기는 물을 적요히
유영하는 생명이 아니었어요. 커다란 대야에 꾸역꾸역 담겨 이따
금 행인에게 물을 튀기는 게 다인, 그런 적막한 반항이 살아 있다
는 유일한 근거가 되는, 물고기보다도 더 비린 삶들을 받치는 물
고기들. 물고기는 대가리며 등지느러미, 꼬리가 숭덩숭덩 잘리고,
배가 따여 무심한 헹굼질에 내장을 모두 쏠려 보낸 하나의 수단이
었어요. 당연히 그건 지민이에게도 마찬가지였고요.
지민이 할머니는 시장에서 장사를 했어요. 점포 같은 건 당연
히 없었죠. 작은 플라스틱 의자와 목욕탕에서 자주 보이는 깔개,
두세 개의 고무 대야, 물이 나오는 호스…… 구석에 잔뜩 웅크린
검정 비닐봉투 한 뭉치가 하루 벌이의 밑천이 되었죠. 딱히 품목
을 정해 두고 파는 것도 아니었어요. 그때그때, 적당히 제철이면
서 도매가가 낮은 해산물을 조금씩 떼어 오는 게 다였던 것 같아
요. 그런 품목은 손질에 시간이 왕창 들어가기 마련이라 지민이
할머니는 항상 손가락만 한 칼로 무언가를 다듬고 있었어요. 할머
니는 시장 후문 근처에서 장사를 하고 있었기 때문에, 지민이와
하교하다 보면 항상 할머니를 마주치기 마련이었어요. 어떤 말을
했는지도 기억이 안 나고, 어떤 목소리였는지도 기억이 안 나요.
우리를 보고 슬쩍 웃을 때마다 턱에 머무르던 주름이 선선히 펴지

던 것밖에는요. 그맘때 할머니는 갯가재를 팔고 있었어요. 갯가재 맛이 없어지는 산란기에 접어들던 6월 말이었고, 한낮이 되면 끓어오르기 시작하는 정수리의 열을 손바닥으로 가늠하게 되는 그런 계절이었어요. 허벅지만 한 숭어가 잠겨 있는 커다란 대야에 문득 팔을 텀벙 집어넣고 싶어지는 더운 계절이요.

그날은 토요일이어서 오전 수업만 하고 학교는 금방 끝났어요. 저는 지민이에게 근처 하천에서 본 고라니 목격담을 생생하게 들려주고 있던 중이었어요. 지민인 꽤 흥미를 보였지만 그 강에서는 고라니보다 물뱀을 열다섯 배쯤 더 자주 보았기 때문에 데려가 볼 생각은 전혀 없었어요. 수면 위를 가로지르는 물뱀의 소름끼치는 움직임을 혼자 되새겨 보고 있을 때 지민이가 우뚝 멈춰 서는 게 느껴졌어요. 그제야 바라본 지민이 할머니의 앞에는 파란색 반팔 티셔츠를 양복바지에 욱여넣고 선 한 남자가 있었어요. 단순히 손님으로 생각할 수도 있었겠지만 조금 굵힌 목소리로 욕을 씹어뱉기 시작하자 도저히 그렇게 여길 수가 없었어요. 지금도 토씨 하나 빠뜨리지 않고 읊을 수 있어요. 아니 씨발, 물을 썼으면 물값을 내야 될 거 아니에요, 할머니. 주변 상인들은 수런거리며 평소 신경도 쓰지 않던 할머니 주위를 흘끔대기 시작했고, 저와 지민이는 나란히 굳어 어쩔 줄을 몰랐어요.

할머니에게서 아무런 대답이 없자 남자는 고무 대야에 담가 둔 호스를 꺼냈어요. 우악스럽게 딸려 올라가는 호스에 걸린 갯가재 하나가 아스팔트 위로 떨어져 나가더군요. 밀쳐져 나온 갯가재가 구물거리는 것만을 응시하는데 뒤에서 누군가 외투 옷깃을 당겨 왔어요. 지척에서 건어물포를 팔던 아주머니였는데 양손으로 우리 둘을 남자에게서 떨어뜨려 놓고 있었어요. 위험하니까 뒤쪽으로 와 있으라고, 아줌마가 가 보겠다고 말했어요.

"'아이고! 하지 마요!' '아저씨, 놔요, 놔요!'"

몰려든 어른들의 사이사이로 흠뻑 젖어 뿜어져 나오는 물줄기를 막으려고 애쓰는 지민이 할머니가 보였어요. 마른 팔은 헤엄치듯 공기를 허둥거렸고, 얇고 찰랑거리는 여름용 상의는 살에 착 달라붙어 가고 있었어요. 정작 남자에게는 겨자씨만큼도 저항하지 못한 채 호흡을 이어 가려 애쓰고 있었고요. 그 순간 시장통에 널리고 널린 생선을 할머니와 겹쳐 보게 된 건 어쩔 수 없는 일이었다고요. 하느님, 뻔뻔스럽게도 저는 그걸 죄라고도 생각하지 않아요. 제 잘못은 따로 있거든요.

시장이 한순간에 크게 소란해지고 반경에 있던 모든 사람들의 이목이 집중됐어요. 가까이 다가서서 할머니와 남자를 바라보고, 일부러 점포 밖으로 나오는 수고를 감수하면서까지 지켜보더라고요. 그 많은 사람들이 와글거리는 와중에 할머니는 계속해서 헤엄치고 있어야 했다는 게 놀랍지 않으세요? 저는 한껏 긴장해서 도와줄 누군가를 찾아 주위를 마구 둘러보고 있었어요. 그러니까, 지척에 있던 분식집에서 고개를 쭉 빼고 있던 반 아이들을 발견한 것도 무리가 아니었다는 말이에요.

저는 그때까지만 해도 저를 어른이라고 생각했어요. 아이는 자기가 어른이라고 생각한 후로부터 5년이 지나면 어른이 되고, 부모는 아이가 어른이 된 걸 알아채기 5년 전 이미 어른이 되어 있다는 말을 철석같이 믿었거든요. 팔이 닿지 않아 주방 집게로 세탁기 바닥의 빨래를 건져 내던 여덟 살의 저는 어른이 되었다고 생각했어요. 그러니 열셋은 진정한 어른으로 완성되는 나이인 셈이었죠. 그 순간까지는, 너무나도 오만해 오히려 어린애 같아 보이는 그런 생각을 하고 있었어요. 그리고 그 비범한 어른은 지민이를 그곳에 남겨 두고 뛰기 시작했어요. 제대로 들리지도 않을 크기의 목소리로 경찰을 불러오겠다고 지민이에게 속삭이고 난 직후였어요. 혹시라도 모든 걸 목격 당하지는 않았을까 두려워하는 어른. 처음 겪는 이명에 혼란스러워 하면서, 그러쥐고 있던 지민이의 소매를 놓고, 등을 돌려 뛰기 시작하는 어른.

물론 저는 경찰서에 가지 않았어요. 그저 시장 어귀를 달리고, 또 달리면서, 들썩이는 심장을 껴안고 달렸을 뿐이에요. 고작 두 달 전에야 유치를 모두 잃은 입안에 찬 공기가 들어찼어요. 자꾸만 어긋나려는 무릎을 겨우 지탱해 짚으면서 집에 도착하기까지 제가 한 모든 걱정에 지민이와 지민이 할머니는 조금도 없었어요.

이제 와서 뭘 고백하려 했던 건지 잊어버렸어요. 지나간 사랑, 시효가 다해 가는 죄, 흐려지지 못하는 비밀. 혹은 세 가지 다인지도 모르죠.

제가 그렇게 도망쳐 나온 다음부터 지민이와 밥을 먹는 일은 없었어요. 같이 지낸 여름이 아예 삭제된 것처럼 그 애와 저 모두 눈빛조차 부딪지 않았어요. 저는 등뼈 사이사이마다 꽉 찬 죄가 뜨겁고 간지러워 어쩔 줄을 몰랐어요. 마침내 하굣길 운동장에서 지민이의 뒷모습을 봤을 때 눌러 참고 있던 죄악감이 목젖 바깥으로 새어 나가고 만 거죠. 지민이의 어깨를 잡아 세게 돌려세웠을 때, 예의 그 단단하게 까만 눈동자를 보고 제가 어떤 생각을 했는지 아세요.

아세요?

지민아, 하고 이름을 불렀을 때 적막한 노을이 우리 사이로 차오르더군요. 지민이는 불러진 이름에도 대답하지 않았고 이어질 말을 기다려 주지도 않았어요. 애초에 무슨 말을 이어야 할지 전혀 모르고 있던 저에게는 차라리 좋았을까요. 지민이는 혼잣말하듯이 말을 꺼냈어요.

"있잖아. 할머니가 자꾸 물고기로 보여."

갯가재를 담가 뒀던 수돗물에 젖어 헤엄치던 할머니를 본 이후부터 자꾸만 그녀가 물고기로 보인다고요. 그날 먼저 누워 있던 자기 옆 이불을 헤치고 이부자리에 든 것은 할머니가 아니라 미끈거리는 살을 한 물고기였다고. 깊고 검붉은 아가미가 지친 듯이 움직거렸다고. 슬쩍 손등을 대어 본 지느러미는 억세고 날카로웠다고. 할머니를 위해 깔아 둔 이불이 축축하게 젖어 오고 있었다고. 말라 가는 비늘이 끈적거렸다고. 감기지 않는 댕그란 눈이 아득했다고. 비린내가 났다고. 비참한 악몽일 뿐이라고 애써 스스로를 다독이며 그 밤을 겨우 참아 냈다고. 하지만 환상은 아직까지도 사라지지 않았다고.

입을 열었다 다시 닫는 짧은 순간 마주친 지민이의 눈이 막막했어요. 저는 지민이의 어깨에 올려져 있던 팔을 내렸고, 그 애는 그렇게 몸을 돌려 천천히 걸어 나가 버렸죠. 아시잖아요. 때로는 가만히 서 있는 게 곧 도망치는 셈이 되어 버리는 상황이 있다는 걸.

그때로부터 저는 영원히 도망치고 있는 중이에요.

예수님, 하느님, 저는 아직도 그때의 말을 갈무리하지 못한 것

같은 기분이 들어요. 미처 못 닫힌 큰따옴표처럼,

"지민아,

하고. 이어지는 마침표나 문장 부호 같은 건 어디에도 없어요.

제가 여태껏 한 모든 말들은 아직도 지민이의 이름과 맺는말의 간극을 헤매는 중이에요. 하느님, 성모님, 저는 무슨 말을 해야 할까요. 어떻게 해야 이 문장을 끝낼 수 있을까요.

대체 지민이를, 아니, 지민이에게, 어떻게,

....

소설가 다귀 씨의 일일

해룡고등학교 3
정수라

다귀는

　주민등록번호 990306에 뒷자리가 2로 시작하는 법적 성별 여성이다. 키는 163.8센티미터에 몸무게는 표준보다 조금 덜 나가며 혈액형은 RH$^+$ O형이다. 2042년 현재를 기준으로 만 18세이며, 미성년자이고 고등학교 3학년이다. 거주 국가 및 출신지는 대한민국, MBTI 검사를 하면 늘 INTP 형이며 종종 ENTP 형이 나오기도 한다.

　이름은 다귀이다. 물론 다귀가 직접 주민 센터에 찾아가 등본을 떼어서 나오는 법적 이름일리는 없다. 그러나 다귀는 그것보다 다귀라고 불릴 때가 많고, 그것으로 불려서는 대답하는 것이 영 어색하다. 본질적이고 철학적인 명명의 사유 따위를 떠나서, 부르고 불리는 것으로 이름을 정의한다면 다귀의 이름은 다귀이다.

다른 이들과 특출하게 다른 것은 없다. 다귀는 늘 평범하고 싶었다. 그러니까 엄밀히 말해선 다른 이들과 특출하게 다른 것은 없다고 믿고 싶었다. 네가 특별해서 힘들어, 하는 엄마의 말을 잊은 적 없다. 그래서 다귀는 걱정스럽다. 가슴께, 작고 오목하게 들어간 것이, 늘 신경 쓰인다. 그러니까 몇 년 전부터, 명치로부터 왼쪽으로 손가락 하나 정도 길이의 위치에, 반경 3센티미터 크기의 오목한 구멍이 생겼기 때문이다.

이층 침대에서

다귀는 몸을 일으킨다. 천장에 달라붙을 듯 비좁은 침대 위의 공간으로 인해 머리를 찧는 것은 1년 반쯤 전에 그만두었다. 다만 약간의 저혈압으로 눅눅한 솜사탕 같은 몸을 비척대듯 움직일 뿐이다. 침대에 달라붙다시피 하여 거의 직각이나 다름없는 계단의 각도 때문에 다귀는 덜 깬 정신으로 발끝에 힘을 주어야만 한다. 꼴에 머리통 깨져 죽기는 싫다고 매일 아침 6시 42분마다 온 신경을 곤두세우는 것이 썩 우습다. 그러다 다귀는, 그게 쪽팔려서, 라고 정의한다. 다치거나 죽는 게, 쪽팔린다.

그래서 가끔 쪽팔리게 될까 봐 무섭다. 제 가슴께의 조그마한 구멍이 조금씩 깊어지고 있다고 느낀다. 반경 3센티미터, 깊이 5센티미터. 아무 느낌도 없다. 그저 원래부터 그렇게 존재했다는 듯 거기 그렇게 있는 것이, 다만 점점 깊어지고 넓어지는 것 같다고 느낀다.

어쨌건 간에 죽는 건 쪽팔리니까, 아침 급식 시간을 놓쳤더라도 무엇이라도 먹어야 한다. 굶어 죽기는 싫다. 하지만, 적어도 다귀는 굶어 죽지는 않을 것이다. 다귀는 무엇이든지 먹어 치우는 것에 능하다. 게걸스럽게, 무엇이든. 도넛도, 돼지고기도, 미련도, 동정도, 오늘도, 내일도.

다귀의 얇고 가느다란 몸(먹어 치운다고 해서 전부 소화가 되는 것은 아니므로)이 팔락거리듯이 창가로 다가선다. 다귀의 몸은 부스러질 것마냥 아주 얇고 가느다랗기 때문에 누군가는 그것을 일식 우동 위의 가쓰오부시가 뜨거운 김에 떠는 것으로 생각할 수도 있다. 하지만, 다귀의 움직임은 그보다 훨씬 느리고, 둔하다. 그처럼 경박스럽지 않다.

밖은 해가 밝다. 당연하지, 아침이니까. 다귀는 무심하게 넘긴다. 그러곤 몸을 숙여 서늘하고 그늘진 창가에 두었던 초록색 땡땡이 무늬의 흰색 종이 상자를 들어 올렸다. 박스 뚜껑을 들어 올리자 달큰한 냄새가 올라온다. 다귀는 코를 찡긋거린다. 크리스피 크림의 오리지널 글레이즈드. 밀가루 반죽을 튀겨 그 위로 설탕 코팅을 입힌 것이다. 간혹 아침부터 단것을 먹으면 속이 느글대 싫다는 사람도 있더라. 아무렴 상관없다. 다귀는 삼킨다, 씹어 삼키기 때문이다. 어차피 다귀의 식(食)은 부질없다. 다귀가 먹는 것은, 먹어 치우는 것은, 씹어 삼키는 것은, 채우기 위해서다. 기본적인 배고픔을 해소시키고도 계속해서 먹는 것은, 먹어도 먹어도 어딘가는 계속 비어 있기 때문이다. 아무리 밀어 넣어도 채워지지 않고 결국엔 빈 곳이 오그라들어 가슴에 구멍이 생긴 것 같다. 언제부터 그것을 체감했느냐는 부정확하고, 그것을 확인받은 것은 대략 3년 전.

모든 것이 내가 죄를 지어서 벌을 받는 것이라고 생각합니까?

다귀는 '매우 그렇다(5점)' 칸에 동그라미를 쳤다.

이유 없는 근육통에 시달립니까?

잠을 이루지 못하는 날이 이어집니까?

소화 장애를 겪고 있습니까?

다귀는 질문들에 차례로 '보통이다(3점)', '매우 그렇다(5점)', '대체로 그렇다(4점)' 칸에 체크한다. 차라리 걸신이 들린 거라면 병원에 앉아 검사지에 동그라미나 줄지어 쳐 대며 숫자들을 더해 점수를 구하는 대신 무당한테 굿을 받는 게 빨랐을 거다.

다귀는

구부린 몸을 바닥에 내려놓듯 털썩 주저앉는다. 이내 젓가락처럼 기다란 손가락으로 도넛 하나를 집어 든다. 처음엔 퍽 좋은 맛이었겠으나, 이제는 물기가 말라 건조하고 퍽퍽한 데다가 매끈했던 설탕 코팅은 부서져 조각조각 떨어져 나온다. 요 며칠 날씨가 서늘했으니 아주 녹아내리지는 않아 다행이라고 다귀는 생각한다. 얇게 떨어져 나온 설탕 코팅이 손에 들러붙어, 다귀는 그것을 혀로 한번 핥아 올렸고, 설탕의 눅진한 맛이 빠르게 스며든다. 다귀는 크게 입을 벌리고 그것을 두세 번에 걸쳐 먹어 치운다. 바스삭, 설탕 코팅이 부서지는 소리, 퍽퍽한 빵이 치아 사이에서 뭉개진다.

섭식의 시간은 생각보다 빠르게 흐른다. 곧 입안이 텁텁함으로 가득 찬다. 다귀는 그 텁텁함이 싫다. 텁텁함은 상실의 미각이다.

부재가 아닌 상실. 달디단 것을 먹고 난 뒤에, 더 이상 혀로 단것이 쏟아지지 않을 때의 그, 상실이다. 그러한 상실을 메우는 방법은 간단하다. 다시 단것을 채워 넣는다. 상실의 여지를 주지 않는다. 그래서, 다귀는 다시 하나를 집어 든다. 이번에는 좀 더 느릿하게, 조금씩 베어 문다. 입술 가로 끈덕지게 설탕이 달라붙어 한 입 물 때마다 혀로 온 입술을 핥아야 한다. 그것을 계속 반복한다. 이러다 제 혀가 설탕으로 한 겹 두 겹 두껍게 싸일 것 같다. 차라리 혀가 온통 설탕으로 여러 겹 코팅되어 버린다면 상실의 미각은 영원히 영원히 없으려나. 다귀는 자리에서 일어선다. 병원에 갈까, 하고도, 생각했다. 약이 다 떨어졌다. 아냐, 아니다. 그래선 안 되지, 싶다. 고립, 고립, 고립. 조금만 더 텁텁하게 굴기로 한다.

끈적끈적하고 반질거리는 제 손가락을 내려다본다. 그러다, 그게 제 머리칼에 엉겨 붙는 상상을 한다. 소름이 돋았다. 목덜미를 타고 차가운 시금치나물 따위가 기어오르는 것 같은 느낌이다.

다귀는 먹은 것을 게워 낼 것 같은 기분이 되어 울상이다. 하지만 울지는 않는다. 울면 사랑받지 못한다는 것은 알고 있다. 울지 않으면 사랑받는다. 칭찬받는다. 제가 울면 안 되는 이유는 뚜렷하게 알고 있다.

씻으러 들어가기 전

침대 아래층 정갈히 개어진 이불을 보며 다귀는 그것의 주인을 생각한다. 다귀는 그 여자애를 까마귀라고 부른다. 까마귀는, 기숙사에 돌아오지 않은 지 오래되었다. 그러나 크게 신경 쓸 일은 아니다. 방랑벽이 천성일 수도 있지. 다귀는 언젠가 저를 측은히 여겨 보듬어 주던 까마귀의 모습을 떠올렸다.

염병, 지는.

다귀는 소리 없이 그렇게 속되게 주절거리면서도 묵묵히 굴며 그 애의 도닥거림을 받았더랬다.

다귀는 눅진하게 덜 마른 노란 수건을 허리춤 반바지 고무줄에 끼운다. 내일쯤엔 돌아올 거다. 까마귀는 아무런 말도 없이, 며칠 간격으로 들락날락하였지만 다귀는 알 수 있었다. 언제쯤 오고 언제쯤 나가서 언제쯤 다시 돌아올지.

설익은 베이컨 색의 욕실 타일 위로는 구석부터 곰팡이가 끼기 시작했다. 샤워기 레버를 돌리자 차가운 물이 쏟아져 내리고 말라 비틀어진 양배추마냥 푸석한 다귀의 머리칼이 젖어 들어간다. 차가운 것에 발바닥이 붙었다 떨어진다. 다귀는 눈을 질끈 감고 손을 더듬어 어느 것이 샴푸인지 고민하다가 린스를 다 써 간다는 것을 상기한다. 이번엔 까마귀가 린스를 훔쳐 오면 좋겠다고 잠깐 생각했으나, 현실성이 지극히 적은 이야기다. 통상적인 린스는 그렇게 반짝이거나 고급스러워 보이지 않기 때문이다.

다귀는

나갈 채비를 마친다. 교복을 갖추어 입고 마지막으로 넥타이를 매고 나서, 미간을 찌푸린다. 초콜릿 바의 포장지마냥 번쩍거리고 싸구려스러운 금색의 명찰을 집어 든다. 글씨체까지도 촌스럽다. 굵직하고 둥글둥글한 것을 보니 분명 굴림체 32포인트에 볼드까지 먹인 듯싶다. 아마 이런 디자인은 2000년도에도 안 먹혔을 것이다. 다귀는 퍽 끔찍하다는 듯 입술을 질근거리며 크기마저 커다란, 제 손바닥만 한 것을 남색의 니트 조끼 위로 부착한다. 은빛 옷핀 끝이 갈치 지느러미의 모서리처럼 백열등 아래서 빤질거린다.

저는 소설가가 될 ○○○입니다!

○○ 고등학교 3학년 비전육성반

다귀의 호적상 이름과 함께 발랄하게 소설가가 되겠다고 외치는 금빛 명찰의 입을 틀어막기라도 하듯이, 다귀는 제 가슴팍을 손바닥으로 퍽 퍽 퍽 소리 내어 친다. 생리할 무렵이 되었나, 가슴 언저리가 쑤신다. 졸업 시험이 얼마 남지 않은 시점에서, 언짢지 않을 수 없다.

자동문의

아래쪽 절반에는 시트 스티커가 붙어 있다. 비전육성반. 스티커에는 푸른 물결을 형상화한 바탕 위로 그 좆같은 굴림체에 볼드를 적용한 글씨가 얹혀 있다. 역시 내가 하는 게 낫겠다. 디자이너로 배정해 달라고 할걸 그랬나. 다귀는 후회를 가장한 농담처럼 생각한다. 그러다 제 명찰이 '저는 디자이너가 될 ○○○입니다!' 하고 음각되는 것은 썩 어울리지 않는 것 같다고 느낀다.

디자이너, 디자이너.

소설가, 소설가, 소설가.

다귀는 생각나는 단어들을 자꾸 입속에서 단어를 씹어 보고 있다.

출석 체크를 위해 신분증을 센서 아래에 두고 3초간 기다려 주세요. 비전 워드를 외치면 문이 열립니다.

자동문이 기계음으로 명령한다. 다귀는 시키는 대로 한다. 신분증을 인식 센서 아래 놓고는, 조그맣게 중얼댄다.

저……는 소설, 가……가 될, ○○○……입……니, 다…….

○○○님, 5월 18일 오전 7시 36분, 출석 완료되었습니다. 좋은 하루 되세요!

자동문의 환대와 함께 다귀는 센터 안으로 들어선다.

교실에 들어간 다귀는 시간표를 확인한다. 1교시는 시사와 비전이다. 시사 선생은 컴퓨터에 USB를 꽂고 영상을 하나 틀고 있다. 말이 좋아 시사지, 다귀는 작게 코웃음 친다. 별거 없는 수업이다. 그저 선생이 틀어 주는 시사 영상을 보고 자신의 비전을 곁들여 감상을 말하면 된다.

다귀는 빈자리에 자릴 잡는다. 오늘의 주제는 자살이다.

비전육성반에

들어오던, 아니, 끌려오던 날이었나. 고등학교에 입학하던 첫날, 담임은 아이들을 한 명씩 일어서게 하곤 제 꿈을 말하게 했다.

저는 초등학교 선생님이 되고 싶습니다!

저는 국회의원이 되고 싶습니다!

저는 물리학자가 되고 싶습니다!

저는 아나운서가 되고 싶습니다!

담임은 아이들의 자꾸만 작아지는 목소리를 키우게 했다. 담임의 지휘봉이 아이들을 차례로 훑었고, 그것이 다귀의 앞에 와 멈추었을 때, 다귀는 입을 열지 않았다.

글을, 쓰고 싶다고?

그런 건, 돈을 잘 벌지 못해.

네 성적도 아깝잖니.

스쳐 지나가는 목소리, 다귀는 입을 열 수 없던 것에 가까웠다. 소설가, 소설가, 소설가. 입안에선 몇 번이나 단어를 굴리어 대고 차 대며 꿈틀대었지만 딱딱하게 굳은 입술을 달싹이며 식은땀 축축이 들어찬 손바닥 위로 긴 손톱을 꾹꾹 눌러 댈 뿐이었다. 담임은, 다귀에게 고갯짓으로 교실 뒤편으로 나가기를 지시한다. 다귀는 머뭇댄다.

저는, 잘……못, 한 게, ……없어요, 선생님.

담임은 어떤 반응도 하지 않는다. 그저 차트를 들어, 다귀의 생활기록부에 적는다. 비전육성 특별 교육 필요. 흘려 쓴 글씨.

……소, 소설가……. 소설, 가가 되……고, 싶어요.

다귀는 끝끝내 어떤 두려움에 젖어 씹다 뱉은 말을 흘렸다. 등줄기를 타고 차게 식은 것이 기어 다닌다. 마구잡이로 엉키고 끓어넘쳐 엉망이 된 스파게티 면이, 벽에 붙어 굳어 가는 것 같은 감각.

글을, 쓰고 싶다고?

그런 건, 돈을 잘 벌지 못해.

네 성적도 아깝잖니.

담임은 얇게 뜬 눈으로 그리 말한다. 어쩌면 다귀의 기억 속의 목소리와는 상이했을 거고, 토씨 몇 개는 달라졌을 거다. 그런데도, 머릿속에서 차근차근 겹쳐 오는 기억이 그렇게 들리게 한다.

자꾸 메아리친다. 메아리치고, 울리고, 뒤섞여서, 어지럽다. 단지 어렵게 말을 뱉은 것의 성과는, 비전육성반이라는 말과 함께 아로새겨진, 금빛의 명찰이었다.

이번 학기의

기말시험은 통과할 수 있을지 다귀는 의구심이 든다. 기말시험을 통과해서 비전육성반을 빠져나갈 수 있을지 생각하는 것이다. 다귀는 1년에 두 번, 학기별로 한 번씩 기회가 주어지는 기말시험에서 번번이 낙제하지 않았나. 수업 태도도 좋지 않았고, 어떻게 태도 점수를 맞춘다 하더라도 면접관 앞에서 비전 워드를 당차게 말하는 것(심사 기준에 명시되어 있었다.)도 힘들었으며, 무엇보다도, 겁이 났다. 소설가가 될 수 없다면 어떡하지. 소설가가 되고 싶은 게 아니라면 어떡하지. 소설가가 아닌 것을 해야 하는 게 옳은 거라면,

어떡하지.

사실, 사실 다귀는, 제가 한 사람 몫의 기능을 할 수 있나 고민한다.

멍청하게 생각하다가, 저를 지목하는 시사 선생의 말없는 손짓에 다귀가 조금은 당황해 몸이 굳는다. 무언가 어긋난 느낌.

멍청하게 굴지 말고 발표해 보세요.

시사 선생의 차가운 목소리가 멍한 다귀를 지목한다. 자살. 다귀는 툭, 뱉어 낸다.

죽는 건 쪽팔린 거예요.

혼자서,

그렇게 죽는 건,

싫은 거예요.

교실 안에 왁자하게 웃음이 번진다. 시사 선생은 엷게 인상을 찌푸리며 잘게 떨리는 손으로 무언가 메모한다.

아무런 의도도 없었다, 다귀는 그저, 멍한 정신에 튀어나온 본심이고 진실한 제 가치관이었을 거다. 비전육성반의 원칙(본인의 이름을 말하거나 기타 수업 시간 등에는 반드시 명찰에 새겨진 제 비전 워드를 말하며 시작할 것)을 모르는 것은 아니므로, 그저 무의식이라는 거다.

자고 싶어.

붕 떠 버린 교육실 내의 저로 인한 소란 속에서 막연하게 다귀는 생각한다. 그냥 자고 싶다. 잠들어서 깨어나지 말자. 적어도 452시간 정도는 잠만 자고 싶다고 생각한다. 졸리지는 않고 피곤하거나 지친 것이다.

쉬고 싶어서

다귀는 교실을 뛰쳐나온다. 무심결에 입 밖으로 샌 말에 대한 부끄러움에 의한 것은 아니다. 누가 제 손목을 붙잡은 것 같기도 하다. 지친다. 지금부터 452시간을 자고 나면 언제쯤 깰까, 손으로 대강 헤아려 보기도 한다. 그러곤 아주 오래 잠들어 아무도 깨우지 않을 방법엔 뭐가 있을지 고민한다. 잠드는 방법. 잠이 드는 방법. 잠이 들어 몇 날 며칠이 지나도 깨지 않을 방법?

1. 몸을 아주 피곤하게 한다.

글쎄? 이미 피곤한데. 이미 아주 피곤한데.

2. 따뜻한 우유를 마신다.

이것도 그다지. 우유의 온도에 비례해 잠들 수 있는 거라면 진즉 펄펄 끓였을 거고, 양에 비례해 잠드는 거라면 목에 관을 연결해 수액처럼 마셨을지도 몰라.

3. 수면제를 먹는다.

약……, 은, 싫은데. 약은 아픈 사람……, 이 먹는 건……, 데. 나는, 아……프지 않은, 데? 아프……지 않지, 맞아. 나는 그냥, 잘못한, 사람……, 이지?

모든 것이 내가 죄를 지어서 벌을 받는 것이라고 생각합니까?

네, 제……가 다, 잘 못 했어요,

그러, 니까, 이제, 자게 해 주세요, 네?

싫은 것을 참아야지. 싫다고 하지 않는 건 어린애지.

다귀는 다시 목소리에게, 네에, 하고 늘어지게 대답한다.

그러고는 기숙사로 돌아온다. 몸을 숙여 속옷이 든 낮은 서랍을 열어, 뒤진다. 예쁜 꽃이 그려진 3000원짜리 플라스틱 약통. 다귀는 희고 가지런하고 몽글몽글한, 박하사탕 같은 것들을 제 손에 가지런히 톡, 톡, 톡 쳐서 올려놓는다.

이것도 먹어 치워야지, 전부 먹어 치워야지, 그리고,

쉬어야지.

박하사탕의 꽃말은 회귀. 다귀는 마시듯, 약을 전부 입에 털어 넣는다. 흰 가루가 입안에서 부서지고, 타액에 녹아서 단어를 삼킨다. 톡, 톡, 톡 하고 쳐서 꺼낸 약을 하나씩 씹어 삼키다, 이제는 톡, 톡, 하고 꺼낸다. 남기지 않고, 소복한 설탕마냥 가지런히 쌓여 있는 것을, 입에 털어 넣는다. 나무젓가락에 손을 베이듯 뭉툭하고 쌉싸름한 맛. 다귀는 느릿하게 주저앉는다. 편안한 표정으로.

잠이 들 것같이.

그러나,

다귀야, 무얼 하고 있어.

이내 들려오는 목소리에 다시금 모든 것이 부서지지만. 그래, 까마귀가 돌아왔다. 다귀는 웃었다. 희멀겋게 웃는데 뭐가 자꾸 무너지고 또 일그러지는지 알 수가 있어야지. 까마귀는 늘 멍청하게 웃는데 다귀가 울 때면 이상하게 얼굴을 일그러뜨리고, 웃지도 울지도 않는 표정으로 다귀에게 자꾸만 말을 건다.

무얼 하고 있어, 응?

다귀는, 몽롱한 정신으로, 제가 울고 있었나, 생각한다. 까마귀는 다귀의 등을 친다. 꾸짖음 당하는 것 같다고, 다귀는 생각한다.

선생님, 제가 잘못했어요.

다귀는 기억 속 담임에게 주절거린다. 등을 두들기는 까마귀의 손이 점점 매서워진다. 다귀는 묵직한 기침과 함께 조금씩 잇새에 박힌 덩어리부터 게워 낸다.

다시, 회귀로의 실패.

쪽팔렸다.

왜 자꾸만 내가 나아가게 해.

까마귀,

내가 왜 자꾸만 돌아가지 못하게 해.

다귀야, 이리와.

까마귀는 다귀를 일으켜 세운다. 늘 모자란 천치 같은 까마귀의 말에 다귀는 신경질적이었지만 그저 고분히, 불어 터진 밥알처럼 굴 뿐이다. 연신 기침을 하며 목에 틀어박혔던 것을 입가로 흘려 댄다.

까마귀는

다귀를 전신 거울 앞으로 데려온다. 주저앉은 다귀의 윗옷 자락을 말아 올린다. 가슴께 뚫린 구멍이, 희고 끈적거리는 가루를 뱉어 내고 있다. 까마귀는 구멍이 조금씩 커지는 것 같다고 생각한다. 다귀는, 입안이 텁텁하다고 생각한다.

봐, 다귀야. 너도 도넛이지.

구멍이 뚫려 있어서 도넛은 도넛이다.

구멍만을 잘라 내어 도넛임이 아니게 될 수는 없는 것이다.*

도넛은 도넛이 아니기 위해선 채워져야 한다.

다귀는 다귀가 아니기 위해서 채워져야 한다.

텅 비어서 자꾸 뭔가 처먹고 욱여넣고 자기를 없애려 애쓰는 게 다귀를 다귀로 만든다. 각다귀처럼 뭐든 다 제 속에 넣어서, 제가 비었다는 것을 알고, 전부 삼켜 버리고 텅 빈 곳을 마주할 새도 없이 다시, 또 무언가를 먹어 치우러 가고.

제가 싫거나 하는 것은 아니다. 모든 것이 내가 죄를 지어서 벌을 받는 것이라고 생각합니까? 벌이 곧 구멍이다. 무엇을, 넣어도, 전부 빠져나간다. 자꾸 채워 넣는 것은 속죄가 아니다. 이기다.

까마귀는 이제 다귀를 가만히 껴안는다. 가슴 한복판에서 시멘

---

*요네즈 켄시, 「Donut Hole」.

트 기둥 부서지는 소리가 나는 것 같다. 이제는 가끔 횟가루가 새어나올 뿐 통증도 없는데 그곳으로 희고 혼탁하고 억센 것이 들락날락할 때가 자주 있다고 다귀는 알고 있다.

다귀는 꼭 이렇게 안겨서 까마귀의 품에 안겨 울던 밤을 생각한다. 아마 처음 가슴에 오목하게 구멍이 패이던 날이었다. 까마귀는 다귀의 통화를 귀동냥으로 들었으므로 다귀가 왜 우는지 어렴풋이 추측은 할 수 있었을 거다. 온종일 어리석은 웃음으로 멀겋고 멍한, 덜 익힌 숭늉 같은 낯짝으로 웃던 까마귀도, 그 정도는 알 수준으로 다귀가 불안하게 굴었기 때문이다. 까마귀는 휴지를 가져다 어색하게 다귀의 얼굴에 문질렀다. 다귀는 왜 우는지 말하지 않았다. 가련해라, 우리 다귀. 아기 어르듯 까마귀는 등을 쓸어내리고 다귀는 서럽게 소리 내어 운다. 울컥대며 목을 치고 입속에 마구잡이로 난립하는 단어들을 굳이 정리하지 않는다.

내 잘못이지. 내 잘못.

내가 못돼서 그렇지, 응?

까마귀, 그렇지?

왜 그래, 뭐가 네 잘못이야.

대체 뭐가 네 잘못이야.

무의미한 패턴의 까마귀의 도닥임, 다귀는 그저 몇 번이나, 연신 동그라미를 친다. 모든 것이 내가 죄를 지어서 벌을 받는 것이라고 생각합니까? 모든 것이 내가 죄를 지어서 벌을 받는 것이라고 생각합니까? 모든 것이, 내가 죄를, 지어서 벌을 받는 것이라고 생각합니까? 전부, 내 잘못, 그렇지, 그렇지. 무서워. 벌을 받는 걸까. 그럼 내가, 뭘 할까, 이제. 더 남은 게, 뭘까. 있기는, 할까?

오목 가슴으로 전봇대 하나쯤 관통하는 감각이었다. 서러운 숨

몇 개가 갈빗대 사이로 걸리었다. 다귀는 다시는 그런 식으로 까마귀에게 안겨 울지 않았다. 까마귀는 때때로 다귀의 회귀를 막을 때마다 껴안고 불안하게 굴었지만 다귀가 울지 않았다.

다귀야, 멀리서 저를 부르는 소리가, 가슴에 뚫린 도넛 홀 너머에서 들려온다. 도넛은 제 안으로 모든 것을 흘려 보낸다. 씹어 삼키어도 원래의 꼴을 그대로 뱉어 낼 수밖에 없다. 다귀는 아무것도 소화시킬 수 있는 것이 없는 게, 꼭 그렇다. 기억도 삶도 속죄도 음식도 전부 삼키지 못하고 뱉어 낸다. 가슴 중앙 여전히 잿빛 시멘트 잔해 묻은 구멍으로 박하사탕 부스러기가 흘러내린다.
한 번도 회귀할 수 없었던 이유다. 멍청히 등을 쓰다듬던 까마귀의 손가락이 다귀의 가슴 구멍을 틀어막는다.

트라웃 씨의 마지막 타석

안양예술고등학교 3
홍예슬

마이크 트라웃이 빅리그로 승격된 것은 2011년 시즌 중의 일이었다. 어린 선수에게 메이저리그는 아직 무리였는지 부진한 성적을 내며 다시 AAA*로 강등되었다. 다음 해에 그는 복통 때문에 개막 로스터에 들지 못했지만 곧 주전 자리를 꿰찼으며, 메이저리그 역대 최연소 30-30** 클럽에 가입하였다.

트라웃 씨. 서준은 마이크 트라웃을 그렇게 부르고는 했다. 트라웃의 경기 영상을 찾아보는 내 옆에서 이거 트라웃 씨 아니야? 하며 아는 체를 하기도 했다. 그럴 때면 내 우상의 이름이 마치 미국 드라마에 나오는 친근한 체스 클럽의 회장처럼 들렸다. 트라웃

---

*트리플 A. 마이너리그의 한 종류이다. 싱글 A, 더블 A, 트리플 A 순으로 등급이 높다.
**한 시즌에서 '홈런-도루'의 개수.

을 롤모델로 삼게 된 이유는 별게 없었다. 고등학교 야구부 코치가 지나가는 말로 내게 "너 타격 폼이 꼭 트라웃 같다?"라고 말했기 때문이었다. 하체를 고정시킨 뒤 팔을 안쪽으로 당기며 상체를 돌려 쳐 내는 타격 방식은 트라웃이 꽤 오래 유지해 온 자세였다. 최고의 타자와 닮았다는 칭찬은 내가 뭐가 되도 될 수 있을지도 모른다는 기대감을 갖게 했다. 그러나 그 자세는 내게 부진한 성적과 쓸데없는 자신감만을 주었다. 가장 중요한 3학년 첫 전국 대회의 선발에서 제외된 날부터 서준은 가끔 나를 트라웃 씨, 라고 부르기 시작했다.

비공식적인 3학년 마지막 대회가 끝났다. 프로 구단 드래프트부터 대학 입시까지 모든 과정을 나는 어, 어, 어, 하며 휩쓸리기만 했다. 결과부터 말하자면 모두 떨어졌고 나는 야구를 해 온 10년이 너무 허무하다고 느꼈다. 남은 것은 배트의 굴곡을 따라 박힌 굳은살과 잉여 선수로서의 낙인이었다. 공식 일정은 아직 남아 있었지만 3학년은 더 이상 훈련에 임할 필요가 없었다. 다들 저마다의 복잡한 기분을 가진 채 하고 싶은 일들에 대해 떠들었다. 다른 친구들이 어땠을지는 모른다. 그러나 나는 내가 입시가 끝난 뒤 무엇을 하고 싶어 했는지 떠오르지 않았다. 그래서 그냥 학교에 나가 평소처럼 배트를 잡았고 내 야구 생활의 유일한 자부심이던 타격 자세를 유지하며 배트를 휘둘렀다. 후배들 사이에서 의미 없이 시간을 보내던 중이었다. 서준이 가출했다는 전화를 받은 것은.

'저 잠시 나갑니다.'라고 써 둔 쪽지가 서준의 가출을 알렸다. 서준은 이제 중요한 시기라는 예비 고등학교 2학년의 시기를 보내고 있었다. 공부도 공부였지만 서준의 성격상 가출했다는 사실이 믿기지 않았다. 엄마는 즉시 경찰에 신고를 했지만 경찰은 단순 가출로 마무리 지었다. 쪽지가 떡하니 쓰여 있는데, 이걸 더 조사할 필요가 있느냐는 식의 태도였다. 서준이 가출한 지 사흘째 되던 날 서준에게서 연락이 왔다. 자기는 친구 집에서 잘 지내고 있다고. 하루에 세 통 정도 문자가 날아왔다. 저녁에는 전화도 걸어왔다. 말이 가출이지, 실은 조금 오래 친구 집에서 자는 것과 다를 게 없었다. 심지어는 내가 전화를 하면 곧장 받았다. 나는 어서 돌아오라는 말 같은 걸 해야 하나 망설였지만, 아무 말도 하지 않았다. 좋은 형이 될 수는 없었지만 이럴 때 어떻게 편을 들어 주어야 할지는 알고 있었다. 가족에게 걱정 끼치기는 싫고, 그렇다고 집에 있는 것도 싫어 택한 서준 나름의 방식을 존중하기로 결정했다. 그건 비단 나뿐만이 아니라, 가족 모두의 결정이었다.

"그즈음 다 한번씩 그러지 않냐? 나도 가출하고 싶어서 온몸이 가만 있지를 않던데."

우습다는 반응을 보이는 진용이 좋게 보이지는 않았다. 그래도 전화 한 통에 내려와 준 것이 고마웠다. 진용은 시외버스를 타고 20분이 조금 넘게 걸리는 소도시에 살았다. 처음 서준의 가출을 알렸을 때 진용은 그런 애도 가출을 하냐, 했다. 내가 말해 준 서준의 성격상 가출할 애는 아닌 것 같았다고. 서준은 감정 기복이 크지도 않았고 갑자기 어디론가 떠날 만큼의 즉흥적인 성격은 더더욱 아니었다. 공부도 잘했고 교우 관계도 원만했다. 집도 대체로 평탄했고, 나는 무엇이 문제였는지 감을 잡을 수 없었다. 그건 진용도 마찬가지였다. 갑작스레 공터에 늘어난 담배꽁초나, 알 수 없는 낙서를 서준과 연관시키지 않기 위해 노력했다. 그럴 애가 아니지. 요즈음 부쩍 동네에 증가한 낙서와 서준이 전혀 관련이 없다고 우리는 말했다. 그렇게 말하고 나자 오히려 혹시나, 하는 마음이 더 커지기 시작했고 서준에게 연락이 오기 전까지 나는 내내 핸드폰을 들여다보며 온 동네를 뒤졌다.

진용과 첫 만남을 생각하면 부끄러운 일들이 가장 먼저 떠오른다. 운전면허를 따고 미뤄 왔던 만남을 해결하는 친구들 사이에서 나는 동떨어진 섬처럼 멍했다. 그러다 든 생각이 '돈이라도 벌자,'였다. 초등학교 때부터 운동만 했는데, 뭐가 그렇게 힘들겠냐는 생각에 나는 택배 상하차 업무를 택했다. 거기서 손을 덜덜 떨며 작업을 하고 있을 때 진용과 마주쳤다. 진용 역시 대입을 모두 끝내고 아르바이트를 하기 위해 상하차 물류장에 있었다. 나는 트럭을 박스로 꽉 채웠고 진용은 빈 엑셀 차트의 칸을 채워 넣었다. 점심시간에 진용과 나는 배급받은 식사를 위장으로 밀어 넣었다. 메뉴는 누런 밥과 간이 되어 있지 않은 햄, 그리고 김치가 전부였다. 식사하는 자리가 좁아 사람들이 뭉쳐 앉았는데, 생면부지인 사람의 식사를 눈앞에서 보는 게 썩 유쾌하지는 않았다.

어떤 음식이 문제였는지는 기억이 나지 않는다. 수돗물 맛이 강했던 햄이었는지, 씹다 뱉은 것 같은 김치였는지, 살짝 산기가 돌았던 밥이었는지 알 수 없다. 나를 비롯해 몇 명은 복통을 호소했다. 택배 상하차는 열두 시간을 쉼 없이 일해야 했으니 아무도 쉽게 화장실에 갈 수 없었다. 가장 상태가 심한 건 나였다. 음식이 상했는지 상하지 않았는지 구별도 못하고 막 삼켰으니까. 내가 우물쭈물하고 있는 것을 눈치챈 진용이 내 쪽으로 다가왔다. 다녀오실래요. 서둘러 화장실에 다녀온 뒤 나는 진용과 교대하기 위해 내위치로 돌아갔다. 트럭 옆에서 새빨개진 얼굴로 헛구역질을 하고 있는 진용이 보였다. 고작 쌀 몇 포대 옮긴 게 전부라고 했다. 제법 가까워진 뒤 힘들 걸 알면서도 왜 도왔느냐고 묻자 진용은 말

없이 웃었다. 나와 동갑이었지만 워낙 몸이 가늘고 얼굴이 창백해 진용이 더 어려 보였다. 진용이 나를 도와준 이후 우리는 꽤 가까워졌다. 그때 나는 누군가의 부끄러운 일면을 보는 것이 가까워지는 가장 빠른 길이 아닐까, 하고 생각했다. 나와 마찬가지로 진용은 원하던 대학에 떨어졌다. 그 후 공무원 시험 준비를 하고 있다고 했지만 미친 듯이 공부에 열중하는 모습을 본 적은 없었다. 진용의 얼굴에는 늘 피곤이 자리를 차지했다. 서준의 얼굴에서도 보이는 피로였다. 다른 점이 있다면 정말 열심히 해서 생기는 그늘과 비관 때문에 생기는 그늘의 차이 정도였다. 그래도 진용의 눈이 반짝거리던 날들은 분명 존재했다. 무언가를 그릴 때 혹은 그림에 관해 누군가와 이야기를 나눌 때였다. 아무것도 없는 흰 도화지 위로 진용의 손이 지나갈 때마다 나는 멍하니 손끝을 바라보았다. 초보자인 내가 보기에도 진용의 그림 솜씨는 썩 좋은 편이 아니었다. 좋아하는 일에 재능 없는 것도 똑같구나. 진용이 그림을 그릴 때마다, 나는 그의 뒷머리를 쓰다듬어 주고 싶은 충동이 들었다.

"마이크 트라웃이 얼마나 대단한가요?"

한 메이저리그 팬의 질문에, 관계자는 답했다.

"어디 보자, 그는 작년(2014년)에 가장 부진했군요. 그런데 리그 MVP를 수상했습니다. 아, 그리고 그에게 시간을 알려 주는 당번이 있죠. 배팅장에서 연습을 하다 자꾸 식사 시간을 놓친다더라고요. 이제 충분히 대답이 됐습니까?"

"몇 년 동안 공부만 하니까 지칠 만도 해. 너도 야구하는 거 지친 적 있었을 거 아냐."

진용의 말에 고개를 끄덕였다. 괜히 화가 나 운동장에 박힌 돌을 툭 걷어찼다. 야구에 지루함이 섞이지 않았다면 거짓말이었다. 나는 신생 팀도 아니고 그렇다고 강팀도 아닌 학교 야구부에서 예비 선수 자리를 차지했다. 감독이나 코치에게서 어떤 관심도 받지 못했다. 정식적인 진로 상담을 받는 것만으로도 만족해야 했다.

3학년 초, 코치는 진로 상담이라며 선수들을 불러들였다. 우리는 암묵적으로 호명되는 이름이 실력 순서임을 알았다. 보이지 않는 가상의 성적표를 받아 든 선수들은 서로 말을 섞지 않았다. 가장 첫 번째로 들어갔다 나온 선수는 생각보다 짧은 시간 안에 상담을 마쳤다. 나는 거의 맨 끝이었다. 감독실에 앉아 내 타율을 확인하던 코치는 못 볼 걸 봤다는 듯이 미간을 찌푸렸다. 겨우 1할을 넘어 구실도 갖추지 못한 성적에 삼진이 다른 선수들에 비해 압도적으로 많았다. 내 경기 성적이 적힌 종이를 뒤집어 내려놓으며 코치는 턱짓으로 문을 가리켰다. 그 코치는 내 타격 폼을 칭찬했던 사람이었다. 그때 약하게라도 잡고 있었던 끈이 완전히 떨어져 나갔다. 그날 밤 나는 첫 가출을 감행했다. 나와 비슷비슷한 순서로 상담을 받은 친구들과 함께. 누군가에게 세뇌를 당하기라도 한 것처럼 우리는 우르르 집을 나왔다. 고작 하룻밤의 가출이었다. 우리는 근처 가게에서 산 커다란 은박 돗자리를 공터에 깔고 양이 많은 과자를 돌려 먹으며 밤을 보냈다. 여름에서 가을로 넘어가던 때라 밤공기가 제법 차가웠다. 땀 냄새가 빠질 생각을 않는 학교 유니폼과 이발기로 민 둥글고 까끌까끌한 머리가 동질감을 가져다주었다. 가출은 아무 의미가 없었다. 그저 그대로 집에 들어갈 마음이 생기지 않았다. 우리는 누군가의 핸드폰이 울릴 때마다 발신자도 확인하지 못하고 침을 삼켰다. 불안해하지 않는 것처럼 보이기 위해 억지로 웃었다.

서준의 담임 선생님은 예전 내 담임을 맡은 사람이었다. 반에 들어가는 일은 드물었지만, 우리 학교 경기에 곧잘 참석하는 편이라 일면식이 없는 다른 선생님들보다는 가까운 사이였다. 서준의 가출에 대한 단서라도 찾을 수 있지 않을까 싶어 학교까지 찾아갔다. 겨울 방학인데도 그는 꼬박꼬박 학교에 출근 도장을 찍었다. 영어과 선생님은 원래 다 나오는 거야. 학교 뒤뜰에서 담배를 물며 선생님이 한숨을 내쉬었다. 학교 뒤뜰은 주차장 겸 선생님들의 흡연 장소로 사용되었다. 낡은 벽 하나를 사이에 두고 뒷산과 연결되어 있었다. 그 벽에 그려진 작은 원숭이 그림이 눈에 들어왔다.

"오, 원숭이 진짜 귀엽네. 선생님, 이거 언제 그린 거예요?"

내 말에 선생님은 무안할 정도로 정색했다. 나는 괜한 말을 꺼냈다는 생각이 들었다. 진용은 아까부터 선생님과 나 사이에서 몇 발자국 뒤로 떨어져 눈치를 살피고 있었다. 말이 없이 조용해지자 진용이 입을 열었다.

"이런 거, 뭐냐. 그래피티라고 하면서 요즘 유행하잖아요. 여기서도 많이 보이던데……."

"그래피티는 무슨 얼어 죽을."

꼭 진용의 말 때문인지는 모르겠지만 선생님의 표정이 썩 좋아 보이지 않았다. 선생님은 그저 벽에 그려진 건 다 낙서라고 말했다. 그건 몇십 년 동안 쌓아 온 편견이 만들어 낸 생각이었다. 그래도 학교 벽에 그려진 원숭이는 예술 같다기보다는 그냥 조잡한 낙서처럼 보였다. 나는 굳어 버린 분위기를 넘기려고 일부러 소리 내어 웃었다. 진용은 나를 대신해 서준에 대해 이것저것 물었다. 성적이 떨어지진 않았는지, 갑자기 밥을 굶는 일은 없었는지, '얘뭐야,' 하는 표정을 짓던 선생님도 꽤 성실하게 질문에 답해 주었다. 딱히 소득은 없었다. 예상대로 서준의 학교생활은 극도로 평탄했다.

학교 건물을 가로질러 나왔다. 야구부를 위해 넓게 지어진 제2 운동장이 보였다. 연습 시합이 진행 중이었다. 익숙한 유니폼이 보이자 발이 멈췄다. 공이 배트에 맞아 날아갔다. 시원한 소리가 들렸다. 배트에 공이 맞는 소리가 좋아 야구를 시작했다. 플라스틱 깡통을 쳐 내는 소리 같기도 했고, 잘 가공된 나무 비석이 부딪히는 소리처럼 들리기도 했다. 우리 지역 초등학교에는 야구부가 없어 차로 30분이 걸리는 초등학교로 등교해 가며 배트를 손에 쥐었다. 그저 즐거웠던 야구가 중학교 말이 되자 현실이 되었다. 투수가 던지는 공은 묵직한 부담감이 되었고 나는 그것들을 제대로 쳐 내지 못했다. 연습 경기 중 우리 시선을 의식했는지 선수 몇몇이 이쪽을 돌아보았다. 감독이나 코치가 나를 발견하기 전에 학교를 빠져나가고 싶어 걸음을 재촉했다. 진용은 끝까지 운동장을 흘깃거렸다. 진용은 시합을 뛰던 내 모습을 궁금해했다. 사진이나 영상, 혹은 기사 같은 게 있는지 물었고 나는 고개를 가로저었다. 학부모들이 찍어 준 사진은 있었지만 자랑스럽게 내보일 만한 것들은 아니었다. 많은 시합들 중 내가 나간 경기는 드물었고 설령 나간다 해도 타율만 더 떨어뜨릴 뿐이었다. 가끔 볼 넷을 골라내며 출루한 적도 있었지만 내가 야구를 정말 못했다는 것, 그게 핵심이었다.

메이저리그 스카우터들에게는 기피의 대상인 뉴저지 밀빌에서 최초로 나온 메이저리거이다. LA 에인절스에 입단했지만 그는 많은 주목을 받지 못했다. 그러나 트라웃은 사람들의 무관심을 점점 나아지는 성적으로 깨 버렸다. 그의 고등학교 친구는 말했다.

"트라웃이요? 대단했죠. 학창 시절에 한눈판 적이 없었죠. 대회가 끝나고 놀자는 친구들을 뿌리치고 다시 타격 연습장으로 가던 애예요."

엄마가 머리를 짚었다. 나는 뒤통수를 긁적이며 조용히 식탁 앞에 앉았다. 머리를 자르지 않아도 학교에서 뭐라고 하지 않아 제법 머리가 많이 길었다. 멸치볶음을 뒤적거리며 나는 잠깐 서준을 떠올렸다. 어제 자기 직전에도 문자가 왔다. 이건 꼭 가출이 아니라 어디 심부름이라도 간 것 같네. 그런 생각이 들자 서준이 당장이라도 집으로 돌아올 것 같았다. 가출은 일주일을 넘겼다. 겨울 방학이 시작되고 가출을 감행한 것이 차라리 다행이라고 서준의 담임은 말했다.

집 밖 풍경은 무언가 많이 변했다. 매끈한 벽에는 조그마한 그림이 생겼다. 점점 많아지는 낙서와 곳곳에서 발견되는 빈 페인트 통이 서준과 관련이 있을까 두려웠다. 밥 먹다 말고 멍해 있다며 엄마가 허벅지를 발로 밀었다. 식탁이 들썩이다 콩나물냉국이 바닥에 흘렀다. 엄마는 옷소매를 길게 잡아 늘려 대충 물기만 없앴다. 아빠는 아침 일찍 비닐하우스에 간 모양이었다. 전화가 울렸다. 서준의 연락인 줄 알았는지 잠시 엄마의 얼굴이 밝아졌다. 그러나 야구부 후배에게서 걸려온 전화였다.

—아, 형. 전데요. 형 동생 가출했댔잖아요. 내 친구가 걔랑 같은 반인데 형 동생이 만날 핸드폰 붙잡고 수업 시간 내내 그러고 있었대요. 그래서 뭐 하나 지나가면서 슥 봤더니 무슨 인터넷 카페 같은 데서 채팅을 하고 있었다고 하더라고요. 그리고 막 책가

방에 교과서 말고 이상한 스프레이 통을 들고 다녔다던데…….
형, 잘 들리세요?

　서준의 방은 깔끔했다. 방을 보면 그 사람을 알 수 있다던 아빠의 말이 아예 틀린 말은 아닌 모양이었다. 서준은 늘 자기 노트북을 옷장 깊숙이 넣어 두었다. 옷장 문을 열고 손을 더듬거리며 무언가가 만져지기를 기다렸다. 노트북 가방인 것 같은 평평한 가죽이 느껴졌다. 꼭 뱀 표피를 만지는 기분이라, 옷장 안에서 노트북만 꺼냈다. 침대에 기대 노트북 전원을 켰다. 인터넷에 들어가자 화려한 바탕 그림의 사이트가 화면에 떴다. 로그인은 되어 있지 않은 상태였다. 생각나는 대로 생일과 이름, 서준이 좋아하는 숫자들을 모조리 종합해 보았지만 들어맞는 게 없었다. 노트북을 닫고 머리를 감싸 쥐었다. 카페의 이름은 '그래, 한번 해 보자 그래피티.'였다. 책장에서는 그래피티에 관한 책들이 무더기로 나왔다. 애초에 숨길 생각도 없었던 것처럼 밋밋한 문제집들 사이에 화려한 표지를 그대로 드러낸 채 걸쳐져 있었다.

　거실이 시끄러웠다. 비닐하우스에서 돌아온 아빠가 엄마에게 언성을 높였다. 서준의 가출 이후 우리 집에서 빈번하게 벌어지는 일이었다. 가족들은 서준의 가출을 서로의 잘못으로 돌리려 했다. 그럼, 그 멀쩡한 애가 괜히 이러겠어. 방문을 닫고 그래피티에 대한 책을 한 권 펼쳤다. 그래피티에 대한 이론적 설명부터, 색 조합에 대해 자세히 설명되어 있었다. 나는 맨 마지막 장에 실린 토끼와 상자 모양 그래피티의 드로잉 방법을 읽었다. 필요한 스프레이의 색상을 살폈다. 빨강이 그냥 빨강이 아니라 퍼머넌트레드, 푸른색이 아니라 인디고블루였다. 내가 알지 못하는 색을 발견할 때마다 그만큼 서준에게서 멀어지는 기분이 들었다. 이러다 빛도 제

시간에 닿지 못할 만큼 멀어지는 게 아닐까. 연락은 꾸준히 왔지만 돌아올 생각을 하고 있지는 않았다.

갑갑한 기분이 들었다. 기분 전환이라도 할 겸 밖으로 나왔지만 배를 꽉 조이는 듯한 기분은 그대로였다. 진용에게 전화를 걸었다. 어디부터 말을 해야 할지 감이 잡히지 않았다. 동네를 뒤덮는 그림 파도가 서준의 작품이라는 것을 누군가에게 말해도 괜찮을지 고민되었다. 내가 가출했던 날과 비슷하게 공기가 차가웠다. 그때 나는 적어도 지금의 내가 보는 풍경은 다를 것이라고 생각했다. 그러나 그대로였다. 땅 아래에 깊숙이 뿌리박은 작물처럼 나는 어디로도 움직일 수가 없었다. 주머니 속에 남은 손을 찔러 넣었다. 몇 차례의 신호음이 들리고 진용이 전화를 받았다. 여보세요. 나는 그냥 엉엉 울고 싶다는 생각이 들었다. 단순히 서준이 걱정되어서가 아니었다. 이 시골에 남아 있는 나. 어떤 곳에서도 나를 원하지 않았다는 자괴감. 그런 것들이 한 냄비에 몰아넣고 끓인 것을 마신 기분이었다. 역전 찬스 투아웃 상황에 내가 타자였던 상황이 머릿속에 그려졌다. 그때도 딱 이런 기분이었다. 더그아웃에서는 느끼지 못하는 쨍한 햇살을 온몸에 받았다. 햇빛을 흡수하는 아이패치를 붙였는데도 눈이 부셨다. 대회 전날 밤 늦게까지 타격 연습을 하는 바람에 손에 붓기가 올랐고, 물집이 채 낫지 않아 배트를 그러쥔 손이 아렸다. 순간 나는 내가 이 경기의 주인공일지도 모른다고 생각했다. 그러자 쨍하게 내리쬐는 햇볕도 스포트라이트처럼 느껴졌다. 더그아웃 쪽을 곁눈질로 쳐다보았다. 나는 열정적인 응원을 기대했다. 그러나 눈에 보이는 것은, 다음 이닝에 올라올 후배 투수를 다독거리는 코치였다. 고작 1할의 타자가 뭘 하겠어. 후배와 동기들의 눈빛은 무언의 포기를 보였다. 유망한 후배 투수를 다독거리고 있던 그 코치는 내 쪽으로 눈을 돌리지도 않았다. 몸 깊숙이에서 나를 지탱하던 무언가에 금이 갔다. 상대 투수와 눈이 마주친 순간, 투수는 빠른 속도로 공을 던졌고 타격 자세가 무너진 타자가 할 수 있는 일이라고는 무기력한 삼진뿐이었다.

시애틀 매리너스는 마이크 트라웃에게 첫 안타 그리고 첫 사이클링 히트를 주었다. 두 기록 모두가 같은 투수에게서 나왔고, 그 점이 부각되지는 않았지만 야구계 몇몇 인사는 조금 씁쓸해하며 말했다.
"강타자의 기록을 받쳐 주는 것은 어떤 한 투수의 자괴감과 슬럼프지."
실제 그 투수는 마이크 트라웃에게 사이클링 히트를 내준 뒤 계속 부진하더니 부상을 입게 되고 2년간 재활하며 '사이버 투수'라는 조롱 섞인 별명을 얻게 되었다. 복귀한 현재, 그는 평균 자책점 5점의 부진한 성적을 보이고 있다.

벽 한바닥에 잔뜩 그려진 건물들을 바라보았다. 건물들 사이를 스포츠카가 지나가는 그림이었다. 멀리서 진용이 뛰어오는 것이 보였다. 내 옆으로 다가와 숨을 고르던 진용은 눈앞의 그래피티를 보며 감탄했다. 우리는 서로 별다른 말을 하지 않았다. 그러나 진용은 서준에 관한 일을 알고 있는 눈치였다. 모르는 게 이상한 일이었다. 어쩌면 우리 가족만 부정하려고 들었던 일일지도 몰랐다. 이 좁은 동네에서 가출을 감행한 학생은 서준뿐이었고 요즘 서준이 공부를 하기 싫어했던 것도 모르지 않았다. 그런데 그림이라니 너무 뜬금없지 않나. 문득 그런 생각이 들었다. 서준이 그림에 관심을 가진 적이 한 번도 없었으니까.
진용이 그림이 그려진 벽 가까이로 다가갔다. 허리를 숙여 근처에 굴러다니던 페인트 통을 하나 집어 들었다. 진용은 스프레이를 진지하게 살폈다. 마치 범인을 찾는 형사 같은 태도였다. 진용의 바지 뒷주머니에서 핸드폰이 떨어졌다. 재작년에 출시되어 지난해 이맘때쯤까지 유행을 타던 기종이었다. 핸드폰이 떨어진 것이 하필 시멘트 먼지 속이라 핸드폰이 회색으로 뒤덮였다. 액정에 바람을 불어 가루를 털어 내는데 핸드폰이 진동하며 켜졌다. 인터넷 사이트의 알림이었다. 익숙한 이름에 그대로 사이트에 접속했다. 서준의 노트북으로 본, 그래피티를 즐기는 사람들의 사이트였다. 그리고 사이트의 채팅방에는 서준의 이름이 있었다. 진용이 스프레이 페인트를 몇 차례 흔들더니 요령 있는 자세로 코와 입을 막고 벽에 분사했다. 회갈색 페인트였다.

"너 핸드폰 떨어졌더라."

나는 일부러 사이트를 끄지 않고 진용에게 핸드폰을 건넸다. 진용은 놀란 눈으로 나와 자기 핸드폰을 번갈아 보았다.

진용을 남겨 두고 공터를 빠져나왔다. 감정 정리가 필요해 발이 닿는 대로 걸었다. 목적지를 정하지 않고 걸었는데, 정신을 차리고 보면 익숙한 길거리였다. 고등학교 3년의 등교 습관이었다. 학교가 보였고 나는 안을 살폈다. 연습장의 불은 꺼져 있었고 지금 시간에 깨어 있을 선수도 없었다. 연습장의 문을 열었다. 불도 켜지 않고 개인 사물함 안의 배트를 꺼내 들었다. 배트의 곡선은 내게 가장 이상적인 형태였다. 이렇게 늦게 이곳까지 남아 있던 적이 있었나, 하고 생각했다. 대회 전날 억지로 시켜서 하는 운동이었다면 몰라도, 나는 코치나 감독의 마지막 열 번을 감내하지 못했다. 그 마지막 열 번이 거짓말이라는 것을 잘 알고 있었고 참고 배트를 휘두르는 친구들이 뭘 모르는 바보 같은 애들이라고 생각했다.

마지막 열 번 뒤에는 정말 마지막 열 번, 진짜 마지막 열 번, 이젠 정말로 마지막 열 번이 이어졌으니까. 나는 대개 첫 번째 마지막 열 번을 끝내고 나가떨어지는 쪽이었다. 나 이외에도 몇 명 있었다. 우리는 그늘진 곳을 찾아 들어가 연습에 임하는 애들을 비웃었다. 멍청하다고, 저거 해 봤자 얼마나 늘겠냐고. 문 밖에서 누군가의 말소리가 들렸다. 서른 번만 더 하고 자자는 말이 들려왔다. 나는 배트를 정리할 생각도 하지 않고 그대로 학교를 벗어났다.

그리고 다시 공터로 돌아갔다. 진용은 어디로 갔는지 보이지 않았다. 아까 진용이 손에 들고 있던 스프레이 통이 발끝에 채였다. 나는 그것을 집어 들고 세게 흔들었다. 복잡한 마음을 다 뒤섞어 버리고 싶었다. 꽤 먼 거리를 수비한 것처럼 어깨가 아팠다. 과연 내게 재능만 없었던 것일까. 12시가 다 되어 가는 시간이었다. 그 시간에도 연습하러 나오는 후배들을 나는 더 이상 바보라고, 저거 해 봤자 얼마나 늘겠냐고 조롱할 수 없었다. 숨을 내뱉으며 벽에 스프레이를 뿌렸다. 스프레이 속 페인트가 분사되는 소리는 제법 경쾌했다. 조그만 원이 그려졌다. 꼭 우는 것처럼, 페인트가 흘러내렸다. 한참 동안 분사구를 누르다가, 나는 내가 만든 원을 과녁으로 삼고 몇 발자국 떨어져 스프레이 통을 던졌다. 시원하고 시끄러운 소리가 공터를 채웠다. 야구공이 배트에 맞는 소리와 비슷했다. 주머니 속에서 진동이 와 핸드폰을 꺼냈다. 서준에게서 걸려온 전화였다.

서준은 가출한 날과 다른 옷을 입고 있었다. 이젠 집에 돌아올 때가 되지 않았느냐는 말에는 고개를 저었다. 나는 서준의 행동이 단순한 객기인지 혹은 무슨 생각이 있는지 분간할 수 없었다. 서준의 손끝에는 푸른색이 묻어 있었다. 저게 책에서 봤던 인디고블루, 뭐 그런 색인가. 나는 바보같이 눈을 깜빡이며 서 있었다. 그러다 문득 지금 서준을 잡지 못하면 가출 기간이 제법 길어질지도 모른다는 생각이 들었다. 실력 없는 선수 생활을 하면서 야구도 야구가 아닌 것들도 한번 삐끗하기 시작하면 다시 중심을 잡기 힘들다는 사실을 깨달았다.

"서준아."

정말 오랜만에 불러 보는 동생의 이름이었다. 문득 진용의 말이 떠올랐다. 오랫동안 공부만 하니까 지쳤을 것이라는 말. 나는 서준이 느끼는 공부에 대한 압박을 생각해 본 적이 없었다. 무엇이 서준을 가출하게 만들었는지 아직도 감이 잡히지 않았다. 나는 서준이 세운 한계를 가늠해 보았다. 내가 파악하기에는 너무 모호하고 개인적인 일이었다.

"그럼은 네가 그린 거야?"

"……."

"집에 안 갈 거야?"

서준은 아무 말도 하지 않고 고개를 끄덕였다. 이미 짐작하고 있던 사실이어서 그랬는지는 몰라도 담담하게 받아들일 수 있었다. 후에 서준이 받게 될 징계에 대해서는 나중에 고민해 보기로 결정했다. 나는 자리에 주저앉았다. 등에 스포츠카의 바퀴 그림이 닿았다. 먼저 입을 연 것은 나였다. 진용을 아느냐고 묻자, 서준은 긍정했다. 나는 한참 서준을 설득했지만 알아서 들어가겠다는 서준의 고집을 꺾을 수가 없었다. 헤어지기 직전, 서준은 안쓰럽다는 듯이 내게 말했다. 형, 어쩔 수 없는 것들이 분명히 있더라.

마이크 트라웃이 11년, 트리플 A에 있었을 때 그는 전 경기에 출전하기 위해 노력했다. 심지어 하찮은 연습 경기까지도 마이크 트라웃은 참가했다. 단순히 열정만 앞선 것이 아니었다. 그의 특출 난 재능 덕에 관중들은 그에게 밀빌 메테오(Millville Meteor)라는 별명을 붙여 주었다. 그러나 그가 파워에만 의존하는 선수라고 생각해서는 안 된다. 그는 탁월한 주루 센스와 빠른 달리기를 갖췄으며 이는 노력으로만 얻어질 수 있는 능력이다.

감독은 무슨 말 같지도 않은 소리냐며 짜증을 냈다. 이미 모든 공식 절차가 끝난 3학년이 경기에 내보내 달라는 것은 생떼에 지나지 않는다고 했다. 나는 동상이라도 된 것처럼 꿋꿋이 감독실의 책상 앞에 서 있었다. 전 경기를 다 출전시켜 달라는 이야기도 아니고, 딱 한 타석만 세워 달라는 부탁에도 감독은 꿈쩍하지 않았다. 아무리 한 타석이라 해도 내가 서게 된다면 더 잘할 수 있는 누군가의 기회를 한 번 빼앗아 가는 셈이었다. 진작에 좀 열심히 하지. 감독은 혀를 차며 내 머리를 살짝 쥐어박았다. 좋아. 딱 한 타석이야.

학교를 나오자마자 진용을 만났다. 내 쪽에서 먼저 한 연락이었다. 서준과 진용 사이의 일을 자세히 듣고 싶었다. 둘은 그래피티 사이트에서 채팅으로 처음 만나게 되었고, 아주 가끔씩 밖에서 만나 조그맣게 그림을 그리기도 했더랬다. 학교 뒤뜰 담장의 원숭이도 둘의 작품이었다. 진용은 내게 핸드폰을 건네며 말했다.

"나도 서준이 걱정 많이 했어. 걔는 항상 불안해 보였으니까."

서준과의 대화가 화면 가득 떠 있었다. 나는 읽지 않은 채 그대로 핸드폰을 돌려주었다. 나 시합 뛴다. 그 말을 하는데, 왜인지는 모르겠지만 심장이 제법 크게 뛰었다. 진용은 기대하겠다고 말했다.

시합 날, 3학년은 형식적으로 더그아웃에 앉아만 있었다. 나는 거의 대부분 벤치 대기 상태였던 내 모습을 떠올렸다. 더 이상 경기의 긴장감도 느끼지 못할 만큼 주전 자리에서 멀어졌을 무렵에 나는 생각을 비울 수 있었다. 더그아웃에서 관중석과 경기장을 번갈아 바라보면 내가 관중도 선수도 아닌 어떤 중간 다리의 사람인 것 같았다. 아무 곳에도 속하지 못하는 사람.

"우리 꼭 명왕성 같지 않나?"

그때 나와 비슷한 처지의 친구는 어디서 주워 들었는지 그런 이야기를 했다. 태양계에 속하지만 곧 퇴출될 것 같았던, 정말로 퇴출되어 버려 왜소행성으로 구분된 명왕성을 우리와 비교했다.

"명왕성은 한때라도 태양계 별이었고 우리는 그랬던 적 없어."

오히려 유성에 가까웠다. 반짝이는 태양에 가까워질수록 힘을 잃는 유성. 친구는 말을 덧붙이지 않고 멍하니 그라운드를 응시했다. 익숙한 눈빛이었다. 공을 치는 느낌을 나는 누구보다 더 잘 알았다. 타석에 섰을 때 발끝에 느껴지던 긴장감과 땀이 차오르던 축축한 손의 감각이 그리웠다. 더그아웃에서 나는 끊임없이 몸을 풀었다. 한 타석의 기회가 언제 찾아올지 몰랐다. 전날 밤 나는 트라웃의 타격 영상을 자기 전까지 시청했다.

고작 네 개 학교가 참가하는 도 대회였다. 이것이 내 은퇴 대회나 다름없었다. 7회 말이 시작되었을 때 감독이 나를 불렀다. 준비해라. 보호구를 착용하고 관중석을 한번 바라보았다. 서준과 진용뿐만 아니라 온 가족을 초대한 경기였다. 멀리서 아주 조그맣게 익숙한 얼굴들이 보였다. "대타, 유서형." 장내 아나운서의 말과 함께 나는 타석 위로 올라갔다. 투수가 어깨를 두어 번 돌리며 몸을 풀었다. 송진 쿠션을 만지작거리고 투수는 공을 던질 자세를 취했다. 빠르고 묵직한 타구가 몸 안쪽으로 날아왔다. 1구, 스트라이크. 나는 하체를 좀 더 꽉 고정시키고 배트를 고쳐 쥐었다. 나는 트라웃과 비슷한 내 특유의 타격 자세를 유지한 채 세게 배트를 휘둘렀다. 그러나 공은 내 배트 밑을 절묘하게 빠져나갔다. 2구, 스트라이크. 마지막 공일 확률이 컸다. 포수와 몇 차례 사인을 주고받더니 투수는 아까와 다른 자세를 취하고 공을 던졌다. 공은 긴 꼬리를 가진 유성처럼 내 쪽으로 날아왔다. 조금 엉성했지만 타구가 제대로 맞아 들어갔다. 공은 높이, 아주 멀리 뜬 채 날아갔다. 나는 서준을 곁눈질했다. 가족과 애매한 거리를 유지한 채 앉아 있던 서준은 어느새 내 공이 날아가는 모습에 열광하고 있었다.

공이 햇빛과 겹쳐져 잘 보이지 않았다. 나는 눈을 감아 버렸다. 동시에 커다란 함성 소리가 들렸다. 나는 그것이 우리 편의 것인지 상대편의 것인지 가늠할 수 없었다. 눈을 뜨기 직전에, 나는 다시 배트를 놓고 싶지 않다는 생각을 했다. 실력은 없을지라도 마지막 기회는 잡고 싶었다.

"트라웃 씨, 뛰어!"

서준의 목소리였다. 타구는 펜스를 맞고 절묘하게 경기장 중간을 굴렀다. 내가 1루를 밟자 코치가 팔을 돌리며 2루까지 뛰라고 소리쳤다. 이를 악물고 2루를 향해 달렸다. 명왕성. 나는 친구가 했던 말을 다시 상기했다. 그때 나는 내가 어디에도 속해 있지 못했다고 생각했다. 그건 공부를 포기하려 했던 서준도 목적지를 알지 못하는 진용도 마찬가지였다. 우리는 어딘가에 안정적으로 속해 있고 싶은 사람들이었다. 프로 구단의 신고선수로라도 들어가 볼까. 안 봐도 뻔하다고 누군가는 말하겠지만 나는 이제 모든 결말을 겪을 준비가 된 상태였다. 2루 베이스를 밟자 사람들이 짧은 박수를 보냈다. 수많은 마지막을 향해 출발하라는 신호탄 같았다.

우리는 (   )를 죽였다

담양여자중학교 3
김서은

*

"야, 이거 어때?"

윤식이 내 코앞으로 칼을 들이밀었다. 딱히 의도하고 나를 겨냥한 건 아닐 테지만 어쩐지 기분이 묘했다.

"치워. 새끼야."

나는 잘 포장된 칼을 손으로 밀어냈다.

"뭐야, 보지도 않고. 기정이는 학원 때문에 오지도 않아, 같이 하겠다는 너는 관심도 없어……."

윤식의 중얼거림이 끝도 없이 이어졌다. 저런 새끼가 여친이 있다는 것도 의문이야. 나는 자주하는 생각을 다시 곱씹었다. 주방용품 코너에는 번쩍거리는 칼들이 잔뜩 진열돼 있었다. 누구의 손에 들어가느냐에 따라 용도가 아주 달라지는 위험한 물건. 한 번도 쓰지 않은 칼날이 조명을 받아 번뜩였다.

"장미칼은 없냐? 존나 센 걸로 따지면 장미칼이 제일이잖아."

"하긴, 그게 좀 아쉽네. 장미칼이었으면 좋았겠다."

우리는 실없는 농담을 주고받으며 칼들 사이를 거닐었다. 크기는 가방에 숨겨도 안 걸릴 정도, 날카로우면 날카로울수록 좋다. 한 번에 꿰뚫어서 다시는 살아남을 수 없게 만들어야 한다. 그런 면에서 커터 칼은 너무 약하다. 적당히 크고 많이 날카로운 것. 나는 눈에 띄는 칼을 하나 집었다.

"이거 괜찮지 않냐?"

윤식은 칼을 건네받더니 자신의 가방에 대고 크기를 재 봤다. 딱 알맞은 사이즈였다. 나는 칼 사진을 찍어 단톡방에 전송했다. 1은 금방 사라졌다.

　　—지ㄴ짜 할ㄹㅓ고ㅠ?

학원 선생님 몰래 카톡을 보내는지 오타가 장난이 아니었다. 진짜 할 거냐고? 당연하지.

응, 이라는 글자를 찍어 보냈다. 우리의 각오가 서려 있는 한 글자가 액정에 단호하게 떠올랐다. 윤식이와 나는 서로를 마주보며 만족스럽게 웃었다. 기정이가 이 순간을 함께했으면 좋겠지만, 그 학원충 새끼는 슬프게도 학원에 처박혀 있었다.

약 일주일 전, 우리는 항상 그렇듯 학교에 남아 나머지 공부를 하고 있었다. 아니, 정정하겠다. '우리는'이 아니라 나와 윤식이는. 기정이는 학원을 째겠다고 선언하고 우리를 기다리는 중이었다. 적막한 교실을 울리는 조용한 숨소리와 연필이 스치는 소리. 내가 내뱉는 간헐적인 욕설. 씨발, 이차함수 좆같네. 전혀 이해가 되지 않는 공식들이 교과서 군데군데에 널브러져 있었다. 나는 지뢰를 피하는 패잔병처럼 글자 사이를 건너뛰며 연필을 놀렸다.

"짜증 나."

윤식이가 피곤함이 가득한 목소리로 불만을 말했다.

"이걸 언제까지 해야 하는지 모르겠어. 차라리 이 시간에 알바를 하겠다."

"인정."

나는 연필 끝을 잘근잘근 씹으며 윤식이의 말에 동의했다. 알바는 눈에 보이는 보상이라도 있지. 일하면 돈이 들어오고, 편의점에서는 폐기 삼각김밥도 먹을 수 있다. 그러나 공부라는 건, 언제나 밑 빠진 독에 물 붓기 같은 느낌이었다.

"맞아."

조용히 핸드폰만 만지던 기정이가 입을 열었다. 나와 윤식이는 동시에 기정이를 쳐다봤다.

"고등학교도 어디로 가야 하는지 모르겠고, 애초에 내가 뭘 알고 있었는지도 모르겠고, 그냥 다가올 일이 무섭다는 생각을 자주 해. 가끔은 숨이 막히는 것 같아서."

차분하게 가라앉은 목소리였다. 대답할 말을 찾았지만, 도무지 찾을 수가 없었다. 나도 알아. 나도 그게 뭔지 알아. 아무것도 모르는 하루살이가 된 느낌. 내일이 무슨 의미가 있을까 생각하기도 해. 머릿속에선 하고 싶은 말이 길게 이어졌다. 그러나 하나도 입밖으로 꺼낼 수 없었다. 교실 안은 전보다 더 조용했다. 시곗바늘의 걸음 소리까지 전부 들을 수 있었다. 나는 빈 여백에 의미 없는 낙서를 끼적였다. 연필이 닿는 자리마다 검정이 묻어서 마침내 손바닥만 한 공간이 온통 검어졌을 즈음, 기정이가 손을 뻗어 나와 윤식이의 수학책을 덮었다.

"너네, 이차함수 엿 같지 않냐?"

그게 이 일의 시작이었다.

우리는 이차함수를 죽이기로 했다. 가장 빠르고 정확하게. 가장 날카롭고 섬세하게. 그리고 가장 통쾌하게. 우리는 이차함수를, 죽이기로 했다.

*

결전의 날은 금방 다가왔다. 일이 망하지 않기를 빌며 나는 애써 학교로 걸음을 옮겼다. 그림자가 발밑에서 질질 끌리는 기분이었다. 긴장이 목젖을 타고 넘어갔다.

학교에 도착하자마자 바로 기정이를 찾았다. 기정이는 도서실에 있었다. 작은 책을 들고 소파에 기대앉은 모습이 마치 한 편의 화보 같았다. 옆에 윤식이가 안쓰러울 정도로. 나는 바닥에 양반다리를 하고 자리를 잡았다.

"오늘 어떤 시간이 좋을 것 같아?"

기정이가 물었다.

"좀 빨리 하는 게 나을 것 같은데."

나는 대답했다. 우리는 언제 그 일을 할 것인가, 에 대해 이야기를 나눴다.

"나는 빨리 하는 게 좋아. 학교 내내 이 가방 안고 다니는 거 불

240

안하다고."

"윤식아, 평소에 담배 숨기는 열정으로 가지고 다니면 되지 않냐?"

"청소 시간 어때? 어차피 너희가 성실하게 청소하는 애들도 아니고."

"나쁘지 않은데. 청소 시간에 서편 창고면 아무도 없잖아."

청소 시간, 서편 창고, 나는 망을 보고, 기정이는 수학책. 윤식이는 '물건'을 챙긴다. 실행은 기정이가 하겠다고 했다. 우리는 청소 시간 종이 치고 바로, 서편 창고로 모인다. 가는 도중 수상해 보여서는 안 되고, 우리가 모인다는 걸 들켜서도 안 된다.

"혹시 잘못되면 옥상에서 모이자."

일이 잘못될 경우 어떻게 해야 할까, 라는 질문에 윤식이가 자신 있게 대답했다.

"옥상, 괜찮기는 한데 잠겨 있지 않냐?"

"나한테 열쇠 있어."

윤식이가 웃으며 열쇠를 흔들었다. 나는 짤랑거리는 쇠붙이를 쳐다봤다.

"대체 어디서 났냐?"

"음…… 서진이가 옥상을 좋아하거든."

윤식이가 웃었다. 기정이가 소파 쿠션을 윤식이에게 던졌다.

"미친놈."

"아니, 그런 게 아니야."

윤식이는 억울하다며 변명했다. 도대체 그런 게 뭔데? 우리는 잠깐 실없는 주제로 말다툼을 했다. 나는 박수를 쳐서 의미 없는 논쟁을 마무리했다.

"어쨌든, 조심하자."

나와 기정이, 윤식이는 조용히 주먹을 맞댔다. 주사위는 던져졌다. 아니, 주사위는 깨졌다. 이제 더 이상 던질 수조차 없다.

식상한 표현이지만, 시간은 쏜살같이 흘러갔다. 불안함이 시간의 등을 떠밀었다. 늘 그렇듯이 선생님은 외계어로 수업을 하고, 나는 졸지 않으려 안간힘을 썼다. 비슷한 과정을 다른 과목마다 반복하다 보니, 어느새 청소 시간이 가까워져 있었다. 아, 젠장. 어떻게 하나. 맥박이 피부를 뚫고 나올 것 같았다.

6교시의 끝을 알리는 종이 쳤다. 심호흡을 한번 했다. 혹시나 수상해 보일까 봐 빗자루를 하나 챙겨 들고 복도로 나왔다. 걱정이 무색하게도 아무도 나에게, 좆도 신경 쓰지 않았다. 왠지 씁쓸했다. 곧장 서편 창고로 향했다. 도색이 다 떨어져 가는 낡은 회색 문을 밀었다. 묵직한 소리를 내며 문이 밀렸다.

"왔냐?"

어둠 속에서 기정이의 목소리가 들렸다. 나는 핸드폰을 꺼내 불빛을 비췄다.

"윤식이는?"

"아직 안 왔어."

"걔가 제일 중요한 거 가지고 있잖아. 미친놈. 근데 지가 늦으면 어떡해."

플래시에 의지해서 수학책을 대충 넘겨 봤다. 와, 미쳤네. 최기정. 진짜로 선생님 책을 들고 오냐. 선생님의 필체가 눈앞에 어른거렸다. 수학 수업을 하는 상열이의 목소리가 들려오는 것 같았다. 어쩐지 소름이 돋았다. 심호흡을 하며 천천히 수학책을 짚어

봤다.

삐거거거거걱, 긴 문소리와 함께 윤식이가 등장했다. 품에 가방을 소중하게 안고 있었다.

"왜 이렇게 늦었어?"

기정이가 윤식이를 추궁했다. 윤식이는 달려왔는지 잠깐 숨을 골랐다.

"중간에 서진이 만나서."

"미친놈."

윤식이가 머리를 긁적이며 웃었다. 지 여친 때문에 거사를 말아먹을 뻔한 놈치고는 해맑은 웃음이었다.

"빨리 시작하자."

윤식이는 가방에서 칼을 꺼냈고, 기정이는 서둘러 칼을 잡았다. 한 번도 쓰지 않은 날붙이가 스마트폰 빛 아래서 빛났다. 나는 수학책을 눌러 폈고, 기정이는 칼끝을 이차함수에게 향했다. 하얀 종이에 듬성듬성 인쇄된 검은 숫자. 다른 교과서에 없는 교사용, 이란 글자. 먼지마저도 경건하게 가라앉은 창고. 기정이는 망설이지 않고 힘을 실어 팔을 내렸다. 질퍽.

소름 끼치게.

빠른.

끝.

끝이었다. 침묵이 비명을 질렀다. 기정이가 칼을 뽑자, 얼굴에 이차함수의 잔해가 튀었다. x, p, q 뜻을 잃어버린 문자들이 뺨을 타고 흘렀다. x축과 y축이 산산이 부서졌다. 교복에 얼룩이라도 남으면 큰일이다. 서둘러 손으로 이차함수의 흔적을 훔쳤다. 의미 불명의 문자와 머리를 쪼아 댔던 공식과의 이별. 이렇게나 쉬운 것이었는데. 어째서.

기정이는 칼과 수학책을 윤식이의 가방에 집어넣었다. 대충 옷매무새를 정리하고 물티슈로 피부에 남은 얼룩들을 닦아 냈다. 물티슈엔 진한 검정이 묻어 나왔다. 서로의 모습을 한 번 더 점검했다. 멀쩡하다. 이제 나가기만 하면 된다. 나는 육중한 회색 문을 살짝 밀었다. 햇빛 한 줌이 겨우 들어오는 틈 사이로 바깥이 보였다. 청소 시간이 얼마 남지 않았다. 7교시 수업을 제시간에 들어가지 않으면 의심받을 거다. 나는 문을 조심스럽게 열었다. 수업에 들어가려면 미친 듯이 달려야 힘겹게 세이프다. 완전 범죄를 위하여. 나는 바깥세상으로 발을 디뎠다.

*

이차함수는 죽었다. 우리는 어제 이차함수를 죽였다. 그래도 교실은 어제와 달라진 게 없었다. 열과 행을 맞춘 책상, 텁텁한 아침의 미세 먼지. 아무것도 변한 게 없어서 어제 창고에서 있었던 일이 마치 꿈처럼 느껴질 지경이었다. 바뀐 건 교실의 분위기뿐이다. 기묘하다, 라고 표현할 수밖에 없는 공기. 웃지 못하는 기쁨. 호기심, 걱정스러움. 아이들의 얼굴에 드러난 감정은 제각각이었다.

진짜야? 어, 정말로. 이차함수 살해당했다고. 나도, 교무실 갔는데 선생님들 장난 아니더라. 잡히면 최소 정학이다. 근데 좀 좋지 않아? 나 진짜 힘들었는데. 인정. 다들 그렇게 생각할걸. 말을 못 꺼내는 것뿐이지.

아이들의 수군거림이 순간순간 고막에 닿았다. 현실이구나. 아직도 뺨에 그것의 잔여물이 남아 있는 듯해서, 나는 괜히 교복 소매로 뺨을 문질렀다.

"평소처럼 행동해. 들키지 않게."

기정이의 당부를 생각했다. 빌어먹을. 내가 제일 못하는 게 표정 관리란 말이다. 애들의 말 한마디 한마디가 나를 겨냥한 것 같았다. 나는 시선을 바닥으로 떨어뜨렸다. 문이 거칠게 열렸다. 아이들이 한순간에 조용해졌다. 잔뜩 굳은 얼굴의 담임이 교실로 들어왔다. 교실의 분위기는 빠르게 침몰했다.

"'그 일'은 모두 들어서 알고 있을 거라 생각한다. 범인은 확실히 잡을 거다. 자수해도 봐주지 않을 거야. 그래도 선생님 개인적으로는 오늘 안에 말하는 편이 나을 거라 생각한다."

자수, 안 할 겁니다. 그리고 안 잡힐 겁니다. 나는 속으로 중얼거렸다. 절대로 잡힐 일은 없었다. 우리를 본 사람도 없고, 증거도 없다. 나와 윤식이는 용의선상에 오르겠지만 어차피 심증뿐이니까 괜찮다. 이제 이차함수는 없다. 혓바닥에 문장을 올려놓고 다시 한번 조심스레 굴렸다. 이제 이차함수는 없다. 상쾌한 기분이 마치 박하사탕을 먹은 듯했다.

학교는 침울했다. 선생님들은 잔뜩 굳어 있었고 아이들은 선생님의 눈치를 봤다. 4교시 수학 시간은 숨도 못 쉴 지경이었다. 상열이는 꼭지가 돈 것 같았다. 아이들은 도를 넘은 폭언에 얼굴을 굳혔다.

"새끼들이, 선생님을 우습게 봐? 빠져 가지고. 집에서 뭘 보고 배우는지 알 것 같다. 너네도 자식이라고 낳고 좋아하셨겠네. 기껏해야 볼 것도 없는 공고, 상고 가서 지방 아무 대학 나온 백수나 될 놈들인데."

미안합니다. 아무 타격도 없었습니다. 나로선 거의 매일 듣는 말이어서 식상할 뿐이었다. 펼쳐진 수학책에는 이차함수가 없었다. 그저 그것의 흩어진 잔해만 남아 있었다. 종이 위에서 흐르고 터져서 형태조차 알아볼 수 없는. 불쌍하다는 생각은 들지 않았다. 어깨 스트레칭을 했다. 계속 긴장 상태여서 그런지 어깨가 딱딱하게 굳어 있었다. 오늘 하루를 넘어간다고 괜찮아지진 않을 것이다. 선생들은 계속 범인을 찾으려 들겠지. 그러나 후회되지는 않았다.

4교시의 끝을 알리는 종이 쳤다. 평소 같았으면 뛰어갔을 아이들은 느릿느릿 급식실로 걸음을 옮겼다. 기정이는 밥을 먹지 않을 생각인 것 같았다. 책상에 푹 엎드려 있는 모습이 힘이 없어 보였다. 현미밥, 미역국, 시금치나물, 김치치즈계란찜. 어딘가 초현실적인 급식 메뉴. 나는 밥을 먹지 않기로 했다.

기정이 옆자리에 자리를 잡았다. 학교에서 누워 있는 놈이 아닌데, 어디 아픈가. 나는 기정이의 머리를 두어 번 토닥였다.

"아프냐?"

"안 아파, 머리에서 손 치워라."

"안 아프다는 새끼가 그러고 엎드려 있냐."

기정이가 부스스 몸을 일으켰다. 교실은 마법처럼 조용했다. 시간이 멈춘 것 같았다. 침묵, 침묵, 침묵, 침묵. 그리고 마침내 기정이가 입을 열었다.

"그냥, 뭔가 허탈해서."

아래로 가라앉은 짧은 문장.

"이렇게나 쉬운 거였는데."

나는 동의하는 의미로 고개를 끄덕였다.

"윤식이한테 전화나 해 볼까."

"그래, 그 새끼도 밥 다 먹었을걸."

가방 앞주머니에서 핸드폰을 꺼냈다. 단축 번호 3번, 익숙한 신호음이 몇 번 가고.

— 왜?

윤식이의 목소리가 스피커를 타고 넘어왔다. 핸뺌통화를 켜서 그런지 소리가 유독 컸다.

"뭐하고 있냐?"

— 나…… 어…… 그게…….

윤식이가 이상하게 말끝을 흐린다. 나와 기정이는 동시에 얼굴을 찌푸렸다. 말하지 않아도 알 것 같다.

"담배 피우러 갔지."

— 아니, 그게 점심이 너무 맛이 없어서…….

"담배 피우면 빨리 뒈진다고."

— 너희는 흡연자의 고통을 몰라…….

"흡연자의 고통? 어디서 그런 개소리를 들이밀어? 아, 김윤식, 이 새끼 골 때리네. 그러다 걸리면 진짜 큰일 날 건데. 지금 선생님들 분위기로 봐서는 윤식이 친구의 사돈의 팔촌까지 조질 거 같다고."

— 미안해. 근데 진짜 안 걸릴게. 식후빵이 너무 급하다고, 지금.

걸어가면서 말하는 건지 윤식이가 내뱉는 단어들이 떨렸다. 목소리에 바람 소리가 섞여서 들려왔다. 기정이가 길게 한숨을 뽑아 냈다.

"솔직히 윤식이는 한번 걸려 봐야 돼. 그래야 안 피우지."

"동의한다."

나와 기정이가 작게 나눈 대화가 들렸는지 윤식이가 스마트폰 너머에서 밝게 말했다.

—걸릴 일 없거든. 건강 걱정해 준 건 땡큐.

윤식이가 갑자기 말을 멈췄다. 주머니에 휴대폰을 집어넣는 것 같은 바스락거리는 소리가 크게 울렸다. 희미하게 말소리도 나는 것 같은데 정확하지가 않았다.

"뭐야, 뜬금없이."

나는 스마트폰을 툭툭 쳤다. 기정이가 내 손에서 스마트폰을 뺏어 들어 통화 음량을 최대로 올렸다. 뭉개져서 들렸던 소리들이 선명하게 모양을 드러냈다.

—김윤식, 이 새끼가, 빨리 안 와?

스마트폰 건너에서 신경질적인 여자 목소리가 들려온 순간 깨달았다. 저 목소리는, 과학 B 쌤이다. 걸렸구나. 삼가 김윤식의 명복을 빌겠습니다.

—아아아아아, 선생님 귀, 귀 잡지 마세요. 아파요!

몸을 격렬하게 움직이는지 부스럭 소리가 심하게 들렸다. 김윤식의 비명이 교실에 울렸다. 그러니까 진작 말 좀 듣지. 기정이가 중얼거렸다. 나는 녹음 버튼을 눌렀다. 평생 흑역사 생성이네. 녹음해서 알람으로 써야겠다. 나와 기정이는 마주 보며 낄낄댔다.

—아픈 줄 아는 새끼가 학교에서 담배를 피워? 미쳤구나!

—아니, 그게, 귀, 귀 아파요!

— 교무실에서 한번 이야기나 나눠 보자.

— 아아아아, 선생님, 그, 그게 아니라.

— 아니긴 뭐가 아니야? 가방 줘. 가방 빨리 안 줘?

잠깐, 가방이라고? 나와 기정이는 서로를 마주 봤다. 윤식이의 고통에 웃고 있을 때가 아니었다. 불안한 상상에 손이 떨렸다.

"야, 김윤식 가방에…… 칼…… 있지 않았냐?"

"아마도."

"김윤식 그 새끼가 칼을 버렸을까?"

"절대 아니야."

가방에 들어 있는 말보로 한 갑은 문제도 아니다. 그 가방에는, 그 가방에는, 오, 씨발.

"뛰어!"

기정이가 다급하게 외쳤다. 우리 둘은 동시에 의자를 박차고 교실을 나왔다. 김윤식 성격상 칼을 버렸을 리가 없었다. 절대 안 들킬 거라고 자신했는데. 오늘따라 복도에 아이들이 많았다. 어깨가 계속해서 부딪혔다. 사과할 정신도 없이 계속 뛰었다. 계단을 내려가는 발걸음이 꼬인다. 숨이 혀뿌리까지 차올랐다. 안돼안돼안돼안돼안돼안돼안돼. 절대 안 돼.

"우리 계획은 있냐?"

계단을 세 칸씩 뛰어넘으며 기정이에게 물었다.

"과학 B 쌤이 방송부 담당이지?"

기정이의 대답이 끝나기가 무섭게 우리는 방향을 틀었다. 방송실은 그다지 멀지 않은 곳에 있었다. 우리는 금세 방송실에 입성할 수 있었다.

너무 급하게 뛰었는지 머리가 띵하니 어지러웠다. 나는 눈을 가늘게 뜨고 흔들리는 세상을 쳐다봤다. 방송 기기가 모서리 구석구석에 자리를 차지하고 있었다.

"이제 뭘 어떻게 해?"

기정이의 당황한 표정이 눈에 들어왔다. 나는 의자를 빼서 방송기기 앞에 앉았다. 전원 버튼을 눌렀다.

"다룰 줄 알아?"

"이렇게 생겨 먹었어도 내가 방송부 경력이 있지."

빨간불이 깜빡이며 들어왔다. 교내 전체로 범위를 설정했다. 이제 우리의 목소리가 전교에 들릴 거다. 시간이 없다. 교무실에 들어가기 전에 뭐라도 말해야 한다. 통화가 끝나지 않은 휴대폰에서는 윤식이의 울먹이는 목소리가 들려왔다. 아직 가방을 열어 보기 전인 것 같았다. 나는 조용히 목을 가다듬었다.

"기정아, 뭐라고 할까?"

"빨리 그냥 뭐라도 말해. 제일 충격적인 거, 이걸 들은 선생님들이 여기로 올 수 있는."

나는 숨을 들이쉬었다. 내가 아는 가장 충격적인 것, 가장 눈길을 끌 수 있고, 결국엔 말해야 하는 것. 나는 마이크에 입술을 대고 소리를 질렀다.

"이차함수를 죽인 건 나다! 그리고 혹시 잘못되면 서진이의 핫플레이스에서 만나자!"

교내에 내 목소리가 커다랗게 울렸다. 비정상적으로 심장이 빨리 뛴다. 잠시 동안의 정적. 스마트폰 너머에서 윤식이가 대답한다.

—열쇠 들고 간다. 동호야!

다시 부스럭거리는 소리. 스피커가 소란스럽다. 기정이가 눈을 크게 뜨고 나를 쳐다봤다. 경악한 표정. 괜찮아. 내가 한 거야. 나는 작게 기정이에게 중얼거렸다. 입술을 지그시 깨문 기정이가 나를 밀쳤다. 아직 꺼지지 않은 마이크에 기정이가 입을 댔다.

"나도 있다. 윤식아, 거기서 만나자."

기정이의 나직한 목소리. 마찬가지로 전교에 퍼진다.

"괜찮겠어?"

기정이에게 조심스럽게 물었다.

"더 이상 나쁠 게 뭐가 있겠어."

기정이가 입꼬리를 끌어올렸다.

방송실 바깥에서 소음이 들렸다. 바닥이 쿵쿵거리며 울렸다. 잔뜩 화가 난 것 같은 학주의 목소리. 기정이가 내 소매를 끌어당겼다.

"가자, 옥상으로."

나는 방송실에 놓인 소화기를 집었다. 문이 덜컹덜컹 흔들린다. 선생님들이 고래고래 소리를 지른다. 윤식이가 옥상은 잘 마크하고 있겠지. 기정이가 문을 열어젖힌다. 동시에 나는 안전핀을 뽑는다. 엿이나 먹으라지. 하얀 가루가 무차별적으로 뿌려진다. 선생님들의 멍한 얼굴이 뿌연 연기 속으로 사라졌다. 콜록거리는 소리, 귓가에 꽂히는 욕설, 난장판이다. 나는 레버를 당기고 호스를 휘둘렀다. 앞이 보이지 않았다.

"죄송합니다!"

나는 선생님들께 심심한 사과의 말을 전했다. 기정이와 나는 연기를 헤치고 복도를 달렸다. 선생님들은 금방 희뿌연 분말 속을 빠져나와 따라붙었다. 분말이 머리에 치덕치덕 붙은 모양이 10년은 늙어 보였다. 나는 소화기를 복도에 집어던졌다. 소화기는 충실히 굴러가서 국어 쌤의 발을 걸었다. 국어 쌤은 균형을 잃고 넘어졌다. 속으로 죄송합니다, 라고 다시 한번 중얼거렸다.

옥상으로 가는 길은 멀었다. 나는 의자 여섯 개, 책상 세 개, 교장이 아끼는 트로피와 교감이 아끼는 난초 화분을 바닥에 던져서 선생님들의 앞길을 방해했고, 엘리베이터 쪽에서 소화기를 하나 더 터뜨렸다. 옥상에 도착했을 때는 따라붙는 선생님이 한 명도 없었다. 일부러 이리저리 옮겨 다녀 목적지가 어딘지 모르게 했다. 잠시 동안이라도 선생님들을 피할 수 있을 것이다. 그들이 서진이의 핫플레이스가 어딘지 알 리가 없다. 나와 기정이는 옥상 문을 두드렸다. 달칵, 잠금 장치를 푸는 소리가 나고 문이 열렸다. 천장도, 벽도 없는 옥상에서 윤식이가 웃고 있었다.

"서진이의 핫플레이스라고 했니, 동호야?"

윤식이의 킥킥대는 소리에 어쩐지 얼굴이 달아올랐다. 아, 쪽팔려. 우리는 옥상으로 발을 내디뎠다.

*

옥상 한가운데서 하늘을 올려다본다. 하늘은 지나치게 하늘색이어서 눈이 아프다.

"이제 어떻게 할까?"

"자살 소동이라도 벌이자."

"그럼 더 혼날 것 같은데."

짧은 대화는 금세 끝난다. 우리는 침묵 속에 가만히 누워 있다.

더 이상 할 수 있는 게 없다. 학교는 빠르게 원래 상태로 돌아갈 것이다. 불안감을 가르치고 두려움을 시험 보겠지. 우리는 아무엇도 바꿀 수 없다. 무력감이 바람과 함께 불어온다.

쾅. 쾅. 쾅.

누군가 옥상 문을 세차게 두드린다. 선생님들이 벌써 온 걸까? 우리는 숨소리조차 내지 않는다. 쾅. 쾅. 쾅. 문 두드리는 소리 너머로 여자애의 목소리가 들린다.

"윤식아! 문 열어. 나야."

서진이다. 윤식이가 재빨리 달려가서 문을 연다. 서진이가 옥상으로 들어온다.

"우리가 왔어."

옥상 문 밖에는 서진이만 있는 게 아니다. 문 밖에 서 있는 사람들이 보인다. 문 밖에 서 있는 학생들이 보인다. 문 밖에 서 있는 '우리'들이 보인다. 한 명씩 옥상으로 발을 딛는다. '우리'들은 계속, 계속 옥상으로 들어온다. 나와 기정이, 윤식이는 멍하니 그 모습을 보고 있다. 옥상이 가득 찬다.

"거의 전교생인 것 같지?"

"아마도."

나는 옥상 구석에서 책상을 끌어다가 한가운데 놓는다. 책상에 올라서자 시야가 넓게 트인다. 나는 책상 위에 서서 소리친다.

"우리가 이차함수를 죽였어."

저쪽에서 누군가가 말한다. 괜찮아. 그런데 그냥 원소기호를 죽이지 그랬어, 다른 누군가가 그 말을 받아친다. 확실히, 원소기호 짜증 나지. 기왕 죽인 김에 사회 단원 평가도 죽여 버리자.

우리는 죽여야 할 것들에 대해 생각한다.

국어 쌤의 너무 많은 깜지, 성적순으로 마감하는 캠프, 조리 실습 없는 기가 수업, 도무지 차이점을 알 수 없는 반어와 역설, 담임의 이해하는 척, 역사 쌤의 재미없는 농담, 엿 같은 8시 등교, 교장 쌤의 끝없는 훈화, 구색만 갖춘 학교 폭력 설문 조사, 보건 쌤이 없는 보건실, 교무실의 너무 많은 음식물 쓰레기, 맛없는 급식, 우리가 설거지해야 하는 쌤들의 컵, 휴지 없는 화장실, 염색도 파마도 안 되는 교칙, '학생다운'이라는 수식어, 뛸 수 없는 복도, 감동 없는 생식과 발생, 인문학 서적만 가득한 도서실, 부직포로 만든 마이, 수행평가 행진, 손톱만 한 방학, 나머지 공부, 늘 써야 하는 체험 학습 보고서, 식상함의 극치를 보여 주는 학교 교가, "가만히 있어라."라는 정신 나간 말들, 쉬는 시간 종소리를 못 듣는 영어 쌤의 청력, 한없이 늘어지는 종례, 우리의 의견 따윈 없는 당신들의 천국.

우리들의 말은 끊임없이 이어진다. 영원히 끝나지 않을 것 같다. 차라리 우리가 죽어 버리는 게 빠르겠는데, 누군가 우울한 목소리로 말한다. 그렇게 말하지 말라고 내가 답하려는 순간, 옥상 밖에서 시끄러운 소음이 들린다. 분명 선생님들이다. 옥상 문이 거세게 흔들린다. 아이들은 순식간에 조용해진다. 밖에서 들리는 소리가 너무 커서, 우리들의 소리는 아무래도 묻힐 것 같다. 하지만……

나는 씩 웃으며 소리친다. 문 밖에서 들리는 소리보다 훨씬 크게 외친다.

괜찮아, 우리는 '우리'니까 괜찮아.

투 비 컨티뉴

담양여자중학교 3
김서은

갑자기 국수가 먹고 싶었다. 문밖에서 엄마가 문고리를 덜컹거렸다. 뭐라고 큰 소리를 내는 것 같았지만 들리지 않았다. 불합격, 모니터에 새겨진 글자는 너무 분명했다. 모든 감각이 아득히 멀어졌다. 그리고 거짓말처럼 배가 고팠다. 내가 온 중학교 생활을 바쳐 준비했던 과학고가 날 거부한 순간이었다. 그런데도 너무 배가 고팠다. 따듯하게 말아진 국수, 그냥 국수가 먹고 싶었다. 달칵, 엄마가 결국엔 열쇠를 가져와 문을 열었다. 컴퓨터를 보시더니 말을 더듬거렸다. 엄마 눈에 고인 물기가 형광등에 어른거렸다. 나는 여전히 배가 고팠다.

엄마는 내가 과학고에 붙을 거라고 확신했던 것 같다. 그런 게 아니면 친척들과 약속을 잡아 놓을 이유가 없다. 나는 거실로 나가지 않았다. 날 배려하기라도 하는 듯, 친척들의 말소리는 작년

추석 때보다 배는 조용했다. 눈물이 나오질 않았다. 그저 모든 것이 꿈결 같았다. 내 책상 옆 책꽂이에는 문제집이 빽빽하게 꽂혀 있었다. 잘 정렬된 책등이 어지러웠다. 얼마 전까지 나는 저 책들을 만졌다. 페이지 어딘가에 날 붙잡는 무엇이라도 있는 것처럼. 심장이 잔뜩 조였다 풀어졌다, 나는 몇 번 숨을 들이쉬었다. 뭘 어떻게 해야 할지 알 수가 없었다. 누군가 방으로 다가오는 듯, 발소리가 들렸다.

"들어가도 되니?"

삼촌이 조심스레 노크를 하며 물었다. 고졸, 저소득 직장, 행동에서 가끔 보이는 못 배운 티. 아빠는 삼촌을 썩 좋아하지 않으셨다, 나도 지금은 삼촌의 방문이 달갑지 않았다.

"들어오세요."

열린 문틈 사이로 치킨 냄새가 들어왔다. 점막에 달라붙는 자극적인 향에 인상을 찌푸렸다. 또다시 배가 고팠다. 삼촌은 내 침대에 걸터앉았다.

"음…… 괜찮니?"

"뭐가요?"

내 퉁명스러운 말투에 상관하지 않고 삼촌은 계속 말을 이었다.

"과학고 떨어진 거 말이다."

"괜찮을 리가 없잖아요."

"그래……."

방 안 공기에 덧씌워지는 정적. 분자 하나하나가 목을 조여 오는 것 같았다. 도저히 그 조용함을 견딜 수 없어서, 나는 필통에서 커터 칼을 꺼내 연필을 깎기 시작했다. 사악, 사악, 사악, 탁탁탁. 적당량의 소음에 불편했던 기분이 조금 나아지는 듯했다. 삼촌은 우물쭈물하더니 다시 입을 열었다.

"그…… 뭐냐…… 이게 인생의 전부는 아니고…… 또……."

틀에 박힌 훈계. 나는 계속해서 연필을 깎았다. 사악 탁, 삼촌도 사악, 실패를, 탁, 많이, 사악사악, 경험, 탁, 말 사이로 끼어드는 소리가 거슬렸는지 삼촌이 침대에서 일어났다.

"저기, 서진아? 삼촌 말 듣고 있니?"

어깨에 턱, 하니 올려지는 투박한 손. 커터 칼의 궤도가 바뀌는 건 한순간이었다. 나뭇결을 도려내던 칼이 손가락의 살을 크게 베어 냈다. 아픔이 신경을 타고 찌릿하게 전해졌다. 방금 생긴 상처에서 피가 났다. 삼촌은 나보다 더 당황한 것 같았다.

"서진아? 미안해. 아니 그게 삼촌이…… 손가락 어떡하니……."

삼촌은 횡설수설하더니 반창고를 가지러 간다고 말하곤 크게 걸음을 내디뎠다. 불행히도 삼촌의 발이 닿은 곳은 내 속옷이었고 빠르고 정확히 미끄러지며 전등줄을 잡았다. 순식간에 형광등이 꺼졌고 삼촌은 넘어지진 않았으나 책꽂이 모서리에 다리 사이로 착지했다. 동물 같은 울부짖음이 방에 울렸다. 단 몇 초 만에 일어난 일이었다.

"무슨 일이야!"

작은고모가 앙칼진 외침과 함께 방문을 거칠게 열었다. 갑작스러운 비명에 놀란 가족들과 친척들이 문 안으로 서로 머리를 들이밀었다. 커터 칼을 손에 쥐고 피를 흘리고 있는 나. 불이 꺼진 방. 다리 사이를 움켜쥐고 소리를 지르는 삼촌. 삼촌의 등 아래 깔려 있는 내 속옷.

"미쳤어? 너가 지금 조카를!"

큰고모는 평소에도 상상력이 뛰어나신 분이었다. 삼촌 등에 무

자비하게 고모의 손이 꽂혔다. 뒤늦게 뛰어온 엄마가 무슨 일이냐고 물어봤다. 내 친척 동생들은 아랑곳하지 않고 치킨을 뜯고 있었다. 차갑게 식은 피가 피부에 느껴져서, 나는 엄지손가락으로 상처를 쓸어 보았다. 빨갛게 번지는 액체, 나는 살아 있었다. 손가락을 코끝에 대 보았다. 약하게 올라오는 피비린내, 나는 살아 있었다. 상황을 설명하려는 삼촌의 더듬거리는 말소리. 손과 등이 만나는 마찰음. 내 입꼬리가 움찔거렸다. 나는 온몸을 떨며 크게 웃음을 터뜨렸다. 방 안의 모든 사람들이 나를 쳐다봤지만 웃는 걸 멈출 수가 없었다. 왜 웃어, 라고 묻는 여전히 어리둥절한 엄마와 나보고 웃지 말고 상황을 이야기하라는 작은고모. 나는 살아 있었다. 눈앞을 가리고 숨통을 막던 막막함이 가시는 것 같았다. 3년을 준비한 과학고에 떨어져도, 불합격 통지서를 받아도, 내 손가락에선 피가 나고 다시 배가 고파 온다. 나는 살아 있다. 하루는 계속될 것이다. 학원 몇 개를 가고, 집에 와서 공부를 또 하는 형태의 하루가 끝났을지라도. 또 다른 하루가 계속된다. 웃음이 멈추질 않았다. 성대가 긁혀 아플 때까지 웃었다. 눈물이 조금 나올 때까지 웃었다. 가족들이 황당하게 나를 쳐다본다. 문득, 불합격 통지를 받은 후 내가 끼니를 제대로 먹은 적이 없다는 사실이 떠오른다. 나는 가만히 헛기침을 한다. 모두 나에게 주목한다. 나는 가만히 헛기침을 한다. 모두 나에게 주목한다. 나는 입을 연다. 내 목소리가 방 안에 가득하다.

"저…… 우리 국수 먹으러 갈까요?"

갑자기 국수가 먹고 싶었다.

힘, 정의, 신념

중암중학교 3
이준호

언제나 학원이 끝난 늦은 시간에 집에 돌아와 샤워를 하고 욕실에서 나와 목에 수건을 두른 채로 욕실 앞에 던져 두었던 휴대 전화를 켜 보면 늘 휴대 전화는 시끄러웠다.

단톡방 때문이다. 3개월 전 평소 친하던 용범이가 '친해지면 좋을 애들'이라며 세은이와 희재를 소개시켜 주었다. 그렇게 네 명이서 만든 단톡방은 언제나 시끄러웠고 세은, 희재, 용범이는 항상 아이돌 이야기를 했다. 평소 아이돌에 대해 잘 모르던 나는 항상 멋쩍은 미소를 지으며 적당히 호응해 주고는 했다.

하지만 오늘은 그룹 통화였다. 나는 통화하는 동안 내 방 주변을 빙글빙글 돌 수밖에 없었다. 유난히 나에게 '세은이가 어떻냐'라는 비슷한 종류의 질문이 쏟아져 매우 당황스러웠다. 그런 질문을 받을 때마다 나는 목소리를 최대한 자연스럽게 가다듬고 질문에 적당히 대답했다. 대답하면 대답할수록 내 방 주변을 도는 속도가 빨라져 발목이 아파 왔다. 결국 나는 적당한 핑계를 대고 통화를 끊은 다음 휴대폰을 충전기에 꽂고 누우려는데 갑자기 톡이 하나 왔다.

그 톡은 지난 3개월 동안 내가 정말 기대하고 원해 왔던 한마디였다.

— 유빈아 나 너 좋아해

어느새 나의 손가락은 그에 대한 답장을 적고 있었고 몇 분 채 지나지 않아 페이스북에는 '선유빈 님과 김세은 님이 연애 중입니다. 축하해 주세요'라는 게시물에는 수많은 댓글과 공감 표시가 달리고 있었다. 그중에는 '오래 가', '축하해' 등의 댓글이 대다수였지만 이와 반대로 그다지 기뻐하지 않는 듯한 댓글도 있었다. 나는 아랑곳하지 않고 행복한 표정으로 이불을 덮고 눕자마자 내일 아침 일어날 일을 생각하며 깊은 잠에 빠져들었다.

다음 날 한껏 들뜬 기분으로 계단을 올라가고 있는데 갑자기 뒤쪽에서 "유빈아, 오래 가."라는 소리가 들렸다. 또 애들의 쓸데없는 오지랖이겠지 하면서 멈칫했다. 기분 나쁜 표정 그대로 뒤돌아설까 잠깐 고민하다가 이내 얼굴에 미소를 띠고 고맙다고 말하려는 순간 눈앞에 들어온 사람은 의외의 인물이었다.

바로 상윤이였다. 같은 반이지만 별로 친하지 않았고 딱히 친해질 기회도 없었다. 상윤이가 교실까지 같이 가자고 했다. 나란히 서 있으니 나랑 상윤이의 키 차이가 제법 났다. 나한테 상윤이의 머리를 하나 더 붙이면 상윤이랑 키가 비슷할 것 같았다. 상윤이는 키도 크고 잘생겨서 길거리 캐스팅을 매번 받지만 다 거절한다고 들었다. 내가 상윤이에게 길거리 캐스팅 얘기를 꺼내자 상윤이는 익숙한 듯이 부모님이 반대하고 자기도 관심이 없다고 했다.

어느덧 교실에 도착했다. 상윤이는 자기 자리에 앉아 "니 여친 요 근처 반이잖아? 자주 보러 가면 되겠네."라며 세은이 페이스북 프로필에 들어갔다. "응, 맞아, 보러 가야지." 나는 횡설수설하며 얼버무렸다. 그 순간 상윤이가 지금 가자며 자리에서 벌떡 일어났다. 그러자 나는 이것저것 둘러대며 상윤이를 다시 앉혔다. 가고 싶지 않았지만 결국 1교시가 끝난 후 같이 가기로 했다. 1교시 내내 나의 눈동자는 초점을 잃고 머릿속은 핑핑 돌고 있었다. 가서 첫인사는 어떻게 할지, 애들의 반응이 어떨지, 혹시 불편하지 않을지 등등을 생각하다 보니 어느덧 1교시가 끝났다.

오늘따라 상윤이와 7반으로 가는 길은 멀고도 험했다. 가는 도중 애들이 떼 지어 떠드는 소리, 덜 마른 물걸레 자국, 3학년 교무실 앞에 붙은 시험 범위 안내까지 모든 것이 신경 쓰여 미칠 것 같았다.

이윽고 7반에 도착했을 때 "쟤가 쟤야?" 등의 수군거리는 소리와 아이들의 눈빛이 부담스러웠다. 마침내 나는 책상 위에 엎어져 있는 세은이를 흔들어 깨우고 "나 왔어."라고 인사했다.

그러자 몇몇 애들은 꺄악 소리 지르고 수군거리는 소리가 더더욱 커졌다. 곧이어 세은이가 "왔어, 유빈아?"라고 말한 이후로는 나와 세은이 둘 다 어색해 말을 잇지 못했다.

어찌할 줄을 모르고 있는데 뒤쪽 사물함에 걸터앉아 있던 한 남자 아이가 내려오며 "너넨 커플 맞냐? 뭐 왜 이리 다들 수줍어해?"라며 내 쪽으로 다가왔다. 담배 찌든 냄새가 코를 찔렀다. 그러자 세은이가 "신경 쓰지 마세요."라며 맞받아쳤다.

그때 종이 울렸다. 아주 적절한 타이밍이었다. 재빨리 작별 인사를 한 뒤 도망치듯 빠져나왔다. 상윤이가 커플이면 손 정도는 잡아 줘야 한다며 면박 주자 나는 화제도 돌릴 겸 아까 그 남자애에 대해 물어보았다.

상윤이는 잠깐 고민하더니 이름을 먼저 알려 주었다. 이름은 '임재혁'이고 우리 학교 일진 중 한 명이라는 것 같았다.

그 후 며칠간 세은이네 반에 가서 세은이와 세은이 친구들과 놀았다. 그러다 물타기로 세은이랑 손도 잡게 되었고 같이 매점에 놀러 다니기도 했다.

그러던 어느 날 화장실에서 재혁이를 만났다. 재혁이는 나에게 체육복 바지를 던져 주며 잠시만 들고 있어 달라고 했다. 재혁이는 바지를 벗으며 잔소리를 했다.

"걔랑 사귈 바에는 내가 평생 솔로로 살고 말지, 걔 어디가 좋아서 사귀냐? 너는 키랑 얼굴도 멀쩡한 애가."

"바지나 입고 말해."

나는 바지를 던져 주며 은근슬쩍 대답을 회피하고는 그대로 화장실 문을 열고 나갔다. 사실 누가 봐도 재혁이 말이 맞았다. 세은이는 예쁜 편이 아닌 데다가 그렇다고 부유하지도 않았다. 공부를 잘하지도 않았다. 하지만 세은이는 딱 한 가지 성격이 좋았다. 하지만 내가 세은이와 사귀는 이유는 딱히 세은이의 성격 때문은 아니었다.

다음 날 어쩐 일인지 상윤이가 나를 끌고 피시방 앞 골목에 왔다. 그곳에는 재혁이와 친구들이 담배를 피우고 있었다. 내가 그곳에 가자마자 재혁이가 연애는 잘돼 가느냐, 데이트는 했느냐는 등등의 질문들을 했다. 우리는 그곳에서 이야기를 조금 더 나누다가 피시방으로 갔다. 피시방에서 나와 재혁이 친구들과 함께 5 대 5로 팀을 나눠 게임을 하기로 했다. 오늘따라 유난히 손이 가벼웠다. 내가 키보드에서 손가락을 누를 때마다 상대편이 죽어 나갔다. 그렇게 승리하고 모두가 나를 칭찬해 주었다.

게임을 하다가 노을이 질 때쯤 피시방에서 나와서 영화관으로 발걸음을 옮기면서 골똘히 생각해 보았다. 내가 갑자기 이런 잘나가는 친구들과 놀 수 있게 된 이유가 무엇일까 생각해 보니 역시 연애하고 나서 친구가 는 것 같다. 몇 주 전 술이 잔뜩 취해 집으로 들어온 아버지가 힘들다고 하소연을 하셨다. 이야기는 대충 이랬다. 당 내부에서 비밀스럽게 검은 거래가 매일같이 벌어진다고 한다. 그래서 당의 국회의원이 80명 정도 탈당하여 새 당을 창당하려 했다. 하지만 실제로는 30명 정도 탈당하여 아버지의 신당이 위기를 겪고 있다고 한다.

"그러니까 줄을 잘 서야 해."

아버지는 양복을 갈아입지도 않고 그대로 잠드셨다. 그날 이후 나는 줄을 잘 서기 위해 노력했으며 현재도 노력 중이다.

이런저런 생각을 하면서 걸어가다 보니 어느새 영화관 앞이었다. 아직 세은이는 안 온 것 같다. 영화관에 있는 시계를 보니 어느새 6시 반. 영화 시작까지는 15분 남짓 남아 있었다. 이윽고 안내원이 표 검사를 마감하려 했다. 매우 초조해져 전화기를 꺼내 전화하려는 찰나 세은이가 도착했다. 세은이는 미안하다며 숨이 넘어갈 듯 헐떡였다. 나는 당장이라도 쓰러질 것 같은 세은이를 진정시키고 서둘러 입장했다. 영화를 보는 도중 세은이가 팔걸이에 얹은 내 손을 낚아채 손을 잡았다.

손을 잡았을 때 변하지 않는 심장 박동, 변화 없는 표정 변화가 다시 한번 나에게 모든 것을 상기시켜 주었다. 역시 나는 세은이를 좋아하지 않는다. 나에게 세은이는 학교생활을 조금 더 잘하기 위한 '도구'일 뿐이었다. 용범이가 3개월 전 세은이와 희재를 소개시키고 나서 그 둘이 학교에서 잘나간다고 말해 주었을 때 나는 급속도로 그들과 친해질 수 있었다. 그리고 지금 이 순간 나는 성공했다. '세은이는 이 사실을 모르겠지.'라고 생각하며 세은이를 보았다. 그 순간 세은이와 눈이 마주쳤다. 세은이는 부끄러운 듯 고개를 획 돌렸다. 나는 아무 감정도 없지만 세은이는 설레겠지, 생각하니 재밌었다. 이윽고 나는 세은이의 귀에 대고 "사랑해."라고 속삭였다. 그렇게 나의 계획과 함께 영화는 순조롭게 진행되었다.

데이트가 끝나고 며칠 후 국어 시간에 자신이 좋아하는 명언이나 영화 대사 발표하기가 있었다. 아이들의 발표가 끝나고 이윽고 용범이 차례가 됐다. 용범이는 헨리 워즈워스 롱펠로의 "인간은 부당해도, 신은 공정하다. 결국 정의가 승리한다."를 발표했다. 하지만 나는 반대로 영화 「블레이드 러너」의 대사 중 하나를 발표했다. "정의는 이론의 씨앗이 되지만 힘은 비장하게 확실하다. 그 탓에 사람들은 정의에 힘을 부여하지 못했다." 선생님은 재미있다는 듯이 우리 둘의 발표를 지켜보았다. 나는 언제나 힘이 정의보다 강하다고 생각해 왔다. 며칠 전 힘든 일이 있으면 말하라는 재혁이의 말에 나는 평소 나에게 시비를 자주 걸던 재용이 때문에 힘들다고 말하자 그 이후로 다시 재용이와 다툴 일은 없었다. 그리고 재혁이의 흡연 사실을 알렸던 한 아이도 사실상 묻혔다. 힘이 없는 정의의 대가였다. 그렇기에 나는 항상 정의보다는 힘이 더 현실적이고 실용적이라고 생각했다. 그렇기에 나는 늘 힘을 좇았다. 그리고 아직까지는 나의 신념이 틀린 것 같지는 않다.

이렇게 만족스러운 하루하루를 보내다 보니 어느새 시험이 열흘 남짓 남았다. 그 명분으로 세은이와 연락은 점점 더 뜸해졌다. 그러던 중 쉬는 시간에 상윤이가 책상에 앉아 있던 나에게 다가와 잔소리를 했다.

"여친이랑 며칠째 연락 안 하고 있다며 괜찮은 거 맞아? 너 진짜 그러면 안 돼."

나는 괜찮다며 상윤이를 달랬다. 하지만 나는 그 얘기를 듣는 순간 내게 시간이 얼마 남지 않았다는 것을 깨달았다.

시간은 평소와 다르게 야속하게 빨리 지나가 중간고사 기간이 되었다. 시험 기간에 항상 드는 생각이 있다. 한 번의 시험으로 사람을 평가하는 것은 옳은가? 어쩌면 내일 받는 시험지와 OMR 카드의 마킹이 누군가의 인생을 바꿀 수 있다고 생각하면 이는 결코 가벼운 문제가 아니다. 또한 평소에 잘하던 사람도 밀려 쓰거나 마킹을 잘못하면 순식간에 자기의 미래가 바뀐다. 그렇기에 시험은 옳지 않다고 언제나 나는 결론 내렸다. 고대의 인간들은 서로 도우며 살았다. 하지만 어느 시점부터 사람들은 서로를 경쟁자로 인식하기 시작하고 경쟁하기 시작했다. 그러자 경쟁의 결과로 승리자와 패배자가 나오게 되었고 사람들은 점점 메말라 갔다, 라고 판단한 나는 승리자와 패배자가 아닌 돕고 사는 사회를 위해 인맥을 관리하는 데 집중했다.

창문 사이로 들어온 새벽 공기에 책상 위의 시계를 보니 어느 덧 3시였다. 쓸데없는 생각하지 말고 자야지, 생각하다 문득 핸드폰을 켜고 마지막으로 세은이와 연락한 날짜를 보았다. 5일 전이 었다. 연락해 볼까 잠시 생각했지만 내일 시험이 마지막 시험이어 서 그냥 시험에 집중하기로 했다. 결국 나는 핸드폰을 던져 두고 이불을 뒤집어쓴 다음 내일 시험을 잘 봤으면 좋겠다고 생각하며 잠이 들었다. 곤히 자던 중 느닷없는 악몽 때문에 깼다. 어릴 적 있었던 일이 꿈에서 나왔다. 엄마와 병원에 온 나는 방 밖에서 엄 마와 의사가 얘기하는 소리를 귀를 문에 대고 엿듣고 있었다.

"아드님은 공감 능력이 부족하고 죄책감이 없는 등 여러 가지 문제가 있습니다. 혹시 '소시오패스'일지도 모르니 좀 더 검사해 보는 것이 좋을 것 같습니다."

엄마가 상담실 문을 열고 나오는 순간 나는 잠에서 깨어났다. 아무래도 이번 시험을 망칠 것 같은 징조였다.

1교시 국어, 2교시 역사를 각각 가채점해 보니 1개, 2개씩 틀렸 다. 가채점이 끝나자 모든 아이들이 환호성을 지르며 각자 친구들 을 끌고 놀러 갔다. 나도 물론 상윤이를 끌고 피시방에 갔다. 당연 히 피시방에는 재혁이와 친구들이 있었다. 나는 피시방에 5000원 을 충전하고 에어컨이 가장 잘 나오는 자리 근처에 앉아 친구들과 게임을 했다. 하지만 게임하는 내내 왠지 모르게 손이 굳어 자꾸 실수를 하고 어딘가가 편하지 않은 기분이었다. 결국 저녁 늦게까 지 게임을 하고 나서야 왜 그렇게 찜찜했는지에 대한 의문이 풀렸 다. 게임을 끝내고 집으로 가는 길에 그제야 휴대폰을 보니 톡이 한 개 와 있었다.

"유빈아, 그만하자. 미안해."

어떻게 보면 당연한 결과였다. 애초에 관심도 없어서 자주 만나지도 않았고 게다가 최근에는 아예 연락까지 안 했기 때문에 어쩔 수 없었다. 나는 집 근처 벤치에 앉아 복잡한 머리를 식히고 싶었다. 일단 톡을 본 이상 답장을 안 할 수 없어서 알겠다는 답장을 보낸 후 향후 전망에 대해 생각하기 시작했다. 일단 더 이상의 세은이 친구들 인맥을 늘리기는 힘들다는 판단을 했다. 그래서 같이 지내던 친구들과 더더욱 잘 지내야 할 것 같다. 머릿속에서 대충 정리를 끝낸 나는 벤치에서 일어나 바지를 털고 일어나 집으로 발걸음을 옮겼다.

아마 사람들이 이럴 때 죄책감을 느낄 것 같다. 나도 언젠간 그런 감정을 느낄 수 있었으면 좋겠다는 생각을 하다 보니 어느새 집에 도착했다. 집에 도착해서 샤워를 하고 나와 휴대폰을 보았을 때 톡방에 아무 톡도 오지 않았을 때, 페이스북에 들어갔을 때 더 이상 연애 중이 떠 있지 않았을 때 나는 비로소 진짜로 헤어졌음을 느낄 수 있었다. 무거운 몸을 이끌고 이불 위에 누워 내일은 어떤 일이 벌어질지 생각하니 다시 머릿속이 복잡해졌다. 하지만 처음 있는 일인 만큼 전혀 예측할 수 없었다.

다음 날 나는 무거운 발걸음을 이끌고 교실에 도착했다. 반 안에는 상윤이가 앉아 있었다. 상윤이는 나를 보자 짧게 물었다.

"헤어졌냐?"

그 질문은 대답을 생각할 필요도 얼버무릴 필요도 없었다.

"알면서 왜 물어?"

상윤이는 피식 웃으며 내 어깨에 손을 얹으며 시작이 있으면 끝도 있다며 나를 달래려 했다. 하지만 애초에 나는 그런 위로도 필요 없었다. 그 후 하루 동안 친하든 안 친하든 모든 아이들이 나에게 똑같은 질문을 했다. 나는 일일이 슬픈 표정을 하며 대답해주었지만 속으로는 진절머리가 나고 있었다.

그런데 용범이는 달랐다. 점심시간에 용범이는 나에게 캔 커피를 건네며 물어봤다.

"왜 헤어졌냐?"

예의상 묻는 '헤어졌냐?'가 아닌 '왜 헤어졌냐?'라는 질문이 나온 건 처음이었다. 사실 진짜 중요한 질문은 '왜?'가 아닐까. 하지만 나는 이야기가 길어질 것 같다며 학교 끝나고 보자고 말한 뒤 용범이를 돌려보냈다. 용범이를 보내고 휴대폰을 보는데 실시간 검색어 1, 2위가 각각 내 눈을 사로잡았다. 아버지가 속해 있는 '바른 민주당'과 아버지 '선권웅'이었다. 나는 좀 더 알아보고 싶었지만 점심시간이 딱 3분 남아 있어 그냥 휴대폰을 주머니에 넣고 얌전히 다음 수업을 들었다. 지루했던 5, 6교시가 끝나고 용범이 집 근처 편의점에서 용범이를 만나기로 했다. 이윽고 용범이가 도착해서 사 온 삼각김밥을 나에게 주며 아까 하던 얘기를 마저 하자고 했다. 나는 용범이에게 왜 헤어졌을까, 라고 역으로 물어보았다. 그러자 용범이는 의미심장한 말을 건넸다.

"이 이유가 맞으면 넌 너무 쓰레기인데?"

나는 용범이에게 이 얘기를 하는 게 맞을까 잠시 고민했다. 그러던 중 기가 막힌 생각이 떠올랐다.

"용범아, 네가 좋아하는 대사, 인간은 부당해도 신은 공정하다. 결국 정의가 승리한다, 맞지? 네가 신이 돼 보는 거야. 네가 지금 내가 하는 말을 애들한테 말하면 너는 너의 신념을 따르는 거고 말하지 않는다면 나와 함께 다니면서 인맥을 쌓아서 더 재밌게 사는 거야, 어때?"

나는 이렇게 용범이에게 제안하며 계속 말했다.

"그리고 내가 세은이와 사귄 이유는 나의 보다 좋은 학교생활을 위해서가 맞아."

나는 이렇게 말하며 모든 선택권을 용범이에게 넘겼다.

"역시 그랬구나."

용범이는 알고 있었단 듯이 피식 웃었다.

그렇게 나와 용범이는 어색한 인사 후 헤어졌다. 나는 용범이가 어떤 선택을 할지 몹시 궁금했다. 용범이의 선택은 곧 나의 신념의 확인이 될 수 있을 것이다. 하지만 나는 용범이가 말하지 않을 거라고 추측했다. 용범이가 말한다고 해서 얻을 것도 없으며 말할 이유도 없기 때문이다. 게다가 용범이는 현재 노는 친구들과 다툼이 자주 있는 걸로 알고 있다. 그러나 사실 가장 큰 이유는 작년부터 친하게 지내 왔던 용범이를 믿었기 때문이다. 친구 사이에 이런 믿음조차 없다면 그것을 친구라고 할 수 있을까. 나는 용범이의 선택을 믿고 지켜보기로 했다.

그렇게 터벅터벅 발걸음을 옮겨 집에 돌아왔는데 오랜만에 밝은 표정의 아버지가 집에 계셨다. 아버지의 얼굴을 보아 하니 아까 실시간 검색어 1, 2위를 나쁜 일로 차지한 건 아닌 것 같다. 아버지에게 무슨 일이었느냐고 물어보기도 전에 아버지는 아까 뉴스를 봤느냐며 유달리 기쁜 목소리로 얘기하셨다. 얘기를 들어 보니 아버지가 탈당하기 전 당에 조사가 들어갔는데 비리 사실이 확인되어 아버지의 정당이 대박이 났다는 것이다. 얘기를 끝마치고 아버지는 당분간 집에 들어오지 못할 것이라며 방에 들어가 주무셨다. 아버지는 결국 자신의 신념 '정의'로 성공한 사람이라 할 수 있을 것 같다. 나도 방에 누워서 용범이는 어떤 선택을 할까 생각하다가 그대로 잠들어 버렸다.

다음 날 긴장되는 마음으로 계단을 올라 반에 갔을 때 아이들의 싸늘한 눈빛과 말 한마디 없는 상윤이를 보고 나는 용범이가 어떤 선택을 했는지 알 수 있었다. 이윽고 용범이가 반에 들어오고 나와 눈이 마주치자 자연스럽게 고개를 돌리고는 시선을 회피했다. 나는 용범이의 어깨에 손을 올리고 나오라고 했다. 용범이의 선택이 사뭇 의아했지만 이유가 알고 싶었다. 나는 용범이에게 왜 말했는지 물어보았다. 그러자 용범이가 말했다.

"넌 사람이 양심이 없어? 그런 짓을 하고 대가가 없을 거라고 생각한 건 아니지? 신은 공정하잖아?"

그러고는 용범이는 반으로 들어갔다. 양심이라……. 나는 신기하게도 양심이 없는 것 같다. 나는 지금 아무렇지도 않고 뭘 잘못했다는 건지 모르겠다. 용범이의 말대로면 지금 이건 벌인 건가……. 이제 어떻게 해야 할지도 모르겠고 너무 힘들었다. 그냥 아무것도 하고 싶지 않았다. 그렇게 나는 점심시간까지 엎드려 아무것도 하지 않고 어디서부터 무엇이 잘못됐는지 생각만 하고 있었다. 그러던 중 갑자기 세은이가 우리 반에 와서 나를 데리고 밖으로 나왔다. 나는 나가면서 이게 세은이와의 마지막 대화가 될 것을 직감했다.

세은이가 사실이 아니길 믿는다는 듯이 물었다.

"내가 들은 얘기들 다 사실이야?"

내 입에서 대답이 떨어지지 않았다. 마침내 숙이고 있던 고개를 들고 말했다.

"그래, 사실이야."

잘못한 건 알고 있느냐는 세은이의 질문에 솔직하게 대답하고 싶었지만 세은이의 얼굴을 보니 도저히 사실대로 말할 수 없어 정말 잘못했다고 거짓말을 했다. 세은이의 한쪽 눈이 붉어진 것이 보였다. 그러나 눈물은 나오지 않고 있었다. 세은이는 아무 말 없이 뒤돌아 가 버렸다. 나는 학교에 있고 싶지 않아 그대로 조퇴를 했다. 조퇴하자마자 톡방을 나오고 페이스북을 탈퇴하고 전화기를 꺼 버린 다음 피시방으로 직행해 게임을 했다. 평소에는 게임을 하면 풀리고는 했던 분노가 도저히 풀리지 않아 게임을 꺼 버리고 피시방 책상에 엎드려 애꿎은 책상만 연신 두드려 댔다. 몇 시간쯤 지났을까. '짜증 나'라는 말과 함께 분노는 어느 정도 사그라져 있었다. 애들이 학교가 끝나고 피시방에 올 시간이 되자 나는 도망치듯 빠져나와 집으로 향했다. 거실 한편에 새로 스크랩된 신문이 있었다.

나는 그 신문 제목을 소리 내어 읽었다.

"선권웅, 올해 정의로운 인물 1위……."

이러니까 아버지가 바쁠 만하지, 생각하며 신문을 다시 탁자 위에 놓았다. 나는 휴식이 필요했다. 비록 이른 시간이었지만 엄마에게 다음 날 깨워 달라는 간단한 메모를 남기고 방에 기어가다시피 들어가 이불을 덮고 누웠다. 내일이면 사실상 혼자겠지, 라고 생각해 보다가 그냥 눈을 감고 누웠다.

다음 날 일어났을 때 오랜만에 머리가 맑고 개운했다. 잠다운 잠을 잔 느낌이었다. 학교에서는 역시 혼자였지만 그래도 생각할 시간이 많아서 좋았다. 결국 나의 신념은 틀렸다는 걸까? 사람들은 자신의 이익에 따라서 움직이지 않을 때가 있다. 때로는 손해를 보면서도 자신의 신념을 따를 때도 있다. 설령 그 신념 때문에 자신이 사회적 아웃사이더가 된다고 해도 그 신념을 지킨다면 누구도 그 신념이 틀렸다고 말할 수 없다고 나는 확신한다. 그렇기에 나는 용범이가 정답에 가까웠지만 나 역시 틀리다고 생각하지 않는다. 그렇기에 나는 한 번의 기회가 더 필요했다. 그러던 중 거의 집에 못 들어오시던 아버지가 갑자기 나에게 서울로 이사를 가자고 하신다. 아버지의 당이 대박이 난 뒤로 경기도에서 서울까지 출퇴근이 힘들다는 것이었다.

며칠 후,

"얘들아, 오늘부터 우리 학교에 다니게 된 유빈이야. 잘 지내렴."

선생님의 말씀이 끝나고 나는 새 자리 앉아 새 친구들과 인사를 나누며 결심한다.

'이번에는 꼭!'

나는 이제 새 출발을 하려고 한다.

검은 눈

신도중학교 3
최다은

　오늘 아침으로 먹은 바게트는 유난히 질겼다. 일주일에 적어도 서너 번은 먹는데, 이상한 일이었다. 바게트에 고무 조각이라도 녹여 넣은 양 질겅질겅한 것이 영 별로였다. 아침을 제대로 먹고 가지 않으면 분명 3교시쯤 배고파질 테지만 이 바게트를 계속 먹기는 싫었다. 하는 수 없이 도로 그릇 위에 올려놓고 의자 발치에 있는 가방 끈을 발가락으로 잡아 올렸다. 딱히 든 것도 없어 가벼웠다. 필통, 얇은 공책, 끝. 안방 문 안쪽에서 타닥거리는 타자 소리가 들려왔다. 얼마나 세게 내려치는 것인지 독기를 품은 듯하다.

　"갈게요."

　"……."

　"엄마, 갔다 올게."

　"다녀와라."

대화는 역시 간결하게 끝났다. 휙, 등 뒤에 가방을 걸치고 만질 때마다 덜컥거리는 현관문을 잡아 열었다. 끼이이이, 쾅! 기괴한 소리와 함께 현관문이 닫혔다. 벌써 여름이라고 바람이 덥다. 좁디좁은 아파트 복도 바닥에 끼인 때를 보며 한 걸음, 한 걸음 천천히 걸었다. 지은 지 몇십 년은 되었다는 이 아파트는 벽에 여기저기 금이 가 있다. 지진이라도 나면 폭삭 주저앉을 것만 같다. 마치 아무것도 없었다는 듯이. 4층, 문이 열립니다. 지하 2층에 있던 엘리베이터가 올라왔다. 촌스러운 민트 색으로 가득 찬 엘리베이터는 거울 한구석이 아슬아슬하게 깨져 있고 천장에 달린 CCTV는 작동은 할까 싶을 정도로 낡았다. 10부터 쭉 내려가 1층, 점자로는 여섯 개의 볼록한 점들 중 가장 오른쪽 위. 버튼을 눌렀다. 1층, 내려갑니다. 여자의 사무적인 목소리가 엘리베이터 안을 울렸다. 곧이어 조금 흔들리는가 싶더니 울렁이는 느낌과 함께 엘리베이터가 서서히 내려갔다. 층수가 하나씩 작아지는 것을 물끄러미 보고 있는데, 덜컹! 하는 둔탁한 소리가 들리고 멀쩡하게 잘만 내려가던 엘리베이터가 멈춰 섰다. 멈춘 곳은 2층에서 1층 그 사이였다. 꽉 막힌 좁은 공간, 깨진 거울 하나, 작동하지 않는 CCTV. 숨이 턱 막혀 왔다. 이대로 가다가는 꼭 죽을 것만 같아 떨리는 손으로 비상 버튼을 눌렀다. 시끄러운 벨 소리가 들리더니 치직, 비상 버튼 위쪽에 마이크가 켜졌다.

"무슨 일 있으십니까?"

경비 아저씨 목소리였다.

"이거, 이게요, 머, 멈췄는데요, 전 정말 아무것도 안 했어요. 혼자서 잘 가다가……."

경비 아저씨는 방금 고칠 사람들이 갔으니 너무 걱정 마시라고, 층수도 낮으니까 괜찮다며 안심시키셨다. 부들부들 떨리는 몸을 부여잡고 밖에서 들려오는 소리를 듣자니 1초가 1년 같았다. 언제까지 이곳에서 갇혀 있어야 하는 건지, 열리기는 하는 건지. 이러다 전등이라도 나가면? 비상 버튼도 먹통이 되면 어떡하지? 아침이었고 바로 근처에서 수리를 하고 있었지만 마치 무덤 속에 홀로 있는 것 같은 기분이 들었다. 손끝이 너무나도 잘게 떨려 다른 손으로 붙잡아도 두 손이 같이 떨리기 시작할 무렵, 엘리베이터가 다시 움직이기 시작했다. 1층입니다. 땅! 소름 끼치게 높은 종소리가 울리고 문이 열렸다. 이 문 밖으로 나가려고 얼마나 떨었던가. 경비 아저씨와 수리해 주신 분들이 걱정스러운 표정으로 나를 바라보셨다. 여전히 몸은 떨리고 있었고 이대로 계단으로 집까지 다시 올라가 안정을 취하고 싶었지만 그럴 수 없었다.

"학생, 괜찮아?"

"……."

"학생?"

"네, 네! 괜찮아요. 저는……."

"많이 떠는데……. 부모님께 연락드려야겠다. 여기 사니?"

"아, 아니요. 괜찮으니까요…… 감사합니다……."

목례를 살짝 하고 그 공간을 벗어났다. 뒤에서 여러 개의 눈동자가 내 뒤를 쫓았다. 분명 걱정하고 있는 눈빛이겠지만 사람을 스캔하는 그 시선이 너무나 싫었다. 걷다가, 조금씩 속도를 높이다가, 천천히 뛰었다. 아파트 단지에서 벗어나고서야 머리카락에 달라붙은 껌 같던 시선들이 떼진 것을 느꼈다.

눈을 떠 보면 아침이었다. 베개는 눈물 자국으로 홍수를 이루고 있었고 늘 그랬듯 전등은 환하게 켜져 있었다. 아침에 누군가

켜 준 것이 아니라 밤에 켜 놓고 그대로 자 버린 것이었다. 실수는 아니었다. 냉장고 돌아가는 소리만 낮게 깔리는 밤이 싫었다. 어디 작게라도 불빛이 새어나오는 곳 하나 없이 적막 그 자체가 집을 이루었다. 우리 집에 사는 것은 엄마와 딸이 아니라, 적막이라는 놈이었다. 그놈은 구멍 난 공기 사이로 비집고 들어와 거실 한 바닥에 자리를 깔았다. 사람이 있는 낮에는 가만히 있다가 밤이 되면 기어코 일어나 활개를 치는 것이었다. 나는 그놈이 보였고, 너무나도 싫었다. 깜깜한 어둠 사이에서 눈을 흉흉하게 빛내는 적막. 그것이 내 방까지 들어오는 건 너무 끔찍했기 때문에 전기세가 아깝기는 했지만 방 불은 꼭 켜 두고 잠에 들었다. 낡은 아파트라 간혹 중간에 불이 꺼지기라도 하는 날이면 이불을 돌돌 말고 눈을 부릅뜬 채 밤을 지새웠다. 몇 분이라도 눈이 감기면 바로 등 뒤에서 누군가 빙그레 웃으며 보고 있을 것 같았다. 내 뒤에서 손가락질을 하며 쑥덕거리던 아이들처럼.

"야야, 쟤잖아, 쟤."

"진짜? 쟤라고?"

"슈퍼 앞에서 사고 났다고 했었잖아, 그거 쟤네 아빠였대."

"헐? 사람 죽었다고 안 했어?"

"어, 죽었는데……."

아이들은 보통 여기까지 말하고는 목소리를 낮추었다. 반 아이들의 웅성거림은 물론 간혹 다른 반에서도 뒷문으로 흘깃거렸다. 뚫려 있는 두 귀가 원망스러워 노래라도 듣자, 이어폰을 찾으면 꼭 그런 날만 없었다. 담임이 조례에 일찍 오지 않거나 그냥 애들이 유독 나를 괴롭히고 싶은 그런 날들. 나는 살인자의 딸이었고, 그 죄는 핏줄이라도 된 양 나에게 흘러 내려왔다. 죄가 아닌 죄였지만 나는 입을 열 수가 없었다. 살인자 딸의 한마디보다 아무 관련 없는 사람의 열 마디가 훨씬 강했다. 사실은 언제나 소문 뒤로 숨었고 그 사실을 끄집어내기란 정말로 힘들었다. 맨 앞자리에 앉은 터라 나를 향한 손가락과 눈빛들은 저 멀리서부터 아주 가까이까지 여러 방면에서 공격을 해 왔다. 고개는 자연히 아래로, 어깨는 안쪽으로, 몸을 어디에서나 둥글게 말고 사는 것이 습관이 되었다. 아무런 잘못도 저지르지 않았다는 것을 아는데도 수많은 사람들의 검지가 나를 위축시켰다.

아파트 단지 밖은 다른 세상 같았다. 오래된 닭장 같은 아파트들의 집합체, 그 겉을 둘러싼 썩은 철조망 무늬의 울타리. 차가 들어오는 길을 따라 나가다 보면 골목이 나왔다. 검게 그려진 선을 딱 넘으면 거기부터는 아파트 단지가 아니다. 아까 너무 떨어서 그런지 이마에는 식은땀이 줄줄 흘러내렸다. 하는 수 없이 소매를 들어 닦아 냈다. 수도꼭지도 아닌데 땀은 쉬지 않고 흘러내렸다. 태양은 높게 떠 있고 그 바로 밑에 서 있는 나는 한없이 낮은 곳에 위치하고 있다.

모르는 번호라는 건 참 무서운 것이었다. 하교하는 길이었다. 신발로 갈아 신고 신발장 안에 실내화를 넣으려고 하는데, 요란한 휴대폰 벨 소리가 울렸다. 내가 제일 좋아하는 잔잔한 선율의 피아노곡이었는데 왜 그때만큼은 그렇게 사이렌 소리처럼 들렸던지. 아마 인간의 감이라는 것이었나 보다. 다 같이 우르르 하교하는 시간대라 애들이 북적거렸다. 어느 한 군데서 들리는 노랫소리에 아이들이 내 쪽을 쳐다보았다. 얼굴이 확 달아오르고 나는 황급히 휴대폰을 꺼내 전화를 받았다.

"여보세요."

왼쪽 어깨와 볼 사이에 휴대폰을 끼고 떨어진 실내화를 주워 다시 신발장 안에 밀어 넣고 휴대폰을 고쳐 잡으려는데, 손에 들고 있던 물통이 툭, 떨어졌다. 빨간 보도블록으로 묵직하게 떨어진 물통은 닳은 밑부분이 깨져 버렸다. 보리찻물이 줄줄줄 보도블록 사이를 타고 흘렀다.

　"저, 저, 저, 제가, 저 바로, 바로 갈게요. 제가요, 제가……."

　물통도 떨어뜨리고 눈은 휘둥그레져 초점을 잃고 앞을 막은 아이들을 헤치며 앞으로 뛰어나갔다. 밀쳐진 아이들은 불쾌한 표정을 있는 대로 지었다가 미친 듯이 달리는 사람을 보며 의아해했다. 다른 사람이 봤어도 미친 사람 취급할 만했다. 눈에서는 눈물이 쉴 줄을 모르고 흐르며 손에 휴대폰을 생명줄처럼 아플 정도로 꽉 쥐고 급하게 뛰어가는 사람. 그게 나였고, 그때의 나는 살면서 처음으로 머리가 새하얘지는 것을 느꼈다.

　"아버님 휴대폰 전화 최근 기록에 따님이라고 저장되어 있어서요, 지금 바로 와 주셔야 될 거 같은데……."

　교통사고였다. 파란 트럭이 사람을 들이받고 슈퍼로 돌진해 부딪히고 멈춰 섰다. 운전사와 받힌 사람은 그 자리에서 즉사, 슈퍼는 다행히도 영업 중이 아닌 시각이라 재산 피해만 입었을 뿐 다른 인명 피해는 없었다. 삐용삐용, 웨엥, 띠잉, 정신없는 굉음들이 귀를 메웠다. 대로변에서 일어난 사고라 사람들이 많았다. 아까처럼 사람들을 헤집고 앞으로 나아갔다. 새하얀 구급차 몇 대가 이미 출발할 준비를 끝내고 있었다. 내 시야 너머로는 안개처럼 불투명한 무언가가 꼈고 소리는 이미 멀리서 들려오는 메아리 같았다. 오는 길에 너무 달려서 그런 건지 눈앞으로 보이는 모든 것들을 부정하고 싶었던 건지 다리에 힘이 풀려 주저앉았다. 아스팔트는 딱딱하고, 차가웠다. 사람들의 다리가 이리저리로 왔다 갔다 했다. 나는 마지막으로 옆 사람이 소곤거리는 말을 듣고 까무룩 쓰러졌다.

'음주 운전을 하던 트럭 운전사……. 인명 피해 한 명.'

엄마가 보던 신문을 소리 나게 접더니 갈기갈기 찢기 시작했다. 검은 한복 비스무리한 것을 입고 멍한 얼굴로 무릎을 꿇어 앉아 있던 나는 말없이 찢긴 종잇조각을 모았다. 가장자리에 위치한 작은 기사 하나가 반쯤 죽은 것이나 다름없던 사람 둘을 또 죽였다. 아빠는 음주 운전을 하지 않았다. 그럴 사람이 아니다. 우리 아빠라서가 아니라.

"너네 아빠랑 내가 왜 결혼을 했는지 알아? 남들 다 한다는 술, 담배 그거 안 해서였다. 성격 좋고 그런 거 떠나서, 우리 아버지 살아생전에 징글징글하게 하던 그것들 절대 안 하는 사람이라서. 안 한다기보다 못하는 거지만, 어쨌든! 너야 아빠 술 마시는 거 볼 기회가 없지만 가끔 동창회라도 가면 소주 한 잔을 못 비우는 사람이야, 너네 아빠가. 알겠어? 이런 인간이 뭔 음주 운전을 해, 음주 운전을! 못돼 처먹은 인간들아, 뭘 안다고 이렇게 쉽게 말해, 도대체 뭘 안다고!"

엄마는 울부짖었다. 나도 아빠가 술은 고질적으로 못 마신다는 것을 알고 있었다. 몸이 술을 못 받는다고 했다. 그런데 아빠가 음주 운전을? '음주 운전으로 추정'도 아니고 확실하게 못을 땅땅 박아 버린 그 기사는 엄마 가슴에도 못을 박았다. 정신을 잃기 전, 옆 사람이 "술 마시고 트럭을 몰았다더라."라고 말하는 것을 어렴풋이 들은 것도 같다. 왜 잘 알지도 못하는 남의 이야기를 그렇게 쉽게 하는 걸까. 우리 집은 잘사는 집이 아니었다. 굳이 말하자면 못사는 축에 들었다. 경력 단절로 취직할 수 없는 엄마, 전에 다니던 회사가 부도 나서 퇴사한 이후 제대로 된 직업을 다시 갖지 못한 아빠. 아빠는 대리 운전부터 막노동까지 할 수 있는 것은 다 해 봤을 거다. 그러다 삼촌의 사돈과 연줄이 닿아 트럭 운전을 하게 되었다. 전국을 오가며 쉬지도 못하고 하루 종일 운전대만 잡고 있어야 했지만 그래도 가끔 집에 돌아올 때 아빠는 이 일이라도 해서 다행이라며 웃었다. 한 달에 얼굴 보는 횟수가 손에 꼽히지만 그래도 나름대로 행복했는데. 엄마는 한순간에 음주 운전이 원인인 살인자가 된 아빠를 위해 여기저기 자료를 찾고 도움을 요청한 덕분에 아빠의 사망 원인이 밝혀졌다. 심정지였고, 과로사였다. 엄마는 신문을 처음 보던 그 얼굴로 가슴께를 쥐어뜯으며 납골당에서 흐느껴 울었다. 우리가 천년만년 살 것도 아니고, 산 입에 밥만 들어오게 벌면 될 것이지 무슨 부자가 되어 떵떵거리겠다고 일을 그렇게나 했느냐며 원망했다. 말이 원망이지, 원망 안에 안타까움, 미안함, 쓸쓸함 같은 것이 다 넘쳐흘러 나는 엄마를 안아 줄 수밖에 없었다. 나와 엄마는 최초로 기사를 썼던 신문사와 기자에게 직접 연락까지 해 보았지만 그들은 묵묵부답이었다. 어떤 말을 해도 통하지 않았다. 밤낮을 새 가며 아빠의 누명을 벗기려고 그렇게 애를 썼는데, 충분한 증거를 가져왔는데도 모르는 척했다. 끝까지 싸우기에 우리 둘은 이미 너무 지쳐 있었다. 나도 학교에서, 엄마도 사회에서 그 누구도 모르게 서서히 매장되어 갔다. 일주일간의 긴 대화 끝에, 우리는 다른 동네로 이사 가기로 마음을 먹었다. 여태까지 돈을 차곡차곡 모아 놓은 통장과 아빠의 인정된 부분의 보험금을 모았다. 짐을 모조리 챙기고 도망이라도 가는 것처럼 한밤중에 다른 동네로 출발했다. 10여 년을 살

왔던 집 문을 마지막으로 닫으면서, 엄마는 긴 한숨과 함께 "당신이랑 열심히 모은 돈, 당신 죽어 받은 돈, 이깟 돈으로 우리는 이사 가렵니다. 사람이 사는 게 사는 게 아닌데, 그래도 새끼는 낳아 키우고 있으니 살아야지." 하며 길게 한탄을 했다. 남은 자식이 할 만한 건 많지 않았다.

그렇게 오게 된 것이 바로 이 변두리였다. 전에는 대도시에 살았는데, 어중간한 변두리에 살게 되다니, 뭔가 싫었다. 그래도 나나 엄마에게 더 이상 아빠에 관련된 사건을 알고, 그에 대해 왈가왈부하는 사람들 속에서 사는 것은 끔찍한 일이었다. 도피 목적으로 온 것은 사실이었으나 우리에게 이 방법보다 편한 것은 없었다. 낡은 아파트에 새로운 집을 지었다. 엄마는 아빠가 언제 와서 우리끼리라도 잘 살고 있는지 보러 올지 모른다며 가족사진도 서랍 위에 두었다.

확실히 도시가 아니라 도로가 널찍하고 한적했다. 이따금 지나가는 차들은 대부분이 도시에서 지방으로, 지방에서 도시로 가는 차들일 뿐 이 동네에서 차가 멈춰 서는 경우는 거의 드물었다. 평소보다 어깨를 조금 더 펴고 다녀도 나에 대해 뒷말할 사람이 없는 곳, 대놓고 비웃거나 욕할 사람이 없는 곳. 낯설지는 몰라도 예전 동네의 특유의 숨 막히는 분위기는 없어서 좋았다. 근처에 초등학교가 있다는 표지판과 인도에 설치된 안전 조형물에는 알록달록 그림이 그려져 있었다. 표지판에 앞으로 더 가면 중학교가 있다는 표시가 되어 있었다. 횡단보도, 눈앞의 신호가 파란색으로 바뀌고 건너려고 하는데, 저 끝에서 까만 오토바이 한 대가 순식간에 앞을 지나갔다. 후득, 다리 힘이 다시 풀렸다. 오토바이가 빠르게 향한 쪽으로 머리카락이 휘날렸다. 아주 시끄러운 소음이 머리를 한 바퀴 돌고 지나간 것 같았다. 내가 한 발짝이라도 더 앞에 있었다면 오토바이에게서 무슨 일을 당했을지도 몰랐다.

내가 앞으로 다니게 될 중학교 교문까지 다 왔다. 바닥의 검은 금, 이 금을 넘으면 다시 학교생활을 하게 되는 것이다.

"야, 너! 지각이냐?"

운동장 끝에서부터 걸어오는 어른에 흠칫, 놀랐다.

"아니요……."

"그럼 얼른 들어가, 얼른!"

손까지 획획 저으시기에 더 소리 듣기 전에 학교 건물 안으로 들어갔다. 그러고 보니 전에 다니던 학교처럼 신발장은 없었다. 일단 배정받은 반 담임 선생님을 만나야 했기 때문에 교무실을 찾아 올라갔다. 작은 학교라 교무실 찾는 것은 쉬웠다. 전입생인데요……. 하고 들어가니 문 근처에 자리가 있는 다른 선생님들이 안내를 해 주셨다.

중간에 전학을 온 아이는 늘 그랬다. 초반에 반 아이들에게 관심을 받다가, 자신과 맞을 것 같다 싶으면 친해지는 것이고 그렇지 않으면 이미 무리가 형성된 반 안에서 얌전히 지내는 것이다. 친구 관계는 만들고 싶지 않았기 때문에 나는 첫날 튀지 않게 지냈다. 내 옆자리 아이는 학교를 오지 않았다. 타당한 이유는 없는 모양이었다. 다음 날, 내 짝이 학교에 왔다. 일주일 전에 전학을 왔다고 했다. 일주일 만에 두 명이나 전학을 온 것이었다.

"저기, 너는 왜 전학 왔어? 시기가 되게, 어중간하잖아……."

짝이 쉬는 시간에 물었다. 본인도 얼마 전에 온 입장인데, 질문이 좀 이상했다.

"……원래 살던 동네에서 일이 생겨서."

내가 뱉어 놓고 한 말에 놀랐다. 처음 본 사람에게 너무 많은 것을 드러낸 것 같았다. 감추려고 이곳까지 왔는데, 이러다가는 하루 이틀 만에 다 알려지게 생겼다.

"그렇구나……. 나도 너랑 비슷한 이유로 전학 왔어."

아무리 감추고, 숨기고, 말하고 싶지 않아도 나와 내 짝과 전학생이라는 것 하나 공통점으로 말을 텄다. 짝도 이사 오기 전 동네에서 좋지 않은 일이 생겨 이사를 왔고, 나도 같은 이유였으니 어쩌면 우리가 친해지는 것은 당연했다. 서로 조심스러운 부분이다 보니 '좋지 않은 일'에 대해서는 자세하게 설명하지 않았지만, 표정이 어두워지는 것으로 보아 슬픈 일 같았다. 나도 같았기에 묻지 않았다.

하루는 진로 탐색이니 뭐니 하며 학교에서 설문지로 부모님이 원하시는 내 장래 희망과 내가 원하는 내 장래 희망을 적는 활동이 있었다. 나와 내 짝은 '부모님' 칸에서 멈췄다. 줄줄 잘만 쓰다가 브레이크 잡은 자전거처럼 끼익, 멈춰 선 것이 서로에게도 느껴져 어색하게 웃으며 물어봤다. 너희 부모님은 뭐라고 하셔? 우리 부모님이야 뭐……. 내 대답에서 부모님은 엄마 하나뿐이었지만 굳이 그것을 말할 필요는 없었다. 두루뭉술하게 넘겼다. 너희 부모님은? 하고 반문 했을 때 짝의 얼굴이 눈에 띄게 굳어졌다. 그리고 쉬는 시간에 말해 줄 것이 있다고 했다.

"말할 게 뭔데?"

"아, 다른 게 아니라…… 나, 아빠가 사고로 돌아가셔서, 전학 온 거였거든……."

뜻밖의 말이었다. 동네에서의 안 좋은 일이라고 해 봤자 아파트 문제나 학교에서 친구 관계 문제일 줄 알았는데. 무슨 사고로 돌아가셨는지까지 묻기에는 실례인 것 같아 묻지 않았지만 똑같은 이유였다니, 괜스레 돌아가신 아빠가 보고 싶고 그랬다. 말을 어렵게 꺼낸 것 같은데 어차피 상황도 똑같은데 나도 내 사정을 말해도 괜찮지 않을까 하는 생각이 들었다.

"사고……. 우리 아빠도 교통사고로 얼마 전에 돌아가셨어. 전 동네에서 살 수가 없어서 이사 온 거고……."

"나돈데. 뭐 이런 거까지 똑같지?"

"그러게."

한번 말하고 나니 그다음부터는 어렵지 않았다. 어디서 어떻게 사고가 일어났는지는 내 스스로도 다시 생각하고 싶지 않으니 상대방에게도 말하지 않았다. 그러나 우리는 교통사고로 아빠를 잃었고, 이 사고로 전에 살던 동네에서 일이 좋지 않게 풀려서 이 동네까지 오게 된 과정이 모두 신기할 만큼 같았다. 차츰차츰 밝히는 얘기의 범위도 늘려 가며 같이 울고, 위로하고 하며 친한 친구가 되었다. 같은 상처를 가졌다 보니 서로에게 어떤 말이 가장 힘이 되는지를 알고 있었다. 그렇게 아픔을 같은 아픔을 가진 사람과 공유하며 나아지고 있을 무렵, 2인 1조 협동 과제가 나왔다. 당연히 나는 내 짝과 같이 팀을 이루었다. 아무래도 발표 자료는 같이 모여서 하는 것이 나을 것 같아 우리 집으로 오라고 했다. 낡은 아파트라 같이 오는데 조금 창피했다. 하지만 뭔가 내 짝도 비슷한 곳에서 살 것 같다는 그런 느낌이 들었다. 404호, 열쇠를 돌려 문을 열었다. 평소 깔끔한 성격인 엄마 덕분에 거실은 깨끗했다. 대충 앉은뱅이책상 앞에 앉아서 과제를 하고 있는데, 짝이 화장실에 다녀와도 되느냐고 물었다. 나는 화장실이 있는 곳을 알려 주고 다시 내 할 일을 했다.

쨍그랑! 유리가 바닥과 부딪혀 산산조각 나는 소리가 들리고, 놀란 나는 자리에서 벌떡 일어나 소리의 방향을 찾았다. 서둘러 가 보니 화장실 앞에서 짝이 놀란 눈빛으로 나를 바라보고 있었다.

"왜 그래, 뭐 떨어뜨렸어?"

"……"

물어보는데도 답이 없었다. 바닥으로 시선을 돌려 떨어진 물건을 보니 가족사진이었다. 왜지? 무슨 일이지? 뭘 봤기에?

"야."

"어?"

"교통사고로 돌아가셨다는 너희 아빠……저 사람이었어?"

"무슨 소리야, 저 사람이라니?"

짝은 사진을 한 손으로 가리키더니 소리를 질렀다.

"저, 사람은, 우리 아빠를 죽인 살인자라고!"

"그게……?"

머리가 강한 철퇴로 맞은 것처럼 아파 왔다. 인명 피해 1명. 기억이 맞는다면 중년의 남성이었다. 하지만, 하지만 아무리 그래도 너무 우연의 일치가 아닌가? 그렇지만 그 인명 피해 1명이…….

"음주 운전 트럭 운전사 때문에 우리 아빠가 돌아가셨다고! 도저히 그 동네에서 살고 싶지 않아서 여기로 이사를 왔고!"

"자, 잠깐만……."

"너였어? 너였냐고."

살벌하게 쳐다보는 짝의 눈빛에 나도 모르게 몸이 움찔했다. 이 기분, 많이 느껴 봤다. 나는 죄가 없는데, 정말 없는데. 마치 '네가 지은 죄를 왜 외면하는 거지?'라고 말하는 듯한 눈빛. 뭔가 말을 해야 하는데, 입이 떨어지지를 않았다. 뭐가 나였다는 건지, 저 아이의 눈을 똑바로 보고 우리 아빠는 음주 운전이 아니었다고, 살인자가 아니라고 말해야 하는데. 왜 자물쇠로 채워 놓은 것도 아니고 뻐끔거리기만 하는 건지 내 입술이라도 찢어서 말을 하고 싶었다.

쾅! 짝은 거칠게 현관문을 닫고 나갔다. 깨진 유리와 바닥으로 내려앉은 사진 한 장을 바라보며 나는 아무것도 할 수가 없었다. 그렇게 몇 시간, 엄마가 집에 돌아올 때까지 멍청하게 서 있었다.

요 며칠간 학교에는 나가지 않았다. 나갈 수가 없었다. 짝한테 무슨 말을 해야 할지도, 말을 걸어도 될지도 모르겠는 이 상황에서 아무 일 없었다는 듯이 등교하면 안 되는 거였다. 엄마한테 어느 정도 상황을 설명했더니 학교에 나가지 않는 것은 이해를 해 주었다. 하지만 내 짝이 계속해서 본인 아빠가 음주 운전자에게 살인을 당한 것이라고 생각하게 둘 수는 없었다. 엄마는 노트북으로 계속해서 뭔가를 끊임없이 썼다. 가끔 나도 엄마를 도와주었다. 그 결과, '음주 운전 트럭 운전사……. 사실은 과로로 인한 심정지'라는 제목의 기사가 뜨게 되었다. 저번에 오보를 냈던 신문사와 동일했다. 엄마는 잘못을 저지른 쪽에서 해결도 하게 만든 것이었다. 그렇다고 이 기사 하나로 짝의 상처가 아무는 것이 아니고, 내 상처도 전혀 아물지 않았다. 나는 그저 엄마와 살아 있는 사람으로서 내 가족에게 최대한의 예의를 지켜 준 것이었다. 당분간 학교에 가는 것은 고민해 봐야겠다. 그리고 나는 범죄자, 살인자의 딸이 아니라 우리 엄마, 아빠의 딸일 뿐이다.

오늘 아침도 바게트다. 이 질긴 빵은 버터를 발라 전자레인지에 돌리지 않고 먹으면 너무도 질겨서 내 입속에서 몇 분을 씨름한다. 우리 엄마와 나는 또 어디로 이사를 가야 할까. 오늘도 검은 눈들이 내 뒷머리를 잡아당긴다.

제25회 대산청소년문학상 수상 작품집

오후 주름치마의 딜라이트

1판 1쇄 찍음 2017년 11월 10일
1판 1쇄 펴냄 2017년 11월 17일

지은이   이현주, 임가인 외
발행인   박근섭, 박상준
펴낸곳   (주)민음사

출판등록   1966. 5. 19. 제16-490호
주소   서울시 강남구 도산대로 1길 62(신사동)
           강남출판문화센터 5층 (우편번호 06027)
대표전화   515-2000 | 팩시밀리 515-2007
www.minumsa.com
www.daesan.or.kr